知念実希人

呪いのシンプトム
天久鷹央の推理カルテ

実業之日本社

実業之日本社文庫

目次

呪いのシンプトム

Symptoms of a Curse

天久鷹央の推理カルテ

プロローグ

「これからどうやって事件を解決するんですか？」

僕の早口の質問に、鷹央《たかお》はなぜか答えなかった。

大きく息をついたあと、鷹央はボソリと言う。

「なにもしない。真相に気づいた時点で、私の中でこの事件は終わった」

「終わったって。なにも終わってないじゃないですか⁉」

僕が持ち込んだ事件、僕の大切な人が犠牲となったこの事件の行く末に暗雲がたちこめた気がして、思わず声が大きくなる。

「いや、終わっているんだよ。私はこれ以上この事件に関与するつもりはないし、その資格もない。私は降りる」

「そんな！　なにも解決していないのに！」

「私は解決をするために捜査をしているわけじゃない。ただ真実を暴きたいだけだ。

そして私はついさっき、今回の事件の真相にたどり着いた。もはや私にすることはない」

「どういうことですか？　いつもは事件の真相を説明して犯人を捕まえたりしているでしょ！」

「事件を説明し、ときには犯人を捕まえるのは、その必要性があるからだ。しかし、今回はそれがない。ここから先は『正解のない問題』になっていく」

鷹央の顔に、自虐的な笑みが浮かんだ。

「私のような性質を持つ者にとって、『正解のない問題』は天敵だ。だから……私にとってこの事件は終わりなんだ」

僕は鷹央がなにを言っているのか理解できなかった。禅問答のような彼女とのやり取りに、強い失望を覚えていた。

「じゃあこの事件はどうなるんですか？　このまま僕たちはなにもしないんですか⁉」

糾弾するように言うと、鷹央は「なにを言っているんだ？」と大きくかぶりを振った。

「あくまで『私にとって、この事件は終わり』というだけだ。しかし、お前にとっては違うだろう。この事件はお前が世話になった人物……お前がずっと敬意を抱いていた人物の身に起きたことなのだから」

鷹央は僕をまっすぐに見つめる。ネコを彷彿《ほうふつ》とさせるその大きな瞳に吸い込まれていくような錯覚をおぼえる。

「この『正解のない問題』を解く資格があるのはお前だけだ。これまで集めた情報を俯瞰《ふかん》的に見て、真実にたどり着け。その方法はこの一年以上、私のそばにいて学んできたはずだ」

そこで言葉を切った鷹央は僅かに微笑《ほほえ》むと静かに言った。

「その上で、お前なりの方法で、この事件にピリオドを打つんだ。期待しているぞ、小鳥《ことり》」

Karte. 01

水神の祟り

1

「静かだ……」

救急部の医師控室に置かれているソファーに横たわりながら、僕、小鳥遊優《たかなしゆう》は天井に向かってつぶやく。

金曜日の午後五時過ぎ、僕は毎週恒例の『レンタル猫の手』としての救急部の日勤業務に励んでいた。

この天医会《てんいかい》総合病院は最重症患者を受け入れる三次救急病院に指定されている。そのため普段はひっきりなしに重症患者が運び込まれてくるのだが、今日は一時間ほど前からぱたりと救急要請が止まっていた。

このまま勤務時間終了の午後六時まで、患者が来なければいいな。そんな都合のいいことを考えながら僕はあくびを嚙《か》み殺す。

救急部の奥に置かれているデスクでは、一年目の男性研修医が黙々と救急医療の医学書に目を通していた。初々しいその姿を見て、思わず目を細めてしまう。

あいつも、あれくらい静かだったらいいのに……。

脳裏に僕の天敵である二年目の研修医、鴻ノ池舞《こうのいけまい》のにやけ顔が浮かび上がって、ほころんでいた口元がへの字になった。

救急患者が来ないこともそうだが、いまこんなに穏やかな気持ちでいられるのは、あいつが近くにいないおかげだろう。

先々月、鴻ノ池が統括診断部に研修にやってきてからというもの、病院にいる時間のほとんどで、そばに天敵がいる生活が続いている。しかも、来年三月の研修終了まで鴻ノ池は統括診断部で研修をすることが先日決定していた。

これから、あいつと一緒に半年も仕事をするのか……。まあ、たしかに研修医として極めて優秀なので、仕事の負担はだいぶ減るのだが、テンションが高すぎるせいでそばにいるとエネルギーを吸い取られていくような心地になるのだ。

それに、なにかと僕のことをいじって、からかってくるし……。

内心で愚痴をこぼしていると、そばのローテーブルに置いていた僕の院内携帯が電子音を響かせはじめる。腕を伸ばして携帯を手に取った僕は、その液晶画面に表示されていた『鴻ノ池・天敵・舞』の文字を見た瞬間、体が鉛のように重くなっていくのを感じた。

深いため息をつきながら身を起こすと、僕は渋々と通話のボタンを押す。

「おっ疲れ様でーす！」

携帯から聞こえてきたどこまでも陽気な声が鼓膜を揺らす。

「ああ……、吸い取られていく……」

「え、なんですか？」

「なんでもないよ。で、どうした？」

僕は肺の底にたまった空気とともに声を出す。

「どうしたんですか、そんな暗い声して？　可愛《かわい》い後輩、鴻ノ池ちゃんからのお電話ですよ。元気出るでしょ」

「お前からの電話だから、こんな声になってるんだよ」

「えー、ひどい！　私が何をしたって言うんですか」

「自分の胸に手を当てて考えてみろ」

数秒の沈黙のあと、「……それは置いておいてですね」という声が聞こえてきた。

「勝手に置いとくんじゃない」

「救急部の様子はどんな感じですか？　定時には終われそうですか？」

僕のツッコミを無視して、鴻ノ池は勝手に話を進めていく。

「いまのところ、かなり凪《な》いでいるけれど……。なんでそんなこと聞いてくるんだ？」

僕は警戒しつつ訊《たず》ねる。ここで下手に「ひまで定時にはしっかり上がれそうだな」とでも答えようものなら、なにをさせられるか分かったものじゃない。最悪のパターンとしては、直属の上司である天久鷹央《あめくたかお》の無限の好奇心を刺激するような出来事があり、その捜査に付き合わされて、今夜どころか週末まるまる潰されかねない。

「鷹央先生からの伝言なんですけれど……」

予想通り年下の上司が関わっていると聞いて、警戒心が一気に上がる。

「今夜、みんなで『リング』を見ないかっていう話になってまして」

「え……？『リング』って、あのホラー映画の『リング』のことか？」

意味が分からず聞き返すと、鴻ノ池は「そうですそうです」と楽しそうに答えた。

「さっき、鷹央先生と『呪いの動画事件』の話になったんですよ」

「呪いの動画……？　ああ、『閃光《せんこう》の中へ事件』のことか」

僕は去年の記憶を呼び起こす。SNSで『呪いの動画』として出回っていた映像を駅のホームで見た双子の女子高生の一人が、急に何かに憑《と》りつかれたかのように電車が入ってきている線路へと自ら歩いて転落する事件があった。幸いにも電車のブレーキが間に合って轢《ひ》かれることはなかったが、その少女は自殺未遂をした可能性が高いということで精神科病棟へ入院となった。

しかしその場に一緒にいた双子の姉が「妹が自殺なんてするわけがない。ホームに転落したのは『呪いの動画』を見たからだ」と主張した。最終的には鷹央がその少女にとある疾患の診断をくだし、事件は解決していた。

「あのときは大変だったなぁ……」

無意識に口から言葉が漏れる。

この病院の精神科部長である墨田淳子《すみだじゅんこ》は、過去の因縁で鷹央を蛇蝎《だかつ》のごとく嫌っている。そのため、鷹央は精神科病棟へ出禁となっていた。

なので、鷹央が変装し精神科の閉鎖病棟へ侵入するという、スパイ展開に付き合わされた。

「それでですね、鷹央先生が『呪いの動画といえばリングだよな』って言ったんですよ。でも私、実は『リング』見たことなくて。そうしたら鷹央先生が『一流の診断医を目指すなら、リングは必修科目だ』って言って」

「いや……、別に必修科目ではないと思うぞ……」

「でも、なんかめちゃくちゃ面白い映画らしいじゃないですか」

たしかに面白いけれど、それ以上にめちゃくちゃ怖いぞ……。

「だから、今夜〝家〟で一緒に見ようってことになって。それで、小鳥《ことり》先生もどうかなって思ったんです。映画はみんなで見た方が楽しいでしょ」

「『リング』をみんなで見る、……か」

僕は携帯電話を顔の横に置いたまま考え込む。明日から週末ということもあり、映画を見ることになったら鷹央は間違いなく酒盛りをはじめるだろう。そうなると車通勤の僕は、タクシーか代行サービスを使わざるを得なくなる。

東久留米《ひがしくるめ》市にあるこの天医会総合病院から、僕の自宅マンションがある人形町《にんぎょうちょう》まではかなりの距離だ。一万円以上の出費になる。普通なら断りたいところだ。けれど……。

僕は唇をぺろりと舐《な》める。

十分な予備知識なしの鴻ノ池が参加する『リング』の鑑賞会というのは、正直とても魅力的だった。

あまり弱みのない鴻ノ池だが、怪奇現象やお化けのたぐいが苦手という弱点がある。井戸から貞子《さだこ》が這《は》い出してくるシーンで腰を抜かす鴻ノ池の姿を見て、普段からかわれている溜飲《りゅういん》を下げたいという欲求が胸の奥から湧き上がってきた。

「それ楽しそうだな！　ぜひ参加させてくれ！」

「…………」

「ん？　どうした？」

「いえ、絶対に文句言うと思ったのに、あっさりと参加してくれたから、なんか怪しいと思って」

「いやいや、可愛い後輩と一緒に映画を見られるんだから、喜んで参加するのは当然だろ」

心にもないことを口にした瞬間、そばに置いてあった内線電話が着信音を鳴らしはじめた。

「救急部の内線が入ったから、いったん切るぞ。それじゃあ夜の映画鑑賞会、楽しみにしてるよ」

「はぁ……」という疑わしげな声で返事をする鴻ノ池との通話を打ち切り、僕はかわりに受話器を取った。

「はい、天医会総合病院救急部です」

『こちら田無《たなし》救急隊です。二十八歳の女性、ご家族と久留米池公園を散歩中に錯乱状態になり救急要請されました。そちらのかかりつけ患者さんです。バイタルは安定しているものの、いまも怯《おび》えてよく分からないことを小声で口走り続けています。搬送をお願いできますでしょうか？』

「かかりつけですね」

僕はソファーから立ち上がると、電子カルテの前に置かれた椅子に腰かける。

「診療IDをお願いします」

『IDは1862……』

救急隊が口にするＩＤ番号を、僕はテンキーで打ち込んでいく。すぐに診療記録がディスプレイに表示された。

患者の名前は水原真樹《みずはらまき》、先月から精神科外来を受診していた。

「受け入れ可能です。何分ぐらいで到着しますか」

かかりつけの患者は、よほどのことがない限り受け入れることになっている。そもそもいまは暇を持て余している状態だ。断る理由がなかった。

『十分前後で到着の予定です。よろしくお願いします。失礼いたします』

通話を終えた僕は、診療記録に目を通していく。

「精神科の患者さんですか？」

デスクで勉強していた研修医が近づいてきて、画面を覗《のぞ》き込んだ。

「ああ、そうだね。先月から通っているみたいだ。疾患は……」

僕はカチカチとマウスをクリックし、精神科外来での診療情報を表示させる。

『妄想性障害』『被害妄想』『自傷』『統合失調症の疑い』

病名を示す欄には、それらの文字が並んでいた。

統合失調症とは、幻覚や妄想、意欲、感情、認知機能の低下などの多様な症状が現れる精神疾患だ。百人に一人弱の比較的高い確率で発症する精神科領域の代表的な疾患であり、十代後半から三十代頃に生じることが多い。

「シゾフレニアの患者さんですか？」

画面を眺めながら、研修医が言う。

「まだ完全に診断がついているわけじゃないらしいけれど、その疑いが強いみたいだね」

僕は画面をスクロールさせて記録を読んでいく。

記録によると、水原真樹は都内のＩＴ企業で会社員をしていたが、三ケ月ほど前から不眠をはじめとする体調不良に悩まされるようになり、やがて誰かに監視されているというような妄想が生じはじめて、会社も休みがちになっていった。

先月、無断欠勤していると会社から連絡を受けた家族が、一人暮らしをしているマンションに向かい、押入れの中に隠れて怯えている真樹を発見。あまりにも様子がおかしかったため、近所の心療内科に受診したところ、統合失調症の疑いがあるということで、天医会総合病院の精神科を紹介された。

「ぱっと見たところ、妄想型統合失調症の典型的な経過って感じですね」

研修医がつぶやく。僕は「そうだね」と小さくうなずいた。

妄想型統合失調症は三十歳前後で発症することが多い病型で、幻覚や妄想などの症状が強く出るタイプだった。思考の解体が目立つ解体型とは違い、感情や意欲の低下、会話の障害などはそれほど見られないが、外部からの刺激に過敏になって怒りっぽくなったり、恐怖や猜疑心《さいぎしん》を抱きやすくなるなどの特徴がある。

「妄想型だと抗精神病薬に反応がいいことが多いんだけど……」

さらなる情報を得ようと画面をスクロールさせていた僕の目に、とある文字が飛び込んできて鼻の付け根にしわが寄ってしまう。

患者が病状について述べた内容をそのまま記載する『主訴』の欄、そこにはこう記されていた。

水神《すいじん》様の祟《たた》りだ。水神様が私を殺そうとしているんだ。

「水神ってなんでしょうね」

研修医が訝《いぶか》しげにつぶやく。

「水の神様ってことなんだろうけど、いまいちよく分からないな。とりあえず初期治療をして、問題なければ精神科にバトンタッチかな」

僕はぽりぽりとこめかみを掻《か》きながら立ち上がる。天医会総合病院では、かかりつけ患者が治療中の疾患の悪化により搬送された場合、救急部で初期治療したあと、担当科の医師に引き継ぐことになっていた。

「それじゃあ俺は精神科の外来主治医に連絡しますね」

自分の院内携帯を取り出した研修医に「よろしく」と声をかけると、僕は医師控室の出入り口に近づき、扉を開いてとなりにある経過観察室へと入る。

「うちの精神科かかりつけの、統合失調症疑いの患者さんが搬送されてきます。バイタルは安定。搬送後、僕が軽く診察したあと、精神科の担当医に引き継ぐ予定です。準備お願いします」

端的に情報を伝えると、救急部の看護師たちは「はい！」と返事をして、テキパキと患者の搬送の受け入れ準備をはじめていく。そのとき、遠くから救急車のサイレン音が聞こえてきた。

「主治医に連絡つきました。すぐに来るそうです」

医師控室から出てきた研修医に、僕は「了解。それじゃあ患者さんを迎えに行こう」とうなずく。サイレン音が大きくなってくる。

奥にある救急処置室へと向かい、マスク、手袋、滅菌ガウンを素早く身につけた僕は、大きな自動ドアを開けて外へと出る。ちょうど救急車がやってきたところだった。

目の前に停《と》まった救急車の後部ドアが開き、救急隊員がストレッチャーを車内から引き出してくる。

「バイタルは変わらず安定しています。血圧百三十八の七十六、脈拍九十二、サチュレーション百パーセントです」

救急隊員からの報告にうなずきつつ、僕はストレッチャーに横たわる女性を観察する。

二十八歳ということだったが、かなり老けて見える。ストレッチャーの上で体を丸め、痛みに耐えているかのように鼻の付け根に深いしわを寄せていた。

わずかに茶色がかっているソバージュの髪は、ケアが十分にされていないのかパサついて見えた。肌はほとんど日の光を浴びていないかのように青白く、血色が悪い。血走った眼球をせわしなく動かして周囲を観察しているその姿は、なにかに追われて怯えているかのようだった。

「水原真樹さんですね。はじめまして、救急部の小鳥遊です」

刺激しないよう、できるだけ柔らかい声で話しかける。しかし、真樹は電気でも走ったかのように激しく体を震わせ、恐怖で歪《ゆが》んだ顔を僕に向けてきた。

「触らないで！　来ないで！」

「大丈夫です。触ったりしませんよ。いまから救急部で、主治医の先生に診てもらいましょうね」

僕は害意がないことを示すために、ラテックス製の手袋をはめた手を胸の前に掲げる。

「水神様が来る！　水神様が追いかけてくるの！　助けて！」

真樹は金切り声を上げると、両手で髪をかき乱しはじめた。

完全に恐慌状態になっている。これ以上、刺激するのは危険だ。全身状態に問題がない以上、主治医に任せるべきだろう。

「ゆっくり処置室に移して。モニターはつけなくて大丈夫。そこで主治医のドクターを待ちます」

研修医と看護師たちは「はい」と小声で返事をして、指示通りストレッチャーを救急部へと移動させる。

「あとはこちらで対応します。ありがとうございました」

僕は救急隊員に会釈をすると、患者受け入れの書類にサインをする。そのとき、開いた救急車の後部扉から中年の女性がおりてきた。

「付き添いの方ですか？」

書類を救急隊員に返しながら訊ねると、女性は弱々しく頷《うなず》いた。

「母の水原真知子《まちこ》です。すみません……、娘があんな状態になったのは私のせいなんです……」

真知子と名乗った女性は、絞り出すように言う。

「お母様のせいというのは、どういうことですか？」

「それは……」

顔を上げた真知子が説明をしかけたとき、救急部から研修医が顔を覗かせる。

「精神科主治医の先生、いらっしゃいました」

「了解。とりあえず娘さんのところに行きましょう」

この患者はそのまま精神科に引き継ぐ予定だ。それなら、話は精神科主治医がいるところで聞いた方がいいだろう。

僕は真知子を促して一緒に救急部へと入っていく。処置室に入ると真樹が横たわっている処置用ベッドのそばに若い医師が立っていた。

年齢は僕と同じぐらいだろうか、痩せ型でどこか神経質そうな雰囲気を纏《まと》っている。

「ご連絡ありがとうございます。水原真樹さんの主治医の野村《のむら》です」

野村と名乗った医師が、慇懃《いんぎん》に頭を下げた。

「統括診断部の所属で、今日の救急部の勤務を担当している小鳥遊です。水原さんの搬送依頼を受けました。現在のところバイタルは安定していますが、かなりの混乱状態となっています。そのため、特に処置はせず先生が来るのを待っていました」

僕の説明にかるく頷くと、野村は真樹に「水原さん、主治医の野村ですよ。もう大丈夫ですよ」と、抑揚のない口調で声をかける。しかし真樹の表情が緩むことはなかった。ベッドの上でダンゴムシのように身を丸めたまま、荒い息をつきながら、せわしなく周囲に視線を送っている。

「あの、野村先生……」

真知子がおずおずと野村に話しかける。野村は、「ああ、お母様ですね」と小さく会釈をした。

「先生が処方してくださった薬をちゃんと飲んでいるんですが、あまり症状が良くならないというか……。真樹はどんどんおかしくなっている気がするんです」

「お母さん、統合失調症というのは一気に良くなるような疾患ではありません。長く付き合うことが必要なんです。まだ治療を始めて一ヶ月しか経《た》っていません。いまは治療に対する反応を見ている時期です。一時的に症状が悪化することも少なくはありませんん。ですから一喜一憂せず、腰を据えてゆっくりと娘さんの治療をしていきましょう」

野村は諭すように言うと、「はぁ……」と曖昧にうなずく真知子から視線を外し、看護師に声をかける。

「かなり精神症状が強いので、まずは鎮静剤を……」

野村がそこまでいったとき、真樹が唐突にベッドの上で上半身を起こし、声を張り上げた。

「水神様が来る！　私を井戸の底に連れて行こうとしている！　お願い、誰か助けて！」

四肢を激しく動かし、ベッドから落ちそうになる真樹の体を、僕は慌てて抑える。しかし、痩せた女性とは思えない力で真樹は暴れ続けた。

このままじゃ危険だ。僕がそう思ったとき「やはり、鎮静が必要だな」と淡々とした口調で野村がつぶやき、処置用カートから鎮静剤のアンプルを取り出すと、慣れた手付きでそれを開け、中に入っている液体をシリンジに吸い取っていく。

「しっかり押さえていてください」

野村に指示された僕は両腕に力を込め、真樹の華奢《きゃしゃ》な体を押さえつける。真樹の叫び声がひときわ高くなった。

ベッドに近づいた野村は迷うことなく、真樹が着ているTシャツの袖を捲《まく》り上げると、あらわになったやけに白い肩に注射針を刺し、シリンジの中身を一気に注入した。

三角筋に鎮静薬を注がれた真樹は、いったんさらに激しく暴れるが、やがてその体から力が抜けていった。数十秒後、血走った眼球にゆっくりとまぶたがおりていく。

僕は安堵《あんど》の息を吐くと、筋肉が弛緩《しかん》しきっている真樹の体を慎重にベッドの上に横たえた。

「お母さん」

成り行きを呆然《ぼうぜん》と見守っていた真知子に、野村が声をかける。真知子は「はい！」と体を震わせた。

「娘さんの精神状態はかなり不安定になっています。できればこのまま閉鎖病棟に入院して、治療した方がいいと思います」

「閉鎖病棟……ですか」真知子の顔に暗い影がさす。

「はい、現状では自傷行為に走る可能性もあります。娘さんの安全のためにも、閉鎖病棟への入院治療が最善の方針です」

「でも、入院はしたくないって娘は言っておりまして……」

「医療保護入院という制度があります。ご家族の同意と精神保健指定医の認定があれば、ご本人の意思とは関係なく入院をしていただくことが可能です」

「娘を無理やり入院させろって言うんですか？」真知子の声が震える。

「娘さんのためです。どうか同意をお願いいたします」

野村の言葉は丁寧ではあったが、拒否することを許さない響きを孕《はら》んでいた。

「……分かりました」

苦悩に満ちた口調で真知子が入院に同意したとき、研修医が「うわっ⁉」と大きな声を上げた。

「どうした？」

僕が訊ねると、研修医は怯えた表情を浮かべつつ、震える指でベッドを指さした。

「患者さんの腕に、手形が……」

「手形？」

つぶやきながら真樹を見た僕は、大きく息を呑《の》む。

シャツの袖から出ている白い両腕、そこにじわじわと赤い模様のようなものが浮かび上がってきた。

明らかに手の形の模様。

しかもそれは一つではなく、濃淡はあるものの両腕に少なくとも十数個は現れはじめていた。

まるで無数の手を持つ『何者か』に、腕を強く摑《つか》まれた痕のように。

呆然と立ち尽くす僕のそばで、真知子がかすれ声でつぶやく。

「……水神様の祟り」

その言葉を聞いた瞬間、部屋の温度が一気に下がったように僕には感じられた。

2

「お疲れ様です」

午後六時すぎ、僕は天医会総合病院の屋上に立つ鷹央の〝家〟兼、統括診断部の医局の扉を開ける。

水原真樹を精神科に引き継いで以降、救急搬送の依頼はなかった。なので定時に救急部の仕事を終えた僕は、さっき鴻ノ池に提案された通り『リング』の鑑賞会をするためにここにやってきていた。

いたる所に〝本の樹《き》〟がそびえ立つ薄暗い部屋に入ると、奥にある電子カルテが置かれたデスクの前に、鷹央が座っていた。

「救急部の勤務、終わりました。それで、いつから『リング』の鑑賞会を……」

「『水神に祟られた女』はどうした？」

僕のセリフを遮るように声を張り上げながら、鷹央は座っている椅子ごとぐるりと回転した。

「え……、なんでそのことを？」

頰が引きつってしまう。鷹央の目がすっと細くなった。

「お前がちゃんと定時に上がってくるかどうか、救急部のカルテを見て確認していたんだ。そうしたらこんな患者が運ばれてきているじゃないか」

鷹央は電子カルテのディスプレイを指さす。そこには水原真樹の診療記録が表示されていた。

「『水神の祟り』だぞ！　なんでそんな興味深い症例、原因解明もしないで精神科に引き渡しているんだ？」

「いえ、もともと精神科のかかりつけ患者だったもので、規則では……」

「規則なんか関係あるか！」

鷹央は鋭く言う。

「『水神の祟り』を訴えるだけなら、精神症状による妄想と考えるのが妥当だろう。しかし、この患者の腕には、無数の手形が浮かび上がったんだろ。つまり、身体症状が出ているということだ。なのに、どうしてそれを精神科に丸投げした？」

「えっと、それはですね……。精神科の主治医が、パニックになった際に自分で強く握った痕だから別に気にする必要がないと言って……」

僕は首をすくめ、宿題を忘れて言い訳をする小学生のような口調で釈明した。

「お前はそれで納得したのか？」

鷹央は勢いよく椅子から立ち上がると、生徒を叱るスパルタ教師といった口調で僕を問い詰めてくる。

「身体的な症状が出ているなら、精神科だけではなく内科も関わるべきだ。特にいきなり腕に無数の手形が浮かび上がってくるなんて複雑怪奇な現象が起きているなら、それを調べるのは当然、この統括診断部の仕事だ」

「分かってます。だから僕も言ったんです。『もしよかったら、兼科という形で統括診断部も協力しましょうか』って」

「で、精神科の主治医はなんて答えたんだ？」

「いえ、それがですね……」

数十分前に野村が口にしたセリフを思い出し、僕は言葉を濁す。

「何だよ、はっきり言えよ」

苛立《いらだ》たしげな鷹央に詰め寄られ僕は、おずおずと口を開いた。

「精神科は、鷹央先生に担当患者を診察させることに強い抵抗があるみたいと言いますか……」

「どういう意味だ？　その主治医がなんて言っていたのか正確に教えろ」

鷹央は眉根を寄せた。僕は覚悟を決めて口を開く。

「……『あなたのところの部長に関わられると、めちゃくちゃになるっていう噂《うわさ》じゃないですか。これは精神科だけで対応します。手伝いは必要ありません』。主治医はそう言っていました」

「なんだと……」

予想通り、鷹央の目じりが吊《つ》り上がっていく。

「私がいつめちゃくちゃにしたって言うんだ」

いや、結構めちゃくちゃにしているような……。

「小鳥、舞、行くぞ」

椅子から立ち大股に近づいてきた鷹央が、僕とすれ違って玄関まで移動する。

「ちょっと待ってください。どこに行くんですか？」

「精神科の病棟に決まっているだろ」

「いや、それはまずいんじゃないですか？」

僕が声をかけると、ノブに手をかけていた鷹央の動きがピタッと止まり、振り返った。

「まずいって、何がだ？」

「いえ……、鷹央先生、精神科病棟から出禁を食らってるじゃないですか」

「はぁ？　いつの話だよ、それ？」

「いつの話って……」

「『閃光の中へ事件』や『拒絶する肌事件』で、私は墨田を助けて、力になってやっただろ」

「まあ、そうですけれど、それって出禁が解かれたことになるんですか？」

疑念が口調に滲《にじ》んでしまう。

「当然だ。それにあいつは『火焔《かえん》の凶器事件』のとき、私を信頼していると言っていた。私が診察してやると言えば、墨田は喜んで患者を見せてくれるはずだ。分かったらさっさと行くぞ」

鷹央は扉を開けて出て行ってしまった。

また、面倒くさいことになりそうだ……。閉まった扉を眺めながら、ため息をつく僕の背中を、近づいてきた鴻ノ池が軽く叩《たた》く。

「私たちも行きましょ。『リング』の鑑賞はお預けですね」

屋上から六階まで階段で下がった鷹央は、迷うことなく精神科病棟のナースステーションを横切り、その奥にある閉鎖病棟の出入り口の前まで移動した。

僕と鴻ノ池がナースステーションに入ると、鷹央が「おーい」とすぐそばにいる、中年の看護師に声をかけたところだった。

「え……、副院長先生……」

看護師の表情が引きつる。

「そう、副院長先生だ。ちょっと頼みがある。このドアを開けてくれ。閉鎖病棟に用事があるんだ」

「で、でも副院長先生は、この病棟には……」

「出禁の件なら、もうはるか昔の話だ」

「それじゃあ墨田先生も認めているということですか?」

疑わしげに看護師は眉を顰《ひそ》めた。

「もちろんだ。墨田は自分の口ではっきりと言った。私のことを認めているってな」

「そうなんですか?」

鴻ノ池が小首を傾《かし》げて僕に訊ねてくる。

「いや、あれはそういう意味じゃない気が……」

『火焔の凶器事件』のとき墨田が口にした言葉を思い出しながら僕は頭を掻いた。

ただ、いまそれを指摘したら、さらに話がこじれるだろう。とりあえず、ここは流れに任せよう。

僕がそんなことを考えていると、看護師は「墨田先生の許可があるなら……」とためらいがちにナース服のポケットから鍵を取り出し、閉鎖病棟の扉を開いた。

「サンキュー」

上機嫌に礼を言いながら鷹央は閉鎖病棟へと入っていく。僕と鴻ノ池は数瞬、顔を見合わせて迷ったあと、首をすくめながらこそこそと鷹央の後を追った。

「ナースステーションのホワイトボードによると、水原真樹の病室は、一番奥の個室だ。行くぞ」

鷹央は閉鎖病棟の廊下を闊歩《かっぽ》していく。

主に精神症状が強く出ている患者が入院している閉鎖病棟は、ほかの病棟とは一線を画す雰囲気が漂っていた。看護師は体格のいい男性が多く、過剰なほど白く磨き上げられた廊下には、やけに物が少ない。病室は個室が多く、飛び降り防止のため窓ははめ込み式になっていた。

何かをぶつぶつとつぶやきながら焦点の合わない目で虚空を見つめている男性患者のわきを通って、僕たちは水原真樹の病室の前にやってきた。

「入るぞ」

鷹央はノックすることもなく、無造作に引き戸を開ける。六畳ほどの殺風景な部屋。窓のそばに置かれたベッドでは、救急部で投与された鎮静剤がまだ効いているのか、水原真樹が小さな寝息を立てていた。

「どなたですか？」

ベッドのそばのパイプ椅子に腰かけている真知子が、警戒心に満ちた声を上げる。

「私は天久鷹央、この病院の統括診断部の部長だ」

鷹央が高らかに名乗りをあげると、真知子は「統括診断部？」といぶかしげに眉根を寄せた。

「先ほど、救急部で娘さんを最初に診察した小鳥遊優です。突然失礼します」

話がこじれそうな予感を感じ取った僕は、慌てて鷹央の前に出て会釈をする。

「ああ、さっきの先生」

真知子の顔に浮かんでいた警戒が、いくらか和らいだ。

「統括診断部というのは何なんでしょう？　この子は精神科に入院したのでは？」

「統括診断部は、原因不明の疾患に診断を下す診療科です」

「でも、真樹は統合失調症なんじゃ……」

「いまの時点では、統合失調症の疑いが強いというだけだ。まだ完全な診断がついているわけじゃない。抗精神病薬を投与されたにもかかわらず、精神症状はあまり改善していないみたいだしな」

僕を押しのけて前に出た鷹央の言葉に、真知子は「そうなんです！」と前のめりになる。

「良くなっていないどころか、どんどん悪くなっているんです。すごく苦しそうで、私もどうしていいのか……。主治医の先生は気長に見ていくと言うんですけれど……」

主治医への不信感が見え隠れする口調で、真知子は言った。

「さらに、お前の娘には精神的なものとは別の症状が出た。これは統合失調症では説明がつかないものだ」

鷹央はベッドに近づくと、そっと手を伸ばして真樹の白い二の腕に触れる。そこにはいまもはっきりと、いくつもの赤い手形が浮かび上がっていた。

「明らかに手形だな。パッと見ただけでも、両腕に十ヶ所以上も浮かび上がっている。これについて、精神科の主治医はなにか説明したか？」

「パニックになった際に、自分で強く握りしめた痕だろうって……」

「恐慌状態に陥ったとき、お前の娘はこんなにはっきりと痕がつくほど強く、自分の腕を握りしめていたのか？」

「いいえ、そんなことありません。たしかにこの子は外に出ることを怖がって、体を小さくしていたので、自分の腕に軽く触れたりはしたかもしれません。でも池のそばで混乱しだした後は、ずっと自分の肩とか頭を抱えていました。腕に何ヶ所も痕がのこるほど強く握ったりはしていないはずです。それに……」

真知子は何かに警戒するように視線をさまよわせたあと、声をひそめる。

「その手形は、救急車の中にいたときはありませんでした。病院について私が野村先生と話をしはじめたとき、急に浮かび上がってきたんです。……まるで、見えない『何か』が真樹の腕を摑んで、どこかに連れて行こうとしているみたいに」

真知子の説明を聞いた鷹央は、横目で僕に視線を向けてくる。

「お前も手形が浮かび上がってくる瞬間を見たんだな」

「はい、見ました」僕はうなずく。「誰も真樹さんの体に触っていないのに、急に手形が浮かび上がってきたんです」

「なるほど、不可思議な現象だな」

鷹央は楽しげな口調でつぶやきながら、真樹の腕に刻まれた手形をまじまじと観察しはじめる。

「皮膚に強い圧迫を受けたことで生じる痕は、一般的に皮内出血を伴うことが多い。しかしこの腕には皮内出血ではなく、手の形に発疹《ほっしん》が生じている。しかも一部はやけどのように水疱《すいほう》になっている」

鷹央は口元に手を当てる。

「手の形に生じる発疹……。しかも、何ヶ所も、か」

鷹央が考え込んでいると、ぼそりと蚊の鳴くような声で真知子がつぶやいた。

「水神様の手の痕……」

鷹央は目つきを鋭くして、真知子に視線を注ぐ。

「その『水神様』というのはなんだ？　カルテによると、お前の娘も言っていたな。『水神様に襲われる』『水神様に連れていかれる』と。いったいお前たちはなにをそんなに恐れているんだ？」

鷹央の問いに真知子が「水神様は……」と答えようとしたとき、ノックの音が響き、出入り口の引き戸が開いた。

「娘さんは起きましたでしょうか？　もし起きていたら、少し話を……」

病室に入ってきた精神科主治医の野村は、僕たちの姿を見て細い目を見開く。

「ここで何をしているんですか、あなたがたは！」

「なにって、見たら分かるだろ。診察だよ」

悪びれることなく答える鷹央に、野村の表情が歪む。

「主治医は俺ですよ！」

「分かってる分かってる。精神症状については専門家のお前に任せる。私はこの『水神様の手形』とやらについて調べるだけだ」

鷹央は左手をひらひらと振る。

「お前は身体症状については専門外だろ。だから、この『水神様の手形』が自分で強く握った痕だなんていう、馬鹿げた診断を下すんだ。手形の方は『診断』の専門家である私たちが調べてやるから感謝するんだな」

自らの意見を『馬鹿げた診断』と切り捨てられた野村の顔が紅潮していく。

「なにを勝手なことを言っているんですか！　ほかの科に診察を依頼するかどうかは、主治医が決めることです」

「なら、いますぐ統括診断部に診察を依頼しろ。ほれ、さっさと言えよ。『体の症状についてはド素人なんで、ご高診よろしくお願いします』ってな」

煽《あお》っているとしか思えないセリフで急《せ》かされた野村の表情筋が、蠕動《ぜんどう》しだす。

「ふざけないでください！　俺は統括診断部に依頼なんて絶対しません。そもそもあなた、墨田部長から精神科病棟への出禁を言い渡されているはずでしょう」

「それは昔のことだ。墨田は私のことを認めてくれている」鷹央は薄い胸を張る。

「……閉鎖病棟にあなたが入ることを、墨田部長が認めているっていうんですか？」

疑念で飽和した野村の問いに、鷹央は自信満々に「もちろんだ」と大きくうなずいた。

「なら、ちょっと確認してみましょう」

野村はそう言うと、引き戸を開けて「墨田先生、ちょっとこちらにいらして頂けますか？」と廊下に向かって声を上げる。どうやら、墨田が病棟にいるようだ。

これはまずいのでは……？

「なに？　これから自分の患者の面接をする予定なんだけ……」

引き戸の隙間から病室を覗き込んできた墨田は、メガネをかけた両目を大きく剝《む》く。

「天久鷹央⁉」

「ああ、天久鷹央だ」鷹央は軽く手を挙げる。「どうした、そんな大きな声をだして」

「どうしたはこっちのセリフよ！　なんであんたがここにいるの⁉」

「ここに入院している患者の診察をするために決まっているだろ」

悪びれることなく鷹央が答えると、墨田は野村に鋭い視線を投げかける。

「野村先生、あなたまさか、統括診断部に診察依頼を出したの⁉」

「とんでもない。そんな馬鹿げたことするわけないじゃないですか」

野村は慌てて首を振る。鷹央が「……馬鹿げたこと？」と片眉をピクリと上げた。

「ということは、また勝手にうちの病棟に忍びこんだってわけね」

野村を押しのけるように病室に入ってきた墨田は、鷹央の前に仁王立ちになる。

「何度も言っているでしょ！　あなたは私たちが呼ばない限り、うちの病棟に入るんじゃないって！」

墨田に睥睨《へいげい》された鷹央は、不満げに唇を尖《とが》らせた。

「なんだよ、もう出禁は取り消しただろ」

「取り消してないわよ！」

墨田の金切り声が病室に響き渡る。

「最初に出禁を宣言してからすでに二年以上経っているぞ。その間に、出禁の更新を宣告してきていないんだから、もう無効になっていると思うのが当然だろ」

「当然じゃない！　なんで賃貸物件みたいに、二年ごとの契約更新が必要になっているのよ！」

至極もっともな墨田のツッコミに、僕は思わず「ですよね」と同調してしまう。

「でもお前、『あなたを認める』って、この前言ったじゃないか。精神科病棟へ入ることを認めてもらったと思うのが普通だろ」

鷹央は不満げに、『火焔の凶器事件』の際の墨田が口にしたセリフを口にする。

「なに記憶を改竄《かいざん》しているのよ！　私が言ったのは『あなたの診断能力を認める』よ、『あなたの精神科病棟の出入りを認める』なんて、一言も言ってないわよ」

「日本語って曖昧な言語だから、いろいろな誤解も生じやすいよな」

「白々しい！　分かっていて言っているでしょ！」

「さあ、なんのことだか分かんないな」

舐め切った態度の鷹央を前に、墨田のこめかみに青筋が浮かび上がるのを、僕ははらはらしながら見守る。

「いいから、さっさとこの病棟から出て行きなさい。さもないと……」

患者の家族の手前、キレるのを必死に耐えているのか、墨田の握りしめた拳がぷるぷると震え出す。

「さもないとどうするんだ？」鷹央は挑発的に口角を上げた。

「いますぐ事務長、つまりはあなたのお姉さんに連絡して、ここから引きずり出してもらいます」

「ね、姉ちゃんに……」

へらへらとした笑みが浮かんでいた鷹央の表情が一気にこわばる。

鷹央にとって、姉の真鶴《まづる》は唯一頭が上がらない存在だ。基本的にとても優しくお淑《しと》やかで、妹想《おも》いの女性なのだが、鷹央が『おいた』をしたときは、普段からは想像もつかないほど恐ろしい存在になる。

「で、どうするの？　お姉さんに来てもらう？」

「あ！　ちょっと用事を思い出した！」

鷹央は真っ青な顔でそう叫ぶと、短い足をちょこまかと動かして、脱兎《だっと》のごとく病室から出て行った。

「ああ、鷹央先生、待ってくださいよ」

僕と鴻ノ池は、墨田に一礼すると、鷹央のあとを追ったのだった。

「なんなんだよ、墨田のやつ！　姉ちゃんにチクるとか卑怯《ひきょう》だろ！」

「チクるってそんな、小学生みたいな……」

僕がたしなめると、鷹央は「うっさい」と足を蹴ってきた。

「痛っ、やめてくださいよ、僕に八つ当たりするの」

「お前以外の誰に、八つ当たりをすればいいって言うんだよ！」

「八つ当たり自体をしないでくださいって言っているんです！」

閉鎖病棟から慌てて撤退し、エレベーターホールまでやってきた僕たちは、内容のない会話を交わす。

「けれど困りましたね、これでもう水原さんを診察するのは難しいですよ。精神科病棟のスタッフたちも警戒するだろうし」

鴻ノ池が眉毛を八の字にする。

「舞なら入れるんじゃないか？　まだ統括診断部の医局員じゃなくて、研修医なんだから。そうだ、舞が閉鎖病棟に忍び込んでスパイすればいいんだ！」

「スパイって……」

僕が呆《あき》れていると、鴻ノ池は「それは難しいと思います」と、頭をポリポリ掻いた。

「私、いろんなところで統括診断部に入るって宣言しちゃってますから。いまは研修医であると同時に、統括診断部の一員として認識されちゃっていると思います」

「でも、墨田先生がそれを知ってるとは限らないだろ」

僕の指摘に、鴻ノ池は首を横に振る。

「墨田先生は知っています。統括診断部に入るのを考え直すように、何回も説得されていますから」

「そうか、まったく舞は口が軽いんだから。もう少し慎重に行動しないとだめだぞ」

そう言いつつも、鷹央の表情はにやにやと緩んでいた。鴻ノ池が統括診断部に入局を決めていることが嬉《うれ》しいのだろう。

……本当にちょろいな、この人。内心でつぶやきながら、僕は口を開く。

「たぶん大丈夫ですよ、スパイなんかしなくても」

「どういうことだ？」

鷹央がいぶかしげに聞き返す。僕は腕時計に視線を落とした。

「精神科の閉鎖病棟の面会時間は、午後七時までです。ということはもうすぐここに来ますよ」

「来るって、誰がですか？」

鴻ノ池は小首をかしげる。

「水原真樹さんの身内で、僕たちと話したくて仕方ない人がだよ」

僕が唇の片端を上げたとき、背後から足音が近づいてきた。

「あの……、すみません」

声をかけられ振り返ると、水原真樹の母親である真知子が立っていた。

「ちょっとお話できませんでしょうか？」

「さて、それでは『水神様』とやらについて洗いざらい吐いてもらうとするか。隠すとためにならないぞ」

パイプ椅子に腰掛けた鷹央は身を乗り出し、テーブルを挟んで向こう側に座っている真知子に声をかける。どうやら刑事ドラマごっこでもしているつもりらしい。情報源が自らやってきてハイになっているのだろう。

数分前、エレベーターホールで声をかけてきた真知子を、僕たちはそのますぐ近くにあった病状説明室へと連れ込んだ。文字通り、患者やその家族に病状を説明するための殺風景な四畳半ほどの部屋には、電子カルテが置かれたデスクとパイプ椅子しかない。

「鷹央先生、テンションもうちょい下げていきましょう」

となりに座る僕が声をかけると、鷹央は「分かっているよ」と口を尖らせた。

「じゃあ、とりあえずカツ丼とか出前で頼んだ方がいいかな」

……全然分かってないじゃないか。

僕がため息をついていると、鴻ノ池が声を上げる。

「真樹さんになにが起こっているかを調べるためにお話を聞きたいだけなんで、リラックスしてくださいね」

鴻ノ池の屈託のない笑顔に、真知子の顔に浮かんでいた緊張がいくらか薄らいだ。

「では、ちゃっちゃと話してもらおうか。『水神様』というのは一体何だ？　それが祟っているというのはどういうことなんだ？」

鷹央は両手をテーブルにつき、椅子から腰を浮かして興奮気味にまくしたてる。真知子は気を落ち着かせるように数回深呼吸したあと、ゆっくりと口を開いた。

「『水神様』というのは、うちの家を代々祟っている神のことです」

「代々祟っている？」

鷹央が聞き返すと、真知子は「そうです」と痛みに耐えるような顔で頷いた。

「真樹は東久留米市で一人暮らしをしていますが、実家はあきる野《の》市にあります。江戸時代の初期から続く豪農の家で、戦後に農地改革で田畑を取り上げられるまでは、かなりの名家だったということです」

「その名家が祟られるようになったのは、どういうわけだ？」

鷹央は臀部《でんぶ》を椅子に戻し、腰を落ち着ける。

「水原家は荒地を開墾して、江戸時代に田んぼを広げていったらしいですが、十分に稲を育てるだけの水が不足していて、なかなか収穫量を増やせなかったそうです」

「米を作るには、かなり大量の水が必要だからな」鷹央が相槌《あいづち》を打つ。

「なので近くの山の小川の流れを変えてまで、自分たちの田んぼに水を引いたらしく……」

「灌漑《かんがい》工事を行ったということだな？」

「そうです。それから水原家は水神様に祟られるようになったと聞いています」

真知子の声が低くなる。

「祟られるとは、具体的には何が起き始めたんだ」

「水原家にいた子ども三人が、相次いで命を落としたそうです」

「でも、江戸時代の話ですよね。ならそういうこともあるんじゃないですか。その頃の乳幼児の死亡率ってかなり高いですし、死亡原因で一番高かったのは感染症です。まとめて子どもが亡くなるということはよくあったはずです」

鴻ノ池が口を挟むと、鷹央は腕を組んだ。

「『七歳までは神のうち』とか言われていた頃だからな。だからこそ、無事に育ったことを喜ぶ七五三という行事ができたんだ」

「分かっています……」

真知子は小さく頷く。

「きっと祟りなんて非科学的なことではなく、病気が原因だったんでしょう。ただ水原家は大騒ぎになったようです。その亡くなった子どもの中に跡取り息子もいたらしく、それで江戸でも有名な祈禱師《きとうし》を呼んできたようです」

「祈禱師、ですか……」

不穏な単語に、僕は鼻の付け根にしわが寄ってしまう。

「科学が十分に発達していない時代だからな。神仏に頼ろうとするのも無理はない」

鷹央は頷くと、「で、その祈禱師は何て言ったんだ」と訊ねる。

「『水神様の祟り』が水原家に降りかかっている。それが祈禱師の出した結論でした」

真知子は押し殺した声で言う。

「なるほど、そこで水神様が出てくるわけだ」

「はい、祈禱師の説明によれば、小川には昔からずっと水神様が住んでいて、水の流れを支配してきたということでした」

「けれど水原家がその流れを工事で強引に変え、怒りをかってしまった」

鷹央のセリフに、真知子は「はい、その通りです」と答える。

「このままでは、水原家に生まれる子どもは全員三歳までに命を落とすだろう。それを防ぐためには、水神様の怒りを鎮めるための祈禱を行う必要がある。祈禱師はそう告げたそうです」

「なるほど、自分に金を払って祈禱をすれば子どもに不幸は起きなくなる、か。なかなかアコギな商売だな」

鷹央は皮肉っぽく鼻を鳴らした。

「水原家は藁《わら》にもすがる気持ちでその祈禱師の指示通り、水神様の怒りを鎮める儀式をしました」

「儀式って、具体的にはどういうもんだ？」

「うちの屋敷の裏にある山に井戸を掘り、そこに社《やしろ》を建てて水神様を祀《まつ》りました。小川の流れを変えられて居場所がなくなった水神様に、棲《す》み処《か》を提供するということらしいです。以降、水原家は代々、そこに供え物をして水神様の怒りを鎮めてきました」

真知子は低い声で説明する。

「それで効果はあったんですか？」

鴻ノ池が訊ねると、真知子は曖昧に頷いた。

「どうやら子どもは死ななくなったようです。ただ、『水神様の祟り』は水原家に残り続けていると、義理の母は言っていました」

「祟りが残り続けている？　どういうことだ？」

鷹央の問いに、真知子は声をひそめて答える。

「子どもが死ななくなった代わりに、大人が死ぬようになりました」

「大人が死ぬように？」

「はい、水原家は代々短命で、ほとんどが六十歳になる前に命を落としています」

「六十歳か、たしかに現代の基準では平均寿命よりかなり低いな。ただ、平均寿命が六十歳を超えたのは、戦後になって栄養状態や公衆衛生が改善され、医療も進歩してからだ。それまでは六十歳前に死ぬことは普通だったんじゃないか」

「はい。でも、死に方がかなり悲惨で……」

「悲惨と言うと？」鷹央の声が低くなる。

「体中に発疹が生じて、肌が黒く変色し、そして多くの場合、がんでもがき苦しみながら命を落とす。決まってそのような症状だったということです。そして、みんな死ぬ前にこう言い残しました。これは『水神様の祟り』だと」

「……つまり井戸を掘り、それを祀っても、水神様とやらの怒りを完全に鎮めることはできなかったというわけか」

真知子は「そうです」と重々しく頷く。

「水神様の怒りを鎮めて子どもたちだけでも守り、水原家の血筋を絶やさないためには、井戸を祀り続けなければならない。それが水原家に代々伝わっている戒めです」

「それでお前の娘は自分に生じている症状の原因が『水神様の祟り』だと主張しているわけか。久留米池公園でパニックになるのも、分からないでもないな。あれだけ大きな池がある公園だったら、何かが潜んでいるような気がしてもおかしくはない」

たしかにあの公園、ティラノサウルスに食いちぎられた遺体が出たり、カッパが目撃されたりしているもんな……。僕が内心でつぶやいていると真知子の顔が悲しげに歪んだ。

「大人になってから水原家に嫁いだ私と違って、真樹は子どもの時から祖母に『水神様の祟り』の恐ろしさについて、繰り返し言い聞かせられています。だからあんなに怯えているんです」

「しかしいまの話では、『祟り』を受けるのは、ある程度年を取ってからなんじゃないか？　まだ二十代のお前の娘は、祟りを受けるには若すぎる気がするんだが？」

　鷹央が首をかしげると、真知子は「実は……」と声をひそめる。

「一昨年に義理の母が、そして去年には夫が、相次いで亡くなったんです。これまでの水原家の人々と同じように、がんに冒されて。義母は七十代、夫は……まだ五十代半ばでした」

「それを見て、お前の娘は自分も祟られると思ったというわけか」

　鷹央の問いに、真知子は首を横に振った。

「いいえ、違います。真樹も私も祟りなんて全く信じていませんでした。水原家の人々ががんになったのは、きっと遺伝的なもののはず。祟りなんて馬鹿げたことに囚《とら》われていてもしかたがない。だから終わりにしよう。真樹と話し合って、水神様を祀るのをやめました」

「祀るのをやめた？」鷹央は眉根を寄せる。

「一昨年までは義母が、彼女がなくなってからは私の夫が、毎日のように家の裏手にある水神様の社に供え物をしては井戸水を汲《く》んできて、飲料水として使っていました。

また定期的に神主を呼び寄せて、祈禱も行っていました。けれど夫の死後、それらを一切やめました」

「怖くなかったんですか？」

鴻ノ池が訊ねると、真知子はかぶりを振った。

「全然怖くなんてありませんでした。水原家に嫁いでからというもの、水神様に辟易《へきえき》していたんです。いまは江戸時代じゃありません。科学が進歩したこの時代に、『水神様の祟り』なんて馬鹿らしい。私はずっとくだらない儀式を止《や》めたいと思っていました」

「娘も同じ気持ちだったのか？」

鷹央の問いに、真知子の表情が硬くなる。

「娘も同意してくれました。少し怯えていましたけど、常識的に『祟り』なんてないと理解していましたので」

「しかし、『水神様』を祀るのを止めたら、娘に異常が生じたというわけか」

「……先月、娘の様子がおかしくなった際、最初は水神様の祟りが原因だなんて思いもしませんでした」

「精神科の診療記録によると、娘さんは先月の時点から、自分の症状が『水神様の祟り』によるものだと訴えていたはずですが」

僕の指摘に、真知子の表情が険しくなる。

「たんなる妄想です。子どもの時から、祖母におかしなことを吹き込まれ続けて、深層意識に沁《し》み込んでしまったから、娘はそんな妄想に憑りつかれてしまったんです。主治医の野村先生も言っていました。原因はおそらく、仕事で強いストレスを受けたからだって。けれど……」

「けれど、主治医の指示通り治療を行っても、一向に娘の病状は良くならず、祟りへの怯えはますます強くなっていった。そしてとうとう今日搬送された際に、腕にいくつもの手形が浮かび上がったのを見て、恐ろしくなった。本当に『水神様の祟り』があるのではないかと」

言葉を濁した真知子の後を継ぐように、鷹央が言う。真知子は口を固く結んで黙り込むだけだった。

「でも、『祟り』だなんてそんな……」

反射的に口走ってしまった僕は、鷹央に横目で睨《にら》まれ失言に気づく。しかし、すでに遅かった。

「そんな、なんだ？　そんなこと常識的にあり得ない、か？」

考えていたことを的確に言い当てられ、首をすくめることしかできなかった。

「いつも言っているだろ。常識などというものは、生まれ育った環境によって刷り込まれた偏見でしかないということを」

「ですよね。シャーロック・ホームズも言っていますもんね。『全ての不可能を消去して、最後に残ったものが如何《いか》に奇妙なことであっても、それが真実となる』って」

「おお、よく覚えているな」

「鷹央先生の指導の賜物《たまもの》ですよ」

僕は慌てて、鷹央がよく口にする、世界一有名な名探偵のセリフで持ち上げる。

「その通り。私の指導のお陰だ。感謝しろよ」

一転して、上機嫌になった鷹央は胸を張った。

ちょろくて助かった……。僕が胸をなでおろしていると鷹央は気を取り直したように、視線を正面の真知子に戻す。

「『水神様』についてはとりあえず分かった。それで、今日は何があった。どうしてお前の娘は久留米池公園でパニックになり、救急搬送されてきたんだ?」

「……私のせいなんです」

真知子は苦悩に満ちた声で、救急部にやってきた時と同じセリフを口にする。「あの子が家に引きこもって、あまりにも『水神様の祟り』を怖がっているので、天気も良かったし外に行こうと誘ったんです。あの子は嫌がりましたけれど、半ば強引に連れ出しました」

「それで、外に連れ出したらパニックになったというわけか？」

「いいえ、『散歩って気持ちいいね』などと言って、娘もリラックスした様子だったんです。三十分ほど歩いたところで、二人とも昼食がまだだったので、近くのカフェによって遅いランチをとりました」

「そのときの水原真樹は、どんな様子だった？」

「久しぶりの外出だったので、疲れてはいたようです。ただ表情は穏やかでした。もともと外で遊ぶのが好きな子だったんです。高校生の頃なんて小麦色に日焼けして、そのままじゃ将来シミができるわよって何度も口が酸っぱくなるぐらい言いました」

そのときのことを思い出したのか、真知子の表情が少しだけ穏やかになる。

「カフェではなにを食べた？」

「あの子は鮮魚のカルパッチョを食べたがりましたけれど、体が弱っているのに生物《なまもの》は良くないと思い、一緒にパスタを頼みました」

「娘さんの体を気遣っているんですね」

鴻ノ池が微笑《ほほえ》むと、真知子は「はい」と首を縦に振った。

「夫にも先立たれて、いま私に残っている家族は娘だけです。あの子に万が一のことがあったりしたら、私はもう生きていけません。だから今回の外出のときも、風邪にかかったりしたらいけないと思って、とても気をつけました。数十分おきに手のアルコール消毒もさせていましたし、人混みにも行かないように注意しました」

「パスタの種類は何だった？」

鷹央の細かい質問に、真知子は視線を彷徨《さまよ》わせる。

「私はカルボナーラで、真樹は魚介のペペロンチーノを食べたと思います」

「ペペロンチーノに入っていた魚介というのは、具体的には何だ？」

鷹央のさらに細かい質問に、真知子の顔に戸惑いが浮かぶ。

「あの……ペペロンチーノの具が重要なんですか？」

「重要かどうかは現時点では分からない。いまはできる限り多くの情報を集めるフェーズだ。集めた無数の情報のピースを、パズルのように正しい位置にはめていき、真実の青写真を浮かび上がらせる。それこそが名探偵の仕事だ」

鷹央は胸を張った。

「あの……、僕たち探偵じゃなくて医者なんですが……」

僕の小声のツッコミを無視して、鷹央は「で、ペペロンチーノの具材は何だったんだ？　早く教えろ。できるだけ詳しくな」と前のめりになる。

「は、はい。えっと……、イカとエビ、牡蠣《かき》が入っていたと思います」

「紅茶かコーヒーは飲んだか？　カフェインは摂取したのか？」

「はい、食後に二人ともアイスコーヒーを頼みました」

「アイスコーヒー……か」鷹央は渋い表情になる。

「あの、アイスコーヒーに何か問題が？」

不安げに真知子が訊ねると、鷹央は「大問題だ」と真剣な表情で言う。

「なんでみんな、コーヒーなんていう苦い泥水みたいなものを飲むんだ。意味が分からん。不味《まず》いだろ、あれ。ミルクと砂糖をたくさん入れてコーヒー牛乳みたいにするならまだしも、ブラックで飲むなんて正気とは思えない」

「なんの話をしているんですか！」

僕がツッコミを入れると、鷹央は「それは置いといて」と、呆然としている真知子に再び話しかける。

「カフェで食事をした後は？」

拍子抜けした表情を晒《さら》していた真知子の顔が引き締まった。

「家に帰る前に少しだけ散策しようということになって、お会計のとき、カフェの店員さんにどこかいい場所がないか訊ねました。そうしたら近くに大きな池があるきれいな公園を勧めてもらいました」

「久留米池公園だな」

「はい。そこに行って池の周りにある遊歩道を歩いていると、真樹の様子がおかしくなってきました。池を見て体をガタガタと震わせはじめて、『水神様がいる！』と池を指さしました」

「なるほど水神だから、水があるところにいるというわけか。お前の娘は池に水神がいると感じて、怯えたんだな」

「真樹は『水神様が来る！　水神様が私を捕まえて水の底に引きずり込む！』と大声で叫び続けると、泡を吹いて卒倒してしまいました」

「強い精神的ストレスで意識障害を起こしたといったところか。その後、救急要請をしてうちの救急部に搬送されてきたってわけだな。たしかに、それだけ聞くと、すべて妄想による症状のように見える。しかし精神症状だけでは説明できないことが救急部で起き、お前は混乱してしまった。本当に『水神様の祟り』があるのではないかと恐ろしくなってしまった。そういうことだな？」

真知子は「はい」と弱々しく答えながらうなだれた。

真樹の白い腕にじわじわと赤い手形が浮かび上がってくるという、禍々《まがまが》しい光景が僕の脳裏に蘇《よみがえ》る。

次の瞬間、うつむいていた真知子が勢いよく顔を上げた。

「何が何だか分からなくなって、頭がおかしくなりそうになったとき、皆さんが病室にいらしたんです。そして真樹に何が起こっているのか調べてくださるとおっしゃいました。ですから藁にもすがる気持ちで……」

「藁なんかじゃないぞ」

鷹央はにやりと口角を上げる。

「大船に乗ったつもりで、私に任せておけ。具体的にはタイタニック号ぐらい大きな船に乗ったつもりでな」

「タイタニック号は沈没しましたけど……」

僕の小声のツッコミをまた黙殺すると、鷹央は大きく両手を広げた。

「お前の娘に何が起きているのか、この私が解き明かしてやろう」

「本当ですか⁉」

真知子はすがりつくように鷹央を見つめる。

「もちろんだ。ただ、そのためにはさらなる情報が必要だ」

「情報と言われましても、知っていることはほとんど全部話しましたけど……」

真知子の顔に戸惑いが浮かぶ。

「話を聞いただけでは不十分だ。実際にこの目で重要な手がかりを確認しないとな」

鷹央はネコを彷彿《ほうふつ》させる大きな瞳を両手で指さした。

「あきる野市にあるお前の家にある『水神様』を祀った井戸、そこを調べるぞ。というわけで……」

鷹央は僕の背中をポンと叩く。

「明日、あきる野市までの運転、よろしく頼むぞ。どうせ暇だろ」

「明日はお昼に浮雲《うきぐも》先生の診察がありますけど、それ以降は暇です」

「ああ、明日は浮雲新一《しんいち》の診察日だったか。ちょうどいい。それが終わったら〝家〟で作戦会議を行い、そのあと『水神様』の井戸に行くぞ！」

鷹央は拳を天井に向かって突き出す。

やっぱりこうなるのか……。僕の貴重な休みが……。

鷹央の屈託のない笑顔を眺めながら、僕は大きなため息をつくのだった。

3

「こんにちは、浮雲先生」

診察室に入ってきた壮年の男性に僕は挨拶をする。

『水神様の祟り』についての話を聞いた翌日、土曜日の昼過ぎ、僕は天医会総合病院の一階にある外科の外来診察室にいた。

「ご体調はどうですか？」

「すこぶる好調さ。末期がん患者としては、だけどな」

僕の担当患者であり、そして先輩外科医でもある浮雲新一はおどけるように言った。

なんと答えていいか分からず、僕が頬を引きつらせていると、浮雲はにっと口角を上げる。

「おいおい、小鳥遊。患者の前であまり深刻そうな顔をするなって昔教えただろ。主治医が暗いと、患者も不安になるんだよ」

「すみません」

僕が無理やり笑みを浮かべると、浮雲は「それでいい」と軽く肩を叩いてきた。

患者用の椅子に座った浮雲を、僕は眺める。

頬がこけた顔は皮膚がかさついていて、所々、赤い湿疹が現れていた。羽織ったジャケットはサイズが合っておらず、肩のあたりの布が余っていて、そこにしわがよっている。かつて後ろからいつも眺めていた逆三角形の体とは似ても似つかぬ姿に、胸の奥に痛みが走った。

浮雲新一は僕が大学病院の外科医局に所属していた際の指導医だった。医局の誰よりも真摯に患者に接し、高い外科技術でたくさんの難手術を完璧に行い、数多くの命を救ってきた。

二年間の初期臨床研修を終えてからはじまる、レジデントと呼ばれる専門研修の間、僕は浮雲の下につき外科医として必要な様々な技術、そして生き方を厳しく、それでいて愛情をもって叩き込まれた。

二十歳ほど年上で、空手部のOBでもある浮雲は僕にとって年の離れた兄のような存在だった。ただ、そんな師弟関係にも二年半ほど前にピリオドが打たれた。

浮雲の大腸に見つかった悪性腫瘍のせいで……。

その頃、外来や手術などをしている間、度々、腹痛に襲われるようになった浮雲が大腸内視鏡検査を受けたところ、横行結腸《おうこうけっちょう》に巨大ながんが見つかった。

腫瘍が極めて大きく、さらに大腸の漿膜《しょうまく》を破って腹腔《ふくくう》内にまで顔を出している状態だったが、画像検査の結果、腹膜播種《はしゅ》や遠隔転移は認められなかったため手術による根治治療を望める状態だった。

そして浮雲は、その手術の執刀を弟子である僕に任せた。それは僕にとって、はじめての結腸切除術の執刀だった。

「やっぱり僕なんかじゃなく、ベテランのドクターに任せた方がいいですよ」

そう説得する僕に、浮雲は目を細めて言った。

「馬鹿なこと言うな。俺はお前の師匠だぞ。弟子に手術をしてもらう以上に、外科医にとって幸せなことなんてないだろう」

その言葉を聞いて胸が熱くなり、覚悟を決めた僕は、執刀医として浮雲の手術に臨んだ。

手術自体はうまくいった。確認できる範囲の腫瘍と、所属リンパ節を全て切除し、術後合併症を起こすこともなかった。

術後順調に回復し、退院する際、浮雲は「完璧な手術だ。さすがは俺の弟子だな」と背中を叩いてくれた。

ただ……、その数ヶ月後、僕はとある事件がきっかけで外科医をやめ、内科医として新たな道を踏み出すことになる。

そして、手術から約一年後、経過観察のＣＴ検査で浮雲の肺にがんの転移が発見され、再発と診断された。

術後再発した大腸がん患者の予後は厳しい。化学療法などもそれほど効果がないことが多い。外科医として多くの大腸がん患者を診察し、そのことをよく知っていた浮雲は、化学療法も放射線療法も行わず、緩和療法を行いながら、残りの時間を家族と過ごすことを選択した。

そんな浮雲が緩和療法を受ける病院として選んだのが、この天医会総合病院だった。西東京市の浮雲の自宅からこの病院は、確かにそれほど遠くはない。ただ、もっと近くに同じ規模の総合病院はいくつもあった。

浮雲が天医会総合病院を選んだのは、僕がいるからだった。

「せっかくなら、最後は教え子に看取ってもらいたいだろ」

僕が鷹央と共に担当している統括診断部の外来に紹介されて受診してきたとき、浮雲は目を細めながらそう言った。そんな浮雲を前にして、僕は強い罪悪感に苛《さいな》まれた。

「本当に申し訳ありません。せっかく浮雲先生が外科の技術を叩き込んでくれたのに、それを捨てて内科に転科してしまって」

患者一人一人としっかりと向き合うため、内科を志したこと自体に後悔はなかった。しかし、僕を一人前の外科医にするために力を貸してくれた人々への罪悪感は、常に胸にはびこっていた。

うつむく僕に向かって、浮雲は「なにを言っているんだよ」と手を伸ばして肩を叩いてきた。

「お前は別に外科技術を捨てたわけじゃないだろ。たとえ内科医になっても、俺が叩き込んだ技術は様々な場面で、患者を救う助けになるはずだ」

浮雲はウインクをしながら、「それに」と付け加えた。

「俺がお前に教えたのは技術だけじゃない。外科医としての、いや、医師としての生き方そのものだ。お前はちゃんとそれを受け継いでくれているよ」

胸に熱い思いがこみ上げ、言葉が継げなくなっている僕に、浮雲は笑いかけた。

「というわけで、ひとつよろしく頼むよ、小鳥遊先生」

そのやり取りを、いつも通り患者から死角になっている衝立《ついたて》の裏で聞いた鷹央は、浮雲のことが気に入ったのか、僕が浮雲の主治医として緩和医療を行うことを許可してくれた。さらには、緩和ケアをやるなら、病棟の一角に簡易的に作られている統括診断部の外来だと色々と不便だろうと、この病院の副院長の権限を使って、一階にある外科外来のブースを使う許可まで取ってくれた。

鷹央から「統括診断部の仕事は診断をすることだ。緩和なんてお前の仕事ではない。専門の緩和ケア医に任せておけ」などと言われることを覚悟していた僕は、年下の上司に心から感謝したのだった（その代わり、鷹央の大好物である純喫茶『アフタヌーン』のケーキを三つほど献上することを求められたが……）。

そんなこともあって三ヶ月ほど前から、僕は月に二回ほど、土曜日などにこうして尊敬すべき先輩の診察を行っていた。

僕はマウスを操作して、電子カルテのディスプレイに今日の午前中に撮影した浮雲のCT画像を表示させる。

「肺の腫瘍はそこまで大きくなっていないですね。肝臓の腫瘍はやや増大傾向ですけれど、この大きさなら当分は肝不全を起こす心配はないと思います」

「なんとかまだ生きられそうだな。あと三ヶ月前後ってとこかな」

なんの気負いもなく浮雲は言う。自分と全く同じ予想に、僕は言葉に詰まった。

「だからそんな顔するなって。再発したとき、いや最初にがんが見つかった時から覚悟はしている。これまで何千人っていうがん患者を見てきたんだ。どんな経過をたどるかくらい手に取るように分かるさ」

なんと声をかけていいのか分からず、僕は「いや、それは……」と言葉を濁した。

「けどな、お前がうまくペインコントロールをしてくれるおかげで、ほとんど苦痛なく毎日を楽しく過ごせているんだ。本当に感謝してるよ」

浮雲は着ているポロシャツの袖をまくり上げる。筋肉質な二の腕に、経皮吸収型の合成麻薬のパッチ剤が貼られていた。

「どうだ？　昔に比べれば細くなったけれど、それなりに筋肉が残っているだろ？」

おどけるように浮雲は力こぶを作る。

たくさんいる空手部のＯＢの中でも、浮雲はよく稽古にやってくる一人だった。「運動不足を解消しないとな」と、現役の学生たちと積極的に組み手する浮雲の相手を僕も何度も務め、堅太りした体から繰り出される重い正拳突きに辟易させられた覚えがある。

「筋トレとかしているんですか？」

「まさか。こっちをやっちまってから筋トレは控えるようにしてるんだよ」

浮雲は自分の胸の中心を指差した。

五年ほど前、浮雲は病院で昼食を取っている途中に強い胸痛に襲われた。すぐに運び込まれた救急部で心筋梗塞と診断され、循環器内科によりカテーテルで閉塞した心臓冠動脈を広げる処置を受けた。

　結果的に、心筋には大きなダメージを負うことなく回復できたが、心臓への負担や、開通させた心臓冠動脈の再閉塞を防ぐために、降圧薬、ベータ遮断薬、抗血小板薬などを一生内服しなければならなくなっていた。

「まだまだ元気そうで良かったです」

　僕が無理やり笑顔を作ると、浮雲は目を細めた。

「医者ってやつは、患者の健康には気を配っているのに、自分の健康はないがしろにしがちだ。特に外科医は元々ストレスフルな仕事の上に、暴飲暴食をしがちだから、まだ五十代で俺は心筋梗塞にがんにとボロボロになっちまった。お前は俺を反面教師にして、自分の健康にも気をつけるんだぞ」

「ありがとうございます。気をつけます」

　礼を言う僕の脳裏に、大量のケーキを頬張り、浴びるように酒を飲んでいる年下の上司の姿がよぎる。

　まず、僕よりあの人の生活習慣をどうにかしないと……。

　そんなことを考えながら、僕は浮雲に現在のデータを見せていく。相手は僕よりはるかにがん患者の治療に携わった経験のある先輩医師だ。データを見れば現在の自分の状況、そして、今後の経過などが手に取るように分かるだろう。

「まあ、当面は大丈夫かな。ただ、そろそろ動けなくなった時のことも考えはじめないとな。がん患者っていうのは一気に病状が悪くなることも珍しくないから」

浮雲はわずかに無精髭《ぶしょうひげ》の生えたあごをなでる。

「前にも言ったように、俺がこの病院に通えない状態になった際の治療をベテランの訪問診療医に頼んでいる」

「はい、分かってます。西東京市にある前澤《まえざわ》訪問診療クリニックですね。そちらに医療情報提供書もすでに送ってあります」

「なにからなにまで世話になって悪いな」

「いえ、そんなことはありません。とりあえず痛みも強くないようですし、このままの処方で経過観察をしようかと思っていますが、どうでしょうか」

「ああ、それでいいよ。今度、妻と旅行に行くんだよ。湖畔のコテージを借り切って、そこでゆっくりと二人で過ごすんだ」

浮雲は幸せそうに微笑んだ。

「がんが見つかる前は仕事ばっかりして、なかなか妻と一緒にいる時間が取れなかったからな。少しは埋め合わせをしないと……」

そこで言葉を切った浮雲は「本当ならもっと早くそうしとくべきだったけどな」と、遠い目で天井を見上げる。

僕はただ口をつぐんで、尊敬すべき先輩医師を見つめることしかできなかった。

「悪いな。しんみりした話になっちゃってよ。それじゃあ処方よろしく頼むぜ」

気を取り直したかのように軽い口調で言うと、浮雲は「じゃあ二週間後にまたな」と、出入り口へと向かっていく。

「はい、また二週間後に」

僕が声をかけると、浮雲は軽く手を挙げて診察室から出て行った。

大きく息をついた僕は電子カルテに向き直り、今日の診療情報を打ち込みはじめた。このあと水原家に『水神様』とやらの調査に行くことになっている。とりあえず、カルテを書き終えたら、〝家〟に行って、鷹央と昼食をとろう。

そんなことを考えながらキーボードを叩いていた僕は、ディスプレイに映し出されている浮雲のCT画像の腫瘍を見て手を止める。

浮雲が予想したように、彼の体内でいまも増殖し続けているがん細胞は、ほどなくして浮雲の体力を奪い尽くし、彼の日常生活を困難にするだろう。

さっき「また二週間後」と声をかけたが、もしかしたら今日が浮雲と顔を合わせる最後の機会になる可能性すらあった。彼自身もそのことが分かっているからこそ、あえて明るい態度で「またな」と、僕に声をかけたのかもしれない。

そんなことを考えながらキーボードを叩いていた僕は、ふと扉の外からかすかに人が争うような声が聞こえてくることに気づき、顔を上げる。

気のせいだろうか。耳をすませた僕の鼓膜を、今度は明らかな怒声が揺らした。

外でなにかトラブルが起きている。反射的に立ち上がって外来ブースをあとにすると、診察室の扉が並んでいる短い廊下を小走りで進み、外科外来から出て辺りを見回す。広々とした外来待合で、浮雲と初老の男性がなにやら言い争っていた。

土曜日の外来は午前中に限られた診療科でしか行われていないので、すでに正午を過ぎているこの時間、待合にいる人々はそれほど多くなかった。十数人の患者、そして看護師や事務員たちが、啞然《あぜん》とした表情で二人に視線を向けている。

いや、よく見ると言い争っているというより、初老の男性が浮雲に対して一方的にまくし立てているという様子だった。

一体なにが起きているのだろう?

混乱したまま、小走りに二人に近づいていった僕は「浮雲先生」と声をかける。浮雲は振り返ると、気恥ずかしそうに首をすくめた。

「悪い、小鳥遊。騒ぎになっちまって。なんでもないんだよ」

「なんでもない?」

初老の男ががなり立てるように声を荒らげる。

「お前にとって、俺はなんでもない人間なのか⁉」

「そういう意味じゃありませんよ、五反田《ごたんだ》さん」

浮雲は諭すように言う。しかし、五反田と呼ばれた男はさらに激高し、「じゃあどういう意味なんだ⁉」と浮雲のジャケットの襟を両手で摑んだ。

その動作を見て、僕は気づく。五反田の左半身にわずかに麻痺《まひ》が生じていることを。

「お前のせいだ！　お前のせいで俺の人生はめちゃくちゃになったんだ！」

「五反田さん、それに関してはもう裁判で決着がついたはずです。あなたの身に起きた症状については、手術は関係ありません」

「じゃあなんでだ？　それまで俺は普通に生活できていたのに、なんで手術を受けたら俺の体は動かなくなったんだ⁉」

五反田が唾を飛ばしながら叫ぶのを聞いて、僕は思い出す。数年前に浮雲が理不尽な訴訟に巻き込まれたという話を。詳細は知らないが、裁判で浮雲には全く責任がないと認められ、特に大きな問題にはならなかったはずだ。

「ふざけるな！　あんなのインチキに決まっている！　お前が裁判官を買収したんだろう。医者は金があるからな！」

五反田の顔が紅潮し、そのこめかみに血管が浮き出る。

「そんなことができるわけないじゃないですか」

浮雲は小さくため息をついた。

「それに、あなたは私に対して接近禁止命令が出ているはずです」

「俺がお前に近づいたんじゃねえ！　お前が急に現れたんだ！　俺はずっと前からこの病院に通ってんだよ！」

「分かってます。今日会ったのが偶然だったことは、私もよく分かっています」

両手を胸の前に掲げながら、諭すような口調で話しかけた浮雲は「ただし」と続ける。

「確かに顔を合わせてしまったのは不幸な偶然ですが、あなたがこれ以上私の襟を摑み怒鳴り続けるなら、残念ですが警察を呼ばなくてはなりません」

「警察⁉」

五反田の顔に動揺が走るが、それはすぐに怒りの表情によって塗りつぶされる。

「警察がどうした！　逮捕されるのなんて怖かねえ。俺の人生はお前のせいでめちゃくちゃなんだ。お前をぶっ殺せるなら、死刑になったってかまわねえんだよ！」

五反田は浮雲を殴りつけようと、右拳を大きく振り上げる。僕は反射的に手を伸ばし、五反田の右手首を無造作に摑んだ。

「誰だ⁉　邪魔すんじゃねえ！」

「この病院の医者です。ここは患者さんが治療を受ける場所です。大きな声を出さないでください。他の患者さんが不安になります」

僕が厳しい声で言うと、五反田は我に返ったのかハッと息を呑み、あたりを見回す。患者と病院スタッフ、さらには騒ぎを聞きつけて駆けつけた警備員。三十人を超える人々から視線を浴びせかけられていることに気づいた五反田の顔がこわばっていく。

握りしめられていた拳が力なく開いていくのを見て、僕は五反田の手首を離した。五反田の腕がだらりと垂れ下がる。

「このまま帰るなら警察を呼んだりしません。ただし、まだ騒ぎを起こすなら警察に通報した上で、当院を出禁になる可能性があります」

「出禁⁉　この病院で治療を受けられなくなるって言うのか？」

五反田は腫れぼったい目を大きく見開く。

「ええ、残念ながらそうなります」

僕は重々しく頷く。病院のスタッフに対して暴力行為や脅迫を行った患者に対しては、医療施設として診療を拒否することができる。

怒りで紅潮していた五反田の顔から、みるみると血の気が引いていった。言葉を失っている五反田の隙をつくように、僕は言葉を続ける。

「どうか、今日はこのままお帰りください。そうすればこの騒ぎは不問にします。ただ、それを受け入れていただけない場合は、申し訳ありませんが警備員に敷地外まで連れて行ってもらい、さらにカルテにこのことを記載して、次回からの診療を拒否するか主治医に検討してもらうことになります。できればそのようなことはしたくないので、お願いいたします」

僕が頭を下げると、五反田は数秒間、逡巡《しゅんじゅん》するような素振りを見せたあと、「畜生！」と吐き捨て、正面出入り口へと左足をわずかに引きずりながら向かっていく。その姿が自動ドアの向こう側に消えていくのを見送った僕は、大きく息をついた。

「悪かったな、小鳥遊。おかしな騒ぎを起こして。迷惑かけちまった」

浮雲が頭を掻きながら首をすくめる。

「いえ、そんなことありませんよ。浮雲先生は被害者ですから。それに患者さんを守るのは主治医の務めですよ」

「けどな、お前が出てこなくても、自分の身ぐらいは守れたんだぜ。空手部のOB練で、現役の主将だったお前と組み手をして、圧倒したのを覚えているだろう？」

浮雲は冗談めかして、僕のみぞおちに正拳を叩き込むような素振りを見せた。

「忘れるわけないじゃないですか。至近距離での膝蹴りをかわされて、逆にみぞおちにカウンターの正拳突きを食らったんですから」

その時の痛みを思い出し、僕は無意識に腹に手を当てる。

「それよりさっきの五反田っていう人、以前に浮雲先生が裁判沙汰になったっていう患者さんですか？」

「ああ、そうだよ。あのときは大変だった」

浮雲が渋い表情になる。聞いていいものかどうか数瞬迷ったあと、僕は「なにがあったんですか？」と訊ねた。

「五反田さんは初期の膵臓《すいぞう》がんでな、俺が膵頭十二指腸切除を執刀したんだ」

膵臓がんは多種多様ながんの中でも、悪性度の極めて高いものの一つだ。腹腔の奥深くに存在するため症状が出にくく、そのため、発見された時点で根治不能なほど進行していることが多い。腫瘍の切除手術ができること自体が珍しかった。

「なにか大きな術後合併症が起きたとか？　例えば縫合不全で再手術になったとか？」

僕の問いに浮雲は肩をすくめた。

「ああ、そうだな。術後合併症は起きた。ただ、縫合不全ではないな。脳梗塞だ」

「脳梗塞？」

僕は首をひねる。

「でも脳梗塞は、正確には手術の合併症というわけではないんじゃないですか？」

確かに全身麻酔での手術を行うと、千人に一人程度の割合で脳梗塞を起こすことがある。強い侵襲が加わることにより凝固機能に異常が発生したとか、大きな血管に直接触れるのでその内側に沈着していたコレステロールの塊が血流に乗るなど様々な原因で生じる。

しかしそれは手術のミスではなく、あくまで全身麻酔手術では稀《まれ》に起こる、どれだけ気をつけても完全に避けることはできない合併症だった。

「ああ、そうだな。もともと五反田さんは高血圧と糖尿病を患っていたから、脳梗塞が生じるリスクは高かった。もちろん術前にも、その可能性があることはしっかりと説明していた」

「じゃあやっぱり、浮雲先生にはなんの責任もないじゃないですか」

「確かに法的にも道義的にも俺に責任はない。ただ、五反田さんにとっては手術をしたことによって左半身に麻痺が生じたということは紛れもない事実だ。そして、五反田さんはもともと工場で働く技術者だった。左手に僅かに麻痺が生じたことで仕事ができなくなった。自分が若い時から必死に努力して身につけた技術が一瞬のうちに消えてしまったんだ」

浮雲の眉間にしわが寄った。

「それはかわいそうですけれど……」

「運命だということで受け入れるには、あまりに辛《つら》すぎたんだよ。だから、誰かの責任にしたかった。誰かを恨まなければ心が持たなかったのさ」

「だからって浮雲先生がその恨みを引き受ける必要はないはずです」

「ああ、そうだ。でも俺を恨むことは仕方ないとは思う。彼は脳梗塞を起こしたあと、何十年も勤めていた工場をほとんど追い出されるような形で辞めているからな」

「でも、五反田さんが手術から数年間たっても生存しているということは、膵臓がんはおそらく完治しているということです。浮雲先生の執刀で五反田さんは命を救われたんですよ」

　膵臓がんが完治することはそれほど多くない。五反田が助かったのはもちろん運良くがんが早期に発見されたということもあるが、浮雲が手術を完璧にこなしたことも大きな要因だったはずだ。

「それはあくまで医者の論理だ。五反田さんにとってみれば、まだなにも症状がないうちにいきなりお前は膵臓がんだと言われ、手術を受けることになった。その結果、脳梗塞を発症して、長年培ってきた技術が消えてしまったんだ」

「けれど……」

「医者っていうのは難儀な職業だ。こういうことはままある。行きどころのない怒りの矛先が俺たちに向けられることも、ある程度は仕方ないさ」

　達観したセリフになんと答えて良いのかわからず、口をつぐむ僕を横目で見ながら、浮雲は「ただ」と言葉を続ける。

「俺が彼の辛い運命の責任を取るわけにはいかない。だから裁判でしっかりと戦い、俺に責任はないと判決が下った」

「けれどさっきの様子じゃ、五反田さんは納得していなかったみたいですね」

「それは納得いかないさ。彼にとっては、俺のせいで自分の人生がめちゃくちゃになったというのはもはや事実として刷り込まれているからな。長年自己暗示をかけ続けたようなもんだ。裁判のあとも何度も純正医大付属病院にやってきて、俺に抗議をしていたよ。さすがに他の患者さんに迷惑になるんで、裁判所に接近禁止命令を出してもらった」

浮雲は「本当はそこまでしたくなかったんだけどな」と弱々しく首を横に振った。

「接近禁止命令が出てからは、五反田さんも接触してくることはなくなったよ。少しずつでいいから運命を受け入れて新しい人生を進んでほしいと願っていたんだがな。まさかこんなところで偶然に顔を合わせるなんて……」

浮雲の顔に痛みをこらえるような表情が浮かぶ。

数年間という時間が経ち、五反田にとっても自らの身に起きたことを過去のものとして受け入れられるようになっていたのかもしれない。

しかし今日ここで浮雲に会い、抑え込み続けていた感情が爆発してしまった。きっとそういうことなのだろう。偶然の出会いは浮雲にとってだけでなく、五反田にとっても不幸な出来事だった。暗い気持ちになっていると、浮雲はシニカルに唇の端を上げた。

「運命ってやつは、どうにもうまくいかないもんだな」

「……そうですね」

「ただ、その運命に抗《あらが》うのが人生の醍醐味《だいごみ》ってもんかもしれないな。俺は運命を受け入れちゃいるが、だからってそれに潰されるつもりはない。最後の瞬間まで俺らしく生きられるように、やれるだけのことをやるつもりさ」

軽い口調で言った浮雲は「じゃあな」と僕の肩をポンと叩いて、正面出入り口へと向かっていく。

僕は昔より小さくなったその背中を、ずっと見送り続けた。

4

「あの……本当にこの林の奥に行くんですか?」

僕の右腕にしがみついている鴻ノ池が、震え声で言う。

浮雲の診察をしてから数時間が経った午後七時過ぎ、僕は鷹央、鴻ノ池とともに、あきる野市にある水原家の裏手に広がる林を、奥へ奥へと進んでいた。

季節は初秋になり、日が短くなっている。すでに太陽は地平線の下へと姿を隠し、林は深い闇に覆われていた。

本当ならもっと早い時間帯に訪れたかったのだが、娘が心配な真知子がどうしても夕方までは病室にいたいと訴えたので、仕方なくこの時間になっていた。

地域の豪農だったというだけあって、水原家の敷地は広く、数百坪はありそうな土地に古びた日本家屋が建っていた。

その屋敷を回り込むようにして、裏手まで僕たちを案内した真知子は「この道をまっすぐ五分ほど歩けば、水神様の井戸にたどり着きます」と、鬱蒼《うっそう》とした林の中へと伸びていく獣道を指さした。

できればその先の道案内も真知子にして欲しかったところだが、彼女はそれを暗に拒絶した。元々は『水神様の祟り』など信じていなかった真知子だが、娘の体に起きた異常な現象に、恐怖を抱かずにはいられないのだろう。

そして、真知子以上に恐怖を抱いている人間がいた……。

僕は横目でちらりと、右腕にしがみついている鴻ノ池に視線を送る。

「そんなに怖いなら、車で待ってれば良かっただろう」

「冷たいこと言わないでくださいよ！　私、まだ研修医ですけれど、統括診断部の一員のつもりです。統括診断部が大切な仕事をしているのに仲間はずれになんかしてほしくありません」

……統括診断部の大切な仕事なのか、これ？

僕はコリコリと左手でこめかみを掻く。患者の身に何が起きたのかを調べるため手がかりを探しているので、広義には仕事と言えなくもない。しかし、そもそも真樹は統括診断部の担当患者ではないし、この肝試しじみた捜査が本当に診断に必要かどうかも疑わしい。

人並み外れて夜目が利くため、懐中電灯も持たず夜の林を闊歩している鷹央の小さな背中を僕は見つめる。

もうあの人、患者の診断を下すことが目的なのか、『水神様の祟り』についての好奇心で動いているのか、自分でも分からなくなっているんじゃないか？

僕は懐中電灯で前方を照らしながら足を進めていった。

「小鳥先生。そんなに急がないでくださいよ。歩きにくいじゃないですか」

文句を言ってくる鴻ノ池に、僕は冷たい視線を注ぐ。

「歩きにくいなら、僕の腕を離せばいいじゃないか」

「あー、ひどい。そんなこと言うんですか。怯えている可愛い後輩を守ってあげたいとか、そういう気持ちはないんですか？」

「ない」

「なんで即答なんですか⁉　こんなに小鳥先生に頼っているのに」

鴻ノ池は僕の腕を掴む力を強くする。

「いや。お前、頼ってるんじゃなくて僕を捕まえているだろ。もしもの時は僕をぶん投げて囮《おとり》にして、自分だけ逃げるつもりで」

僕がじっとりとした視線を投げかけると、鴻ノ池は「バレました？」と、小さく舌を出した。

僕は力ずくで鴻ノ池から腕を振りほどくと、大股に林を進んでいく。

「あっ、小鳥先生、待ってください！　置いてかないでくださいよう！」

背後から聞こえてくる悲鳴じみた鴻ノ池の声を無視して進んだ僕は、前を歩く鷹央に追いついた。

「水神様の井戸はまだですかね。真知子さんによると五分ぐらいで着くっていう話だったのに」

僕が声をかけると、鷹央は足元に生えている背の高い雑草を蹴った。

「かなり雑草が生えているから、余計に時間がかかっているんだろう。完全な獣道になっているところを見ると、一年以上は誰も行っていないというのは本当だな」

「ひどいですよ、私を置いていくなんて」

小走りに追いついてきた鴻ノ池が、再び僕の右腕を掴む。今度は絶対に逃げられないようにか、肘関節と手首関節を微妙に極《き》めてきた。

こいつ、何かあったら本気で僕を投げて逃げるつもりだな……。僕が頬を引きつらせたとき、鷹央が「あったぞ！」と声を上げる。懐中電灯の光を正面に向けると木々の奥に、古びた建物が見えた。一見すると小さな社のようだ。正面には観音開きのやけに重厚な鉄製の扉があった。

僕たちは辺りを警戒しながら足を進め、建物の前までやってくる。

「開けろ」鷹央は僕を見てあごをしゃくった。

「ええ、僕がですか？」

「他に誰がいるんだ。私の腕力じゃ、このでかい扉は開けられない」

僕はチラリと、いまだに腕を掴んでいる鴻ノ池に視線を送る。鴻ノ池は露骨に視線をそらした。

「えーと……。こういうのはやっぱり男性の仕事だと思うんですよね」

「時代は男女平等だろ」

「私は絶対に嫌ですからね！　祟られたらどうするんですか。小鳥先生、やってください！」

「開き直るんじゃ……、あいたたた」

ツッコミを入れる僕の腕と肩関節を極め、鴻ノ池はグイグイと扉に向かって押してくる。

「分かった、僕が開けるから関節を極めるのはよせ！　肩が外れるだろ」

「じゃあ、よろしくお願いしまーす」

調子よく言いながら、鴻ノ池はようやく腕を離す。

僕は痛む肩を回すと、扉についている取っ手をつかみ、腕に力を込めて手前に引いた。錆《さ》びついているのか、抗議をするような軋《きし》みをあげながら扉が開いていく。鴻ノ池が背後から照らしている懐中電灯の明かりに、社の中が映し出された。

思わず「うっ」と、うめき声が漏れてしまう。

真知子は「水神様が祀られている」と言っていた。しかし、この建物の中に広がっている光景は、祀られているというより、「封印している」といった雰囲気だった。

古びた壁一面には御札が貼り付けてあり、正面にはやけにおどろおどろしい祭壇が備え付けられている。そして、祭壇の近くに太い注連縄《しめなわ》がかけられている古井戸が、大きな口を開けていた。

祭壇の神棚には神酒《みき》をそそぐ器が置かれているが、それらは埃《ほこり》をかぶっている。井戸を取り囲むように山積みになっている白い粉は、おそらく盛り塩だろう。

長い時間、扉が閉められていた部屋の空気は埃っぽく、思わず咳《せ》き込んでしまう。

「なんか……、不気味ですね」首をすくめながら、鴻ノ池が震え声でつぶやく。

「……あれか」

鷹央の声を聞いて、僕は彼女の視線の先を見る。左側の壁を覆っている無数のお札の上に、黄ばんだ和紙が貼られていた。そこに水墨画で描かれているものを見て、背筋に冷たい震えが走る。

異形の怪物。丸みを帯びた甲羅に覆われた亀に似た体から、ろくろ首のように長い首が伸びており、その先に爬虫類《はちゅうるい》と人間を混ぜ合わせたごとき、鱗《うろこ》に覆われた醜い顔をした頭部がついている。さらに甲羅からは、十数本の人間の腕が生え、丸い体を支えていた。

「な、何ですか、あの不気味な怪物は？」

僕の後ろから覗くように絵を見た鴻ノ池がうめくように言う。

「あれが『水神様』というやつだろう」

「水神様⁉　あれが神様なんですか？　どう見ても妖怪じゃないですか⁉」

鴻ノ池は絵を指さしながら、首を細かく横に振る。

「キリスト教など一神教の文化が根付いてる地域とは違い、日本では『神』という言葉はかなり広い概念を含む。その中にはもちろん、人間に害を及ぼすような神も含まれているし、妖怪の中で神と呼称されるものも少なくない」

鷹央は大股に絵に近づいていく。

「たしかに不気味な姿だ。一番目を引くのは甲羅の下から出ている十数本の手だな。

水原真樹の腕に浮かび上がった手形は、まさにこの水神様が池に引きずりこもうとして、腕を捕まえた痕に見えなくもない」

この怪物が人間を襲う光景を想像し、腹の底が冷たくなっていく。

「で、この怪物がそこの古井戸に住み着いているというわけだな」

鷹央は全く気負いない口調で言うと、スタスタと井戸へと近づいて行き、木枠に手を添えて身を乗り出す。

「うーん、真っ暗だ。さすがに底の方は見えないな」

「鷹央先生、危ないですよ。落ちたらどうするんですか」

「大丈夫だ。それより、早くこっちに来て、懐中電灯で中を照らせ」

鷹央はそう言うと、井戸に向かって「おーい、水神様とやら。いるのか？　いるなら、さっさと出てこい」と声をかけるという、文字通り神をも恐れぬ行動を取る。

「……本当に祟られますよ」

僕がため息をつきながら鷹央に近づき、井戸の中を照らそうとしたとき、バキッという不吉な音が埃臭い空気を揺らした。

「ばきっ？」

鷹央が不思議そうにつぶやいた瞬間、彼女が手をかけていた井戸の木枠が崩れた。

鷹央の体が前方へと傾いていき、頭から井戸の中へと吸い込まれていく光景が、僕の網膜にスローモーションで映し出される。

「危ない！」

叫びながら、僕はとっさに両手を伸ばし、逆さまになりかけている鷹央の、キュロットスカートを穿《は》いた腰を抱きつくように捕まえる。

鷹央の「ふわあああああー？」という気の抜けた悲鳴を聞きながら、僕は上半身を井戸の中に突っ込んで、必死に鷹央の体を支えた。

「鷹央先生、暴れないでください！」

四肢をバタバタと動かす鷹央に、何度も顔面を蹴られながら、僕は必死で声を張り上げる。

「落ち着いて。いま引き上げますから」

一瞬遅れて駆けつけた鴻ノ池が、鷹央の足を両腕で包み込むようにして持つ。合気道の達人だけあって、鷹央の足は完全に拘束され、ほとんど動かなくなった。おかげで顔面へのキックを浴びずに済むようになった。

「一気に引き上げるぞ。一、二の、三！」

僕と鴻ノ池は呼吸を合わせると、力を込め一気に鷹央を井戸から引きずり出す。

「……死ぬかと思った。……驚いた」

腰が抜けたのか、鷹央は地面にペタリと座り込んだ。

「驚いたのはこっちですよ。だから気をつけてって言ったじゃないですか！」

安堵で気が抜けた僕も、鷹央と同様に地面に座り込んでしまう。

「それよりも、一瞬だけど逆さまになった瞬間、井戸の奥まで見えた。かなり深いところに水が溜《た》まっているが、少なくとも水神様とやらの姿は見えなかったな」

立ち上がった鷹央は、キュロットスカートに着いた汚れをはたき落とす。

「……それはそうでしょう」

僕も地面から腰を上げた。

「で、これからどうするんですか？　前のカッパ事件のときみたいに、水神様を釣り上げるとか言いませんよね」

「うーん、釣れるものなら釣り上げてみたいが、今日は釣竿《つりざお》を持ってきていない。というわけで、とりあえずそれを使ってみるか」

鷹央は井戸のわきに置かれている、縄のついた木桶《きおけ》を指さす。おそらく井戸の水を汲むのに使われていたものだろう。

「これを井戸に落としたら、水神様を引き上げられるとでも言うんですか？」

「そうなったら面白いよな」

「面白くないです！」

はしゃいだ声を上げる鷹央に思わずツッコミを入れながら、僕は強い疲労感をおぼえる。せっかくの週末だというのに、なんで僕はこんなところで不気味な妖怪の捕獲の手伝いをしているんだろうか。

「まあ、水神様を捕まえられなかったとしても問題はない。他にも大切な手がかりが、この井戸から得られるだろうからな」

よく分からないことをつぶやきながら、鷹央は無造作に縄のついた桶を手に取る。縄を握りしめた鷹央は、迷うことなく桶を井戸の中に放り込んだ。三秒ほどの間があって、ポチャンという音が聞こえてくる。

「ぼーっとしてないで、引き上げるのを手伝えよ」

指示された僕は、仕方なく井戸に垂れている縄をたぐって桶を引き上げた。

「これでいいんですか？」

僕が半分ほど水が入った桶を地面に置くと、鷹央はそのそばにしゃがみ込み、背負っていたリュックサックを脇に置いて、中から試験管といくつかの小瓶を取り出す。

「何ですか、その怪しい実験道具は？」

「真実の光を当てるための、魔法の粉さ」

鷹央は芝居じみた口調で言いながら、瓶の蓋を開けて地面に並べていった。

「さて、はじめるか」

井戸水を試験管に入れた鷹央は、その中にスポイトで取った小瓶の中の液体をたらしていく。

真剣な表情の鷹央を見て、僕と鴻ノ池は黙って目の前で行われている『実験』を眺め続けた。

「……やっぱりか」

数分間、試験管に様々な薬を少量ずつ垂らした鷹央は、目を細めながらつぶやいた。

「何か分かったんですか？」

僕が訊ねると、鷹央は顔の横で試験管を振った。

「ああ、『水神様の祟り』とやらの正体がな」

「祟りの正体が分かった⁉」

僕と鴻ノ池が目を見開くと、鷹央は得意気に鼻を鳴らした。

「そうだ。これくらいの謎、私にかかれば朝飯前……」

そこまで言ったところで、鷹央の腹からくぅーという、子犬が鳴くような音が響いた。鷹央は自分の腹部に視線を落とす。

「朝飯前じゃなくて、いまは夕飯前だな。そろそろ腹が減ってきた。夕飯、どこで食べる？　この辺りでうまいカレーが食べられるところは……」

「まずは『水神様の祟り』のことを教えてくださいよ。全ての謎が解けたんですか？」

僕が早口で訊ねると、鷹央は少し考え込むような素振りをする。

「全て、というわけではないな。これだけで水原真樹に起きた現象が完璧に説明できるかどうかは微妙なところだ。ただ、墨田とあの野村とかいう主治医の鼻をあかして、私たちが水原真樹の診察に加わることを断れなくするぐらいはできるはずだ」

鷹央はにやりと唇の端を上げる。

「とりあえず明日、水原家を苦しめ続けてきた『水神様の祟り』の正体を暴いてやるとしよう」

5

「で、一体何なのよ？　こんな日曜に呼び出して」

腕を組んだ墨田が、不機嫌を隠そうともしない口調で言う。

水神様の井戸を調べた翌日、日曜の午後六時過ぎ、僕たちは精神科病棟の病状説明室にいた。

テーブルのこちら側には鷹央、僕、鴻ノ池、そして向かい側には墨田、野村、水原真知子の三人が座っている。狭い部屋に六人も詰め込まれているので、少々息苦しく感じる。

昨夜、『水神様の祟り』の正体に気づいたと宣言した鷹央は、すぐに水原家の屋敷へと行き、「明日、水原真樹の病状について重要なことを伝える。そこに主治医の野村と、精神科部長の墨田の同席を要請してくれ」と言った。

鷹央の呼び出しでは墨田と野村が日曜にやってくることはなかっただろう。しかし、患者の家族である真知子の要請、さらには治療を施しているにもかかわらず、真樹の病状が一向に改善していないことへの罪悪感からか、不満げながら二人とも説明への同席を了承していた。

……いや、それだけじゃないかもしれないな。

僕は正面に座る二人の精神科医に視線を送る。野村は明らかに不貞腐《ふてくさ》れているが、鷹央を見る墨田の目には、かすかな期待の色が灯《とも》っているように見えた。

これまで『閃光の中へ事件』や『拒絶する肌事件』、さらには『火焔の凶器事件』で、墨田は鷹央の超人的な診断能力を目の当たりにしている。鷹央を嫌いつつも、その能力には一目を置いているふしがある。

もちろん精神科部長という立場上、主治医である野村を差しおいて、鷹央の介入を認めるわけにはいかないだろう。ただ、もしかしたら水野真樹を苦しめている症状の原因が精神疾患以外にもあるのではないか、それを鷹央が解き明かしてくれるのではないかと、密《ひそ》かに期待しているのかもしれない。

「水原真樹について分かったことがあるんだ。教えてやるから、ありがたく思え」

恩着せがましい鷹央のセリフに、野村の顔がゆがんだ。

「そんなことのために、わざわざ呼び出したっていうんですか？　一昨日も言ったでしょ。水原さんの主治医は俺です。統括診断部に教えてもらうことなんて何も……」

苛立たしげにまくし立てる野村の前に、となりに座っていた墨田が手を差し出す。

「……部長？」野村は不思議そうに瞬《まばた》きをしながら墨田を見た。

「もう来ちゃったんだから、とりあえずこの子の話を聞きましょ。さっさと終わらせた方が早く帰れるから」

「けれど、主治医は俺です。依頼もしていないことに口を出されるなんて……」

納得いかないといった様子で、野村は額にしわを寄せる。

「水原真樹の病状はどうなんだ？　精神症状は落ち着いたか？」

不意に鷹央が訊ねる。野村の顔に苦虫を噛みつぶしたような表情が浮かんだ。

「良くなっていません。それどころか、どんどん悪化してきています。今日はほとんど食事もできなくて、いまは点滴をしているんです」

野村の代わりに真知子が絞り出すように言った。

「入院してからずっとベッドの上で怯えてガタガタと震えていますし、体もつらそうです。爪を噛んでは『水神様が来る』とか『もうすぐ私は水神様の生贄《いけにえ》になる』とつぶやき続けています。それに髪の毛も……」

「髪の毛がどうしたんだ？」鷹央が前のめりになる。

「抜毛症ですよ」

真知子の代わりに、野村が投げやりに答えた。

「抜毛症って、自分で髪の毛を抜いちゃう症状のことですよね」

鴻ノ池が唇に指を当てると、野村は渋々といった様子でうなずいた。

「ストレスなどが原因で起こる症状の一つだ。広い意味での自傷行為とされている」

「違います！」

真知子が甲高い声をあげる。

「抜いたんじゃありません、抜けたんです！」

「どういうことだ？」

鷹央がいぶかしげに訊ねると、真知子は痛みに耐えるような表情になる。

「今朝、あの子が言ったんです。頭を触っただけで髪の毛が抜けたって。きっとこれも『水神様の祟り』だって」

「水原さん、娘さんはいま混乱状態なんです。自然に抜けたように自分では感じているのかもしれませんが、抜毛症の患者さんの中には、そのように訴える方も少なくないんです」

野村が諭すように言うと、真知子は大きくかぶりを振った。

「でも薬をちゃんと飲んでいるのに、真樹の症状は全然良くなっていないじゃないですか。本当にあの子は統合失調症なんですか？」

「娘さんはまだ、統合失調症と確定診断がついたわけではありません。あくまでその疑いが強いというだけです。いまは薬に対する反応を見ている段階です」

「そんな悠長に様子を見ている間に、取り返しのつかない状態になったらどうするんですか！」

睨みつけてくる真知子に、野村は困惑した顔で口をつぐんだ。

重い沈黙が狭い部屋に満ちていく。部下の窮地を救おうとしたのか墨田が、「天久鷹央先生」と呼びかけた。

「あなたは、水原真樹さんに何が起こっているのか、もう完全に分かっているの？もしそうなら、さっさと話してちょうだい」

「どうした？　一昨日とはだいぶ違う反応だな。大切な部下の治療がうまくいかないことに焦って、私の知恵を借りたいということか？　それなら頭の一つぐらい下げてもバチは……」

調子に乗ってふんぞり返る鷹央の脇腹を、僕は肘で軽く突《つつ》く。

「なんだよ、痛いな」鷹央が横目で睨んできた。

「調子に乗りすぎると、一昨日に無許可で精神科病棟に忍び込んだことが、真鶴さんに伝わりますよ」

鷹央の顔が一瞬で青ざめる。

「そ、そうだな。あまりもったいつけるのもなんだな」

鷹央は上ずった声で言うと、気を取り直すかのように咳払《せきばら》いをした。

「いまの時点で、水原真樹の体に起きている異常の全てが解明できたわけではない」

真知子の表情に失望が浮かぶのを見て、鷹央は「しかし」と続けた。

「水原家に代々降りかかってきた『祟り』の正体については、完璧に分かったぞ」

「祟りの正体が⁉　本当ですか⁉」

真知子の声が裏返る。鷹央は「本当だ」と胸を張ると、白衣のポケットから液体の入った小瓶を取り出した。

「何？　それは」墨田がメガネの奥の目を凝らす。

「これこそが、『水神様の祟り』の正体だ！」

鷹央は芝居じみた仕草で、両手を大きく広げた。手の甲が勢いよく僕の鼻っ柱に当たる。

「いた⁉　気をつけてくださいよ」

顔面を押さえた僕の抗議を「まあ、気にするなよ」と鷹央は聞き流した。

「気にするなよって……」

「その水が『祟り』ってどういう意味なんですか⁉　それは何なんですか？　さっさと説明してくださいよ」

野村が声を荒らげる。

「井戸水だ」

鷹央は小瓶を摘んで左右に振った。透明な液体が揺れて蛍光灯の光を乱反射する。

「『水神様の井戸』の水ですか？　それが『祟り』？」

鴻ノ池が小首を傾げると、鷹央は小瓶をテーブルの上に置いた。コンッという硬質な音が響く。

「正確には、この井戸水に『祟り』が溶け込んでいるんだ」

鷹央はにやりと口角を上げる。

「溶け込んでいるって、……もしかして毒物ですか⁉」

僕が声を大きくすると、鷹央は「ああ、そうだ」と満足げにうなずいた。

「毒……」

真知子の眉根が寄る。

「でも、夫も義理の母も、あの井戸の水を日常的に飲んでいましたけれど、普通に生活していましたよ」

「毒といっても、青酸カリウムや、フグ毒のテトロドトキシンのように、摂取してからすぐに効果が出るものだけじゃない。長年摂取することでじわじわと体を蝕《むしば》んでいく毒もある。医学的には慢性中毒と呼ばれる症状だな」

「慢性中毒を引き起こして、井戸水に溶け込む毒……」

小声でつぶやいた僕は、はっと息を呑む。

「気づいたか？　言ってみろ」

鷹央はシニカルに微笑み、軽くあごをしゃくった。

「もしかして……ヒ素、ですか？」

「正解だ！」

鷹央は左手の指を鳴らした。

「土壌に含まれたヒ素が井戸水に溶けだすことは決して珍しくはない。そしてヒ素を大量に摂取すると、嘔吐《おうと》や下痢《げり》などの消化器障害、肝障害や腎障害、意識の混濁などの神経障害、皮膚の発疹などが生じ、死亡することもある」

「意識の混濁と皮膚の発疹って……」

鴻ノ池が椅子からわずかに腰を浮かす。

「そう、水原真樹に起きている症状と合致する点が多い。さらに少量のヒ素を長期間摂取した場合、急性中毒とは全く違った症状を呈する。それが慢性ヒ素中毒だ」

「慢性ヒ素中毒……」

野村が呆然とその言葉を繰り返すと、鷹央は「そうだ」と大きくうなずいた。

「慢性ヒ素中毒は、少量のヒ素を継続的に数年以上摂取することで、全身に様々な症状が生じる。まずは皮膚に色素沈着が見られ、貧血や手足の神経障害、筋力の低下などの症状も多く見られる」

鷹央は指折り症状を挙げていく。

「慢性ヒ素中毒で最も問題になるのは悪性腫瘍、つまりは……がんだ。かなりの確率で皮膚がんが発生し、また肝臓がんや肺がん、泌尿器系のがんなどを引き起こすことも少なくない」

「皮膚の変色、神経障害、筋力低下、がん……。全部、水原家を代々苦しめてきた症状……」

僕がつぶやくと鷹央は「ああ」とあごを引いた。

「水原家に代々、『水神様の祟り』として生じてきた症状、それらはまさに慢性ヒ素中毒の症状そのものだ。そして、それは『水神様の井戸』を掘り、それを祀るようになってからはじまった。そこから一つの仮説が導き出される」

鷹央は左手の人差し指をぴょこんと立てた。

「『水神様の井戸』がヒ素で汚染されており、水原家は代々それを飲用することで少量のヒ素を摂取し続け、慢性ヒ素中毒を起こしたのではないかってな。だから私は昨日、その仮説を証明しに行ったんだ」

昨日、井戸水を汲んだあと、何やら怪しい実験をしていたのは、そこにヒ素が含まれているかどうかを調べていたのか。

「その場で行った簡易検査では、ヒ素が含まれていることに矛盾しない結果が出た。なのですぐに井戸水を、私のつてで帝都大学の無機化学の研究室に送り、そこで解析をしてもらった。結果がこれだ」

鷹央はポケットから四つ折りになった用紙を取り出すと、テーブルに叩きつけるように置いた。

「私の仮説通り、ごく少量のヒ素が井戸水から検出された。これくらいの量なら少しぐらい摂取したところで大きな健康障害を起こさない。ただ、長期間、日常的に飲用水として利用したら……」

「……体内にヒ素が蓄積して慢性ヒ素中毒になる」

僕が鷹央の後を継いでつぶやくと、鷹央は「その通りだ」と満足げに頷いた。

「これこそが水原家を代々苦しめ続けた『水神様の祟り』の正体だ」

鷹央は高らかに宣言すると、再び大きく両手を広げる。今度は顔をはたかれないように、僕はすっとヘッドスリップで鷹央の手をかわした。

「つまり、あなたは水原真樹さんに起きている症状は、ヒ素が原因の可能性が高いって言っているのね」

墨田の確認に鷹央は「そうだ」と自信満々に答える。

「混乱して妄想にとらわれていること、そして皮膚の異常。それらはヒ素中毒と矛盾しない。救急部で無数の手形が腕に浮かび上がってきたことは、ヒ素中毒だけで説明できるかどうか、さらに詳しく調べる必要がある。しかし、実家の井戸水からヒ素が検出されたことを考えると、水原真樹の症状にヒ素が絡んでいる可能性は高い。だから私に診察させろ。水原真樹が本当にヒ素中毒なのか、それが原因で症状が起きているのか、私なら診断をつけることができる」

鷹央の凜《りん》とした声が狭い部屋に響き渡る。墨田はため息交じりに頭をかくと隣に座る部下に話しかける。

「野村先生、統括診断部に正式に診察依頼を出しましょう」

「そんな！」

野村は反論しかけるが墨田の鋭い視線を浴び、口をつぐむ。

「抗精神病薬を投与しても、水原さんの病状が良くなっていないのは確かでしょう。それに彼女には精神症状以外に身体症状も出ている。内科に診察を依頼するのは適切な判断よ」

「でも、それなら統括診断部ではなく他の内科でも……」

「いい加減にしなさい！」

墨田に一喝された野村の体が大きく震える。

「たしかに、この唯我独尊で傍若無人な子に診察を依頼するのは腹立たしい」

「誰が傍若無人だよ……」

苛立たしげにつぶやく鷹央を無視して、墨田は「ただし」と続ける。

「いけすかないけど、この子の診断能力が飛び抜けているのは紛れもない事実なの。そして私たちが治すことができていない患者の治療法について、手がかりを持ってきてくれた。なら診察してもらうのは当然でしょ。大切なのは私たちのプライドより、患者さんを治療することなんだから」

墨田に説得された野村は苦虫を噛み潰したような表情で「……分かりました」と声を絞り出す。

「分かればいい」鷹央は鷹揚《おうよう》に頷くと、あごをしゃくった。「それではさっそく、閉鎖病棟に行って水原真樹の診察をさせてもらうとしよう。まずは……」

鷹央が楽しげに言ったとき、唐突に真知子が「違います！」と声を張り上げた。

「違う？　違うってどういうことだ？」

鷹央は不思議そうにパチパチと目をしばたたく。

「真樹はヒ素中毒じゃありません。あの子は井戸水を一切飲んでいないんです」

「井戸水を飲んでいない？　水原家はあの『水神様の井戸』の水を飲料水に使っていたっていったじゃないか」

「はい、義理の母や夫は日常的に、『水神様の恵み』と言ってありがたがって井戸水を飲んでいました。だから、代々水原家の人間がおかしな亡くなり方をしてきたのは、先生のおっしゃる通り、ヒ素のせいだったんだと思います。ただ真樹は違います。井戸水を飲ませるなんて、衛生的に良くない気がしていましたし、水神様を崇《あが》め奉るのも私は気味が悪かった。だから、私と真樹は井戸水ではなく普通の水道水を使っていました」

「でも、水原家はずっと井戸水を使う伝統だったんですよね。水道水を使うことはゆるされたんですか」

僕は首を捻《ひね》った。

「もちろん、義理の母はいい顔をしませんでした。ただ私は、もし物心つかない娘にまで変な儀式を強制するようだったら、真樹を連れて水原家から出て行くと強く訴えました。それで、少なくとも成人するまでは真樹に『水神様の井戸』の水は飲ませないという約束を取り付けたんです」

「けれど、もしかしたらおばあさんがこっそり、子どもの真樹さんに井戸水を飲ませていたりしていた可能性もありませんか。そのときに摂取したヒ素のせいで、いま症状が出たのかも」

鴻ノ池の言葉に、真知子はかぶりを振った。

「たしかに、義理の母が私に内緒で娘に井戸水を飲ませていた可能性が絶対ないとは言い切れません。ただ、日常的に飲ませていたということはないはずです。食事の準備は基本的に私がしていましたし、そもそも真樹は六年前の就職を機に、実家を出て東久留米市で一人暮らしをしています。少なくとも六年前からは井戸水を飲むようなことはなかったはずです」

真知子は口を固く結んでいる鷹央に視線を送る。

「六年以上前に口にしたヒ素が、いまごろおかしなことを起こすということはありますか？」

「ないな」

鷹央はきっぱりと答えた。

「もし六年間、ヒ素の摂取をしていないなら、慢性ヒ素中毒が生じる可能性は限りなく低い。そもそもお前の娘に生じている症状は、慢性中毒というよりは、急性中毒に近い症状だ。井戸水をほとんど飲んでいないなら、水原真樹に起きている『水神様の祟り』の原因は、井戸水に含まれているヒ素とは全く関係ないということになる」

「じゃあ、あなたの診断は完全に見当違いだったということじゃないですか」

野村が吐き捨てるように言った。

「そうだな、水原家を苦しめ続けた『水神様の祟り』については慢性ヒ素中毒で間違いないが、水原真樹を苦しめている『水神様の祟り』については違う原因だったようだ」

「なら、もうあなたに水原さんを診察させる必要はないですよね。彼女にいま起きていることについては、何も分かっていないということなんですから」

「おいおい、なに言っているんだ。私はあくまで水原真樹に起きていることを説明できる、『仮説の一つ』を思いついたとしか言っていない。そしてその仮説は、お前たち精神科だけでは決してたどり着けなかったものだ。水原家の『祟り』について解き明かしただけでも、私の診断能力の高さは理解できただろう。くだらないプライドは捨てて、私に水原真樹を診察させるんだ。そうすればさらなる仮説が浮かび上がり、真実に近づいていけるはずだ」

「それならまず、水原さんの病状について説明可能な仮説をあげてくださいよ。慢性ヒ素中毒じゃなく、他のものをね。説得力のある仮説を聞けたら、診察を許可しますよ」

「なんだその言い草は」

鷹央は野村に鋭い視線を浴びせた。

「ただ漫然と効かない薬を投与していただけのお前と違って、私は診断を下すために様々な可能性を考慮して、この二日間必死に捜査をしてやったんだぞ。少しは感謝したらどうなんだ」

「頼んでもいないことで、どうして俺が感謝しなくちゃいけないんですか」

完全に売り言葉に買い言葉だ。いまにもつかみ合いを始めそうな雰囲気になる。

「鷹央先生、落ち着いてくださいよ」「野村先生、少し深呼吸しなさい」

僕と墨田が二人をなだめようとしたとき、突然、出入り口の扉が勢いよく開いた。

「野村先生、大変です！」

部屋に飛び込んできた男性看護師が、声を張り上げる。その顔に見覚えがあった。閉鎖病棟を担当している看護師だ。

「ノックもなしに入ってこないで！　いまは患者さんのご家族と話し合いをしてるのよ」

墨田の叱責を受けた看護師は「すみません。でも、それどころじゃなくて……」と喘《あえ》ぐように言う。

そのただ事ではない態度に、墨田の顔に緊張感が走った。

「なにがあったの？」

墨田に問われた看護師は、荒い息の隙間を縫うようにして声を絞り出す。

「水原さんが急変しました。病室で……溺れています」

6

……なんなんだ、これは？　僕は呆然と立ち尽くす。

看護師から真樹が急変したという情報を聞いた僕たちは、全員で閉鎖病棟にある真樹の病室へと向かった。

出入り口の引き戸を開けると、そこには目を疑うような光景が広がっていた。

看護師の報告通り、ベッドの上で真樹が『溺れて』いた。上半身を起こして喉元に両手を当て、苦しげに喘ぎ声をあげる真樹の口からは、止め処《ど》なく水が吹き出していた。

あまりにも異様な光景に圧倒されているのか、心電図モニターや酸素マスクを手にしている看護師たちも、真樹に近づけずにいる。

「水神様の……祟り……」

真知子がその場に崩れ落ち焦点を失った目で、もがき苦しむ娘を見つめる。

……『水神様の祟り』によって、水原真樹が陸で溺れている？

常識的にはそんなことありえないと分かっている。しかし目の前で起こっている不可解な現象は、いとも簡単に僕の三十年の人生で培った『常識』を塗りつぶしてしまった。

「な、何が起きているの⁉　何で病室で水原さんが溺れているの」

墨田の声が裏返る。野村は「わ、分かりません……」と細かく首を横に振るだけだった。

壮絶で不可解な光景に誰もが動けなくなっているなか、鷹央だけが迷うことなく大股に真樹へ近づいて行った。

首を押さえていた真樹の両腕がだらりと垂れ下がり、続いて糸が切れた操り人形のように、その上半身がベッドに崩れ落ちる。力なく開いた口からは、だらだらと水が溢《あふ》れていた。

「ま、まさか心肺停止したの⁉」

墨田がかすれ声で言う。へたり込んでいる真知子の口から、声にならない悲鳴が漏れた。

「違う！　意識を失ってるだけだ」

鷹央は早口で言うと、真樹の体にかかっている毛布を剝ぎとり、入院着のズボンの裾をまくった。

僕は大きく目を見開く。真樹の白い下腿部が、まるで象の足のようにパンパンに腫れていた。

「下腿浮腫⁉　ということは、心不全からの肺水腫⁉」

僕が声を上げると、鷹央は「そうだ！」と鋭く言う。

「心機能が落ちて血液の循環が滞り、血管の外に水分が染み出している。そして肺血管から漏出した水分が肺胞に溢れて、溺れているんだ」

一瞬で真樹の体に何が起きているのか診断を下した鷹央は、「舞！」と鴻ノ池に視線を送る。

「すぐに治療が必要だ！　救急カートを持ってこい」

「分かりました！」

鷹央の指示で金縛りが解けた鴻ノ池は、張りのある声で返事をすると素早く身を翻して病室から出て行く。それを見送った僕は、軽く頭を振ってそばにいた看護師から酸素マスクを受け取ると、小走りに鷹央に近づいた。

「どうして、いきなり心不全が起きたんでしょう？」

僕は酸素マスクから伸びているビニールチューブを、壁に埋め込まれている酸素供給用のバルブに接続させ、一気にダイヤルを回す。

鴻ノ池と同じように、金縛りから解放された看護師たちも一斉に動き出し、真樹の体に心電図や酸素飽和度モニター、血圧計などを巻きはじめた。

酸素が一気に吹き出したマスクを、僕は真樹の口元に当てる。血管から染み出した水分により、肺胞でのガス交換が阻害されている。高濃度の酸素を投与して、血中酸素飽和度を少しでも上げなければ。

「分からないが、いまはまず心不全の治療を行い、全身の循環状態を改善させる必要がある」

鷹央は早口で言った。

「必要な処置は僕がやります。鷹央先生は真樹さんの体に起きている、『水神様の祟り』の正体をあばいてください」

人並外れて不器用な鷹央は、注射をはじめ、あらゆる処置が苦手だ。下手に手を出されるより、救命処置に慣れている僕が一人でやった方がスムーズにできるだろう。それに、たとえ心不全に対する治療を行って一時的に症状が良くなったとしても、真樹の体を蝕んでいる『水神様の祟り』の正体が分からなければ、根本的な治療を行うことはできない。

ここまで急激に症状が悪化するのはあまりにも異常だ。早く原因を突き止めなければ真樹の命が危険だ。

鷹央は一瞬だけ迷うような素振りを見せたが、すぐに「分かった。治療はお前に任せる」と表情を引き締めた。

「救急カート、持ってきました！」

必要な機材や薬品が詰め込まれた救急カートをガラガラと音を立てて押しながら、鴻ノ池が病室へと戻ってくる。カートの上にはポータブルエコーも置かれていた。相変わらず気の利くやつだ。

「点滴の側管から、フロセミド十ミリグラム、ワンショットで静注しろ」

「ラジャーです」

鴻ノ池は救急カートから利尿薬であるフロセミドのアンプルを取り出す。

利尿薬により循環血液量を減らし、心臓の負荷を取る。それから……。

僕が次に取るべき行動を頭の中でシミュレーションしていると、けたたましい警告音が病室の空気を揺らした。僕は反射的に音が聞こえてくる方向に視線を送る。看護師が電源を入れたモニターが、アラームを鳴り響かせていた。

血圧76／36㎜Hg　SpO₂ 78％

液晶画面に表示された数字を見て、頭から冷水を浴びたような心地になる。

「心原性ショックだ！　心機能が著しく低下して、全身に血液を送れなくなっている！」

僕は声を張り上げる。部屋の空気がざわりと揺れた。

なぜ水原真樹は心原性ショックを起こしたんだ？　水神様の祟りとは何なんだ？

「利尿薬投与は中止！　代わりに強心剤の投与を！　循環器内科に連絡してすぐにドクターを送ってもらって！　あと、挿管の準備を。人工呼吸管理にします」

混乱しつつも僕は、鴻ノ池と看護師たちに早口で指示を与える。

「心原性ショック……、妄想と錯乱……、体の痛み……、発疹……、手形……。水ぶくれを伴うような、強い炎症を伴った手形……」

気管内挿管の準備をはじめる僕のそばで、鷹央が口元に手を当ててブツブツとつぶやく。

この状態になっている原因は知りたいが、いまはまず患者の命をつなぎとめることが最優先だ。鷹央の診断を待っている暇はない。

そう判断した僕は真樹の頭側に移動すると、看護師からL字型の喉頭鏡《こうとうきょう》を受け取った。喉頭鏡の先端についている電球を灯した僕は、真樹の歯に当てた右手の親指と人差し指を交差させるようにして、上下に開いていく。口腔内に喉頭鏡を差し込もうとしたとき、真樹の口からピンク色に泡立った水が溢れ出してきた。

肺血管から染み出した水分と赤血球が、空気と混ざって吹き出してきている。

「吸引管！　これじゃあ視界が保てない。喉の奥まで光を届かせないと挿管できない！」

僕はいったん喉頭鏡をベッドに置くと、代わりに看護師から吸引管を受け取って、真樹の口腔内に池のように溜まっている水分を吸引していく。

洟《はな》を啜《すす》るような音が響きはじめたとき、唐突に鷹央が「光⁉」と叫んだ。

「光だ！　そう、なんで私はこんな重要なファクターに気づかなかったんだ！」

天井を仰ぎながら、鷹央は頭を抱える。

「どうしたんですか？　なにか気づいたんですか？」

僕の問いに答えることなく、鷹央は救急カートからひったくるようにポータブルエコーを手に取り電源を入れると、ベッドに横たわっている真樹の入院着の胸元を大きく開く。

露《あら》わになった白い乳房の間に、鷹央はプローブを押し当てた。エコー装置のディスプレイに、超音波によって心臓が白く映し出される。

「心タンポナーデだ！」

鷹央が声を張り上げた。

「心タンポナーデ⁉　じゃあ、それが原因で……」

心タンポナーデは、心臓を包む心膜の内側に液体が貯留する病態だ。溜まった液体の圧迫で心臓が十分に膨らむことができなくなると、血液を全身に押し出すポンプとしての機能が損なわれる。

「そうだ！　これは心タンポナーデが原因だ！」

「でも、どうして心タンポナーデが⁉」

僕の問いに、鷹央は苛立たしげにかぶりを振る。

「説明している余裕なんてない。まずは心臓の圧迫を解除して、水原真樹を救うぞ」

鷹央の言う通りだ。真樹の病状は一刻の猶予もない。心タンポナーデの治療、ということは……。

僕が喉を鳴らして唾を呑み込んだとき、「小鳥先生」と背後から声をかけられる。振り返ると、鴻ノ池が大きなシリンジにカテラン針という十センチを超える長さの注射針をセットして両手に持っていた。

「これ、使いますよね」

緊張を孕んだ表情の鴻ノ池を見て、僕はふっと相好を崩す。気が利くな、こいつ。鴻ノ池から異様に長い注射針のついたシリンジを受け取った僕は、大きく深呼吸をすると周りのスタッフたちを見渡す。

「心嚢穿刺《しんのうせんし》をします」

「心嚢穿刺⁉」

墨田が声を上ずらせ、ほかのスタッフたちも表情をこわばらせる。

心嚢穿刺。体外から心臓めがけて注射針を刺し、心膜を貫く処置。

心膜内部の貯留液を吸い出して心臓への圧迫を解除する。それこそが心タンポナーデの治療だ。しかし、誤って注射針を進めすぎて心臓を貫けば、致死的な合併症を起こすこともある。

「ここで心嚢穿刺をするつもりですか⁉」

野村の声が裏返った。

「循環器内科を待って、カテーテル室で透視をしながら安全に穿刺した方が……」

「そんな余裕はない！」

鷹央が覇気のこもった声で言う。

「すでに心原性ショックで、全身の血液循環が破綻している。さらに肺水腫により、窒息に近い状態だ。すぐ処置をしないと低酸素脳症を起こし、救命できなくなる」

「低酸素脳症……」

野村は口を半開きにしながら、その言葉を繰り返す。

「小鳥」

鷹央はネコを彷彿させる大きな目で僕をまっすぐに見つめる。

「責任は私がとる。すぐに処置しろ」

鷹央の視線を正面から受け止めると、僕は「はい！」と力強く答えた。

鴻ノ池が救急カートからヨードの消毒液を取り出し、真樹の胸部にかける。

「消毒できました！　いつでも穿刺できます」

本当に気が利くやつだ。僕は唇の端を上げると、深呼吸をしつつ横目でアラーム音を響かせ続けているモニターを見る。

すでに血圧は測定不能なほど低下していた。酸素飽和度も七十％を切っている。このままだと数分以内に、低酸素脳症により真樹の脳は致命的なダメージを負うだろう。いま目の前で死に瀕《ひん》している女性を救えるのは僕しか、いや僕たち統括診断部しかいない。

真樹の胸骨の一番下、剣状突起と呼ばれる部分にカテラン針の先端を当てる。

胸部には心臓、肺などの重要な臓器が詰まっている。心臓を傷つければ当然、致命的になるだろうし、胸膜を破れば気胸を起こし、肺を穿刺したら血胸により呼吸不全を起こす可能性もある。

ここまで切羽詰まった状態で、極めてリスクの高い処置をするというのに、不思議と気持ちは落ち着いていた。心地よい緊張感が全身を満たす。

僕は鷹央と鴻ノ池に視線を送る。二人とも無言で力強く頷いてくれた。

変人で手がかかるけれど、信頼できる上司。テンションが高すぎてうざったいが、優秀な部下。頼れる仲間がすぐそばにいることが心強かった。

「穿刺します」

宣言した僕は、カテラン針の先端を胸骨の下縁に差し込むと、三十度ほど角度をつけてゆっくりと進めていく。

浅く呼吸をしながらシリンジを持つ手の感覚に全神経を集中させる。

もし針が心膜を貫いたことに気づかず、その奥で拍動する心臓まで貫いてしまったら、大量の血液が一気に心嚢内に溢れ出し、心臓への圧迫はさらに強くなる。そうなれば、もはや真樹を救命することは困難だろう。

慎重に、しかし急がなくては。

カテラン針を真樹の体内の奥深くへと進めていく。やがてかすかに、本当にかすかに、薄く弾力のあるゴムの膜を針が刺したような手応えがあった。

僕はゆっくりと、シリンジの押し子を引いていく。シリンジの中に赤く濁った液体が流れ込んできた。

成功だ！　内心で快哉《かいさい》を叫びながら、僕は心嚢内に溜まっていた液体を吸引していく。

「血圧上がってきています！　六十八……、七十四……、八十八……、九十六、ショックバイタル、離脱しました」

鴻ノ池が喜びの声をあげる。

「口腔内の水分を吸引する。貸せ」

立ち尽くしていた看護師から吸引管を奪い取った鷹央が、その先端を真樹の口に差し込み吸引を開始する。

五十ミリリットルのシリンジの八割方まで心嚢内貯留液を吸引した僕は、カテラン針を慎重に引いていく。針を抜き終えたとき、それを合図にしたかのように、真樹が大きくむせ込み、勢いよく上半身を起こした。

口の中に残っていた水分を吐き出しながら、真樹は激しく咳き込む。それに合わせて、モニターに表示されている血中酸素飽和度がみるみると上昇していった。

全身に満ちていた緊張が解け、安堵でその場にへたり込みそうになりながら、僕は赤く濁った液体で満たされたシリンジをそばにあるカートの上に置く。

「わ、私……。なにを……?」

状況が把握できていないのか、咳がおさまった真樹は、怯えた表情を浮かべて周囲を見回した。真知子が駆け寄り、その体を抱きしめた。

「よかった……。助かって、本当に良かった……」

肩を震わせながら涙声を絞り出す母親に、真樹は「お母さん、どうしたの?」と戸惑い声を出す。

「いまは精神症状が落ち着いているようだな。ちょうどいい、一気に終わらせるか」

鷹央は救急カートからアンプルを数本取り出すと、その中身を次々にシリンジに吸い取っていく。

「それ、なんのアンプルですか？」

まばたきしながら鴻ノ池が訊ねると、鷹央は「『水神様の祟り』の治療薬さ」とおどけるように肩をすくめた。

「……水神様……の祟り」

真樹の表情に怯えが走る。

「心配するな」鷹央は真樹に向かって下手くそなウインクをした。「私がお前にかかっている祟りを祓ってやる」

真樹に近づいた鷹央は、点滴ラインの側管にシリンジを接続させると、その中身を迷うことなく注入した。

「ちょっと⁉　なにを勝手に投薬をしているんですか？」

野村が抗議するが、鷹央は素知らぬ顔で鼻を鳴らす。

「いまさらだろ。投薬どころか、心嚢穿刺までしているんだぞ」

「いや、そうですけど……。いったい何を投与したんですか？」

「副腎皮質ステロイド、プレドニゾロンだ」

「なんでプレドニゾロンを……。そんなに大量のステロイドを投与するなんて、普通はありえない」

「普通の治療ではないからな。パルス療法だ」

鷹央はシリンジを側管から外した。

パルス療法とは大量のステロイドを三日ほど連続して投与し、それを一クールとして、数回くり返す治療法だった。

「ステロイドパルスって、なんでそんな強力な治療をいきなりはじめているのよ？」

墨田が責めるように声を上げた。

「しっかりと精密検査で確定診断を下してから治療を始めたいところだが、さっきの状況を見ていると、そうも言っていられないからな。下手をすればまた致命的な症状を起こしてしまうかもしれない。まずは治療を先行させ、症状を抑え込んでから診断をする方がいいと判断したんだ」

「ちょっと待って。確定診断ってあなた、水原さんに何でこんな症状が起きているか分かっているの？」

鷹央は「ああ、もちろんだ」顔の横で左手の人差し指をぴょこんと立てた。

「水原真樹の体を蝕んでいる『水神様の祟り』の正体、それは……」

もったいをつけるように言葉を切って、一拍おいた鷹央は、大きく両手を広げた。

「ＳＬＥだ！」

＊

「ＳＬＥ……、全身性エリテマトーデス……」

僕は呆然とつぶやく。

「それって、膠原病《こうげんびょう》の一種ですよね？」

鴻ノ池のつぶやきに、鷹央は「ああ、そうだ」と頷いた。

「ＳＬＥは全身に様々な症状を引き起こす自己免疫性疾患だ。倦怠感《けんたいかん》や、食欲不振などの全身症状、関節炎、皮膚の発疹、口内炎、脱毛、腎障害をはじめとする様々な臓器障害、抑うつ症状、意識障害、妄想などの精神症状など、極めて多様な症状が全身性に現れる」

「抑うつ症状、脱毛、倦怠感……。それに精神症状って……」

墨田が口を半開きにする。

「そう、水原真樹に起きている症状そのものだ。ただ水原真樹の場合、一般的なＳＬＥに比べ精神症状が強く出ていた一方、臓器などの異常は少なかった。だから血液検査では異常がほとんど出ていなかったのでＳＬＥに気づかず、精神疾患として治療されてしまったんだ」

「でも、どうして心タンポナーデなんかになったの？」

墨田の問いに、鷹央は「簡単なことだ」と口角を上げる。

「ＳＬＥの症状の一つに、心膜炎がある。心膜に強い炎症が起きた場合、そこから浸出液が漏れ出し、心嚢内に貯留する。それがさっき起きたことだ」

「ＳＬＥの心膜炎で、心タンポナーデ……」

野村が呆然とつぶやいた。

「そうだ。心膜炎はまだ起きているだろうから、しっかり炎症を抑えなければ、また心嚢内に浸出液が貯留してしまう。だからこそ大量のステロイドを投与して、まずは全身で起きている炎症を抑えなければならなかったんだ」

説明終わりとでも言うように、鷹央は両手を合わせる。

「待ってください」

娘を抱きしめていた真知子が声を上げた。

「真樹に起きている症状が、その病気に当てはまることは分かりました。けれど、あの手形はどうなるんですか？　あの……『水神様の手形』は？」

「そう、あの手形こそ、今回の事件の一番の謎だった。けれどさっき小鳥が『光を当てないと』と言ったのを聞いて気づいたんだ。光こそが原因だとな」

「光が原因……」

真知子の眉間に深いしわが寄った。

「ＳＬＥの症状の一つに、光線過敏症というものがある。日光などの強い光を浴びると、皮膚に炎症が起こるというものだ。ひどくなると火傷《やけど》をしたかのように水ぶくれが生じることもある」

「じゃあ、あの手形は日光を浴びたからだって言うんですか⁉」

「そうだ、一昨日お前は娘を連れて散歩した。その日はかなり天気のいい日だった。つまり、長時間日光を浴びたということだ。それにより皮膚に炎症が起き、赤い湿疹や水ぶくれができたんだ」

「でも、真樹の発疹は腕だけでした。それに、明らかに手の形に……。水神様のものじゃなければ、あれは誰の手形だったって言うんですか？」

「もちろん水原真樹自身の手形だ」

「真樹の手形……？　意味が分かりません」

真知子が頭を振る。僕も同じ気持ちだった。

発疹が生じたこと自体はＳＬＥの光線過敏症で説明がつく。しかし、なぜそれが手の形に浮かび上がったのか、真樹自身の手形とはどういうことなのか分からなかった。

「お前の娘は昔から外で遊ぶのが好きで、よく日焼けをしていた。お前はそれを注意して改善させた。そうだったな」

鷹央の確認に真知子は、「はい、そうですけど……」と頷く。

「しかし、社会人になっても水原真樹はアウトドアの活動が好きだった。つまり、お前がした注意は『外で遊ぶな』ではなかった。さらに水原真樹のやけに白い肌、そこから導き出される結論は一つ。お前はこう言ったんだ」

鷹央は左手の人差し指をメトロノームのように左右に振った。

「『外で遊ぶときは、しっかり日焼け止めを塗れ』とな」

「はい、そうです。この子はちゃんと言いつけを守って、外出するときは日焼け止めを塗るようになりました」

あごを引く真知子に、鷹央は「もちろん一昨日もだな」と確認する。

「はい、一昨日は日差しが強かったので、真樹も私も出かける前にちゃんと日焼け止めを塗りました。だから日焼けなんてするわけありません」

「そう、本当なら日焼けなどするはずがなかった。ただ、そこにもう一つのファクターが加わった」

「ファクター？　ファクターってなに？」

墨田が前のめりになる。

「消毒用のアルコールだ」

鷹央が両手を広げて言うのを聞いて、真知子が「あっ」と声をあげる。

「分かったようだな。娘の体調を気遣ったお前は、外出時に何度も娘の手をアルコール消毒させていた。日焼け止めというのは紫外線吸収剤などによって、皮膚に紫外線のダメージが及ばないようにしているが、それらの成分の中にはアルコールに容易に溶けるものもある」

「じゃあ、真樹さんの手についたアルコールのせいで……」

僕がつぶやくと、鷹央は「そうだ」と首を縦に振った。

「水原真樹はアルコールがついた手で、自分の腕に何度も触れた。そのとき、日焼け止めの紫外線吸収剤がそのアルコールに溶けて流れてしまい、手の形に薄い部分ができてしまったんだ」

鷹央は掌《てのひら》を僕たちに向けて掲げる。

「だからその部分は紫外線が肌に当たり、SLEの光線過敏症によって手の形に赤く発疹が生じた。これこそが腕に浮かび上がった『水神様の手形』の正体だ」

「じゃあ真樹に起きていることは、祟りなんかじゃなく病気が原因だったということですか⁉ この病気は治るんですか？」

娘の体を抱きしめたまま、真知子は縋《すが》りつくような眼差《まなざ》しを鷹央に向ける。真樹も不安気に鷹央を見つめていた。

「SLEをはじめとする自己免疫疾患は、完治が困難なことが多い」

真樹と真知子の表情に、同時に失望の色が浮かぶのを見ながら、鷹央は「ただし」

と付け加えた。

「専門医による適切な治療を受けることによって、症状は劇的に改善するはずだ。かなりの確率で、症状が全くない寛解と呼ばれる状態まで持っていくことができる。安心しろ、うちの病院の膠原病内科の部長は優秀だ。問題なく日常生活を送れるように治療してくれるはずだ」

鷹央が柔らかく微笑みかけると、真知子と真樹は顔を見合わせた。

「よかった……、本当に良かった……」

真知子は涙を流しながら娘の体をさらに強く抱きしめる。真樹も母親の体に両腕を回した。

代々続く『祟り』から解放された親子が固く抱き合うのを、僕たちは目を細めながら眺め続けた。

7

「あっ、血液検査の結果出ましたよ」

電子カルテの前の椅子に腰掛けている鴻ノ池が、はしゃいだ声をあげる。

ソファーで夕食のカレーを食べていた僕と鷹央は立ち上がって、鴻ノ池に近づいていった。

「どるぁ、結果ふぁ？」

カレーを咀嚼《そしゃく》しながら、鷹央が訊ねる。

「バッチリ出ています。さすがは鷹央先生」

鴻ノ池は電子カルテのディスプレイを指さした。


『抗核抗体　陽性』


画面にはそう記されている。抗核抗体はＳＬＥ患者の大部分で陽性になる指標だ。

「抗核抗体陽性と、すでに確認できている症状よりＳＬＥの診断基準を満たす。これで確定診断と考えて問題ないだろう」

鷹央は満足げに頷いた。

「明日の朝イチで膠原病内科に紹介状を書いておけ。さっき投与したステロイドでおそらく精神症状はかなり安定しているだろうから、明日には精神科病棟から膠原病内科の病棟へと移れるはずだ」

「よかったですね。これであの親子は『水神様の祟り』から完全に解放される」

僕が言うと、鷹央は「全部、私のおかげだな」と胸をそらし、唇についたカレーソースを舐める。

自分で言わなければ、もっとかっこいいのに……。僕が苦笑していると鴻ノ池が声を上げた。

「でも、やっぱり水神様なんていなかったんですね」

「かつてこの国では、不可思議な出来事を『神』によるものとしてごく自然に受け入れていた。しかし科学の発展により、それらの原理が解明されることにより『神』は減っていった」

鷹央の表情に、わずかに哀《かな》しげな影がさしたような気がした。

「不可思議な出来事の原因を暴くことは、ある意味この国の人々が共に生きてきた『神』を殺すことなのかもしれないな」

「でも、神様は置いといて、祟りが現実になくてよかったです」

しんみりした空気を振り払うかのように鴻ノ池が明るく言う。

「やっぱり、祟りとか呪いとかって、フィクションの中で楽しむものですよね。それなら全然怖くないし」

「フィクションの呪いといえば……」

鷹央ははっとした表情を浮かべ、両手を合わせる。

「事件も一段落したし、延期していた『リング』の鑑賞会しようぜ」

「えー、もう午後九時過ぎですよ。明日も仕事なのに」

愚痴をこぼす僕を尻目に、鷹央はいそいそとキッチンへと向かうと、そこから赤ワインのボトルを持ってきた。

「いまから人形町まで帰ってから明日わざわざ出勤するより、このままうちの病院の当直室にでも泊まった方が楽だろ。というわけで鑑賞会をはじめるぞ」

勝手に宣言をして、ボトルを開けはじめた鷹央を見て、僕は苦笑する。

「分かりましたよ。お付き合いします」

「あれ？　珍しく素直だな。絶対にグチグチと文句を言うと思っていたのに」

不思議そうに鷹央は目をしばたたく。

「いえいえ、今日はいいつまみがありそうなんで」

「つまみってなんですか？　なにか美味《おい》しいものとか隠しているんですか？」

明るく訊ねてくる鴻ノ池に、僕は「すぐに分かるさ」と満面の笑みを返した。

その夜、天医会総合病院の屋上には『リング』で井戸から這い出してくる貞子を見た鴻ノ池の悲鳴が響き渡ったという。

そして、僕はおびえてパニックになる鴻ノ池の姿を肴《さかな》にワインに舌鼓を打ったのだった。

闇に光る

Karte. 02

1

「いやあ、今日もいっぱい患者さん診ましたね」

スキップするような軽い足取りで階段を上がりながら、鴻ノ池舞《こうのいけまい》が言う。

「ああ、本当に多かった。さすがに疲れたよ」

僕、小鳥遊優《たかなしゆう》は大きくため息をついた。腕時計を見ると、すでに時刻は午後五時を回っている。

僕が大学医局からの派遣という形でこの天医会《てんいかい》総合病院にやってきてから一年以上経《た》つが、その間に、他科からの診察依頼は大幅に増加していた。

他の診療科では診断がつかない複雑怪奇な症状を呈する患者を診察し、診断を下すのが僕が所属し、いま鴻ノ池が研修を受けている統括診断部の主な業務だ。それゆえ、他科の入院患者の診察と診断の依頼が舞い込んでくる。それが増えてきているということは、統括診断部の信頼度が上がっている証拠でもあり、喜ばしいことだろう。

とはいえ、僕と部長である天久鷹央《あめくたかお》の二人しか正式に所属していない小さな診療科だ。あまりにも依頼が増えすぎるとさすがに厳しい。今日も朝からこの時間まで、わずかな昼休憩の時間を除いて、ずっと病院中の病棟を回っては、依頼があった患者の診察をし、必要な検査をオーダーしては、現状で考えられる鑑別診断を電子カルテに打ち込み、さらにそれを医局にいる鷹央に確認してもらうという作業を延々と行っていた。体の奥底に、ヘドロのように疲労がたまっている。

「えー、そんな情けないこと言わないでくださいよ。私なんてまだまだ元気ですよ。その気になれば、いまからフルマラソンだって走れます」

「化け物か、お前は……」

呆《あき》れながら階段を上がりきり、扉を開いた僕たちは外へと出る。

わずかに赤みを帯びた日差しが、屋上の真ん中に鎮座している赤レンガ造りの〝家〟に注いでいる。躍るような足取りで〝家〟に向かっていく鴻ノ池のあとを、僕は重い足取りでついて行く。

「お疲れさまでーす」

こっちが胸焼けするほどの元気で飽和した声を上げながら、鴻ノ池が〝家〟の玄関扉を開けた。

ヨーロッパの童話に小人の家として出てきそうなファンシーな外観とは対照的に、

室内はこちらも童話に魔女の棲《す》み処《か》として出てきそうなほど、薄暗く不穏な雰囲気が漂っている。いたるところに、ありとあらゆる種類の書籍が積み上げられた〝本の樹《き》〟が生えていて、〝本の森〟といった様相を呈した室内。その奥にあるソファーに、若草色の手術着を着た女性が腰かけていた。彼女こそこの〝家〟の主であり、ここを医局にしている統括診断部の部長、つまりは僕の上司である天久鷹央だった。

「おお、待ってたぞ。ちょっとこっち来いよ」

高校生、ときには中学生にすら間違えられる鷹央の童顔に満面の笑みが浮かんでいるのを見て、頭の中でアラームが鳴り響く。

この二歳年下の上司が上機嫌なときは、ろくでもないことが起きるということを、一年以上の付き合いで僕は知っていた。

「……なにかあったんですか？」

珍しい酒でも手に入ったから、今夜飲み会でもしようというのだろうか？　その華《きゃ》奢《しゃ》で小柄な体に似合わず、とんでもない酒豪である鷹央と飲むたびに、完膚なきまでに酔い潰されている僕はおずおずとソファーに近づいていく。

「ん？　この子は？」

前を進んでいた鴻ノ池が声を上げる。「この子？」と鴻ノ池の肩越しに視線を送った僕は、玄関からは死角になる位置に置かれている一人がけのソファーに、男の子が座っていることに気づいた。小学校の高学年ぐらいだろうか？

「あれ、君って……」

少年の顔に見覚えがあった。たしか一年くらい前に……。

「遠藤幸太《えんどうこうた》だ。おぼえているだろう」

「ああ、カッパ事件の」

僕は両手を合わせる。去年の秋、『久留米《くるめ》池のカッパ事件』の際に、カッパを見たと相談しに来た小学生だ。

「カッパ事件ってなんですか？」鴻ノ池が小首をかしげる。

「この近くに、久留米池公園っていう公園があるだろ。深夜、あそこの池にカッパが出るって事件があったんだよ。そのときのカッパの目撃者がこの幸太君だ」

僕が幸太を紹介すると、鷹央が誇らしげに胸を張った。

「その事件は私が、鮮やかにカッパの正体を見破って解決してやったんだ」

「えー、なんですかそれ、面白そう。詳しく知りたいです」

鴻ノ池が前のめりになる。「それはな……」と鷹央が説明しようとする傍らで、幸太がなにか言いたそうにしていることに気づいた僕は慌てて口を開いた。

「それより、どうして幸太君がここにいるんですか？　もう午後五時ですし、まずは幸太君の話を聞きませんか」

言葉を遮られた鷹央は一瞬、不満げな表情を浮かべるが、さすがに子どもの帰りが遅くなる事態は避けるべきだと思ったのか、「そうだな」とあごを引いた。

「幸太はまた私に相談したいことがあるらしいんだ。そうだ。そうだよな」

水を向けられた幸太は首をすくめるように頷《うなず》いた。

「僕がカッパを見たっていったとき、馬鹿にせずに調べてくれた先生たちなら、僕の話を聞いてくれると思ったんです」

「ということは、もしかしてまた不思議なことが起きたの？」

幸太が「はい」とあごを引くのを見て、頬が引きつる。これが、鷹央がやけに上機嫌だった理由か。

鷹央が好物の酒、甘味、カレー以上に愛するもの、それが不可思議な謎だった。超人的な知能を持て余し気味の鷹央にとって、その脳細胞をフル活用できるような摩訶《まか》不思議な事件は、なによりのご馳走《ちそう》だ。

それを目の前にすると、ニンジンをぶら下げられた競走馬のごとく、わき目もふらずに事件の捜査に乗り出す。そのとき、決まって僕もそれに付き合わされるのだ。まだ地獄の飲み会の方がよかった。一晩耐えれば、アルコールから生じたアセトアルデヒドを、体内の酵素が炭酸ガスと水にまで分解してくれるのを待てばよいだけなのだから。ブレーキが壊れた機関車のごとく暴走する鷹央をフォローしつつ、一緒に捜査に付き合わされるのに比べればずっとましだ。

「いや、幸太君、子どものときは色々と不思議に思えることもあるけれどね、そのほとんどは大人になったら普通のことだったって分かることなんだよ。だから、あまり考えすぎない方が……」

なんとか鷹央の無限の好奇心に火がつく前に止めようと、僕は諭すように幸太に話しかける。

「大人になるまでなんて待てません。だって、友達が妖怪に攫《さら》われたかもしれないんですから。もしそうなら、すぐに助けないと」

「妖怪に攫われた⁉　どういうことだ、詳しく教えろ」

鷹央はソファーから腰を浮かす。

ああ、好奇心の臨界点を越えてしまった……。こうなってはもう止められない。それに、妖怪はともかく、「友達が攫われたかもしれない」と言われては、話を聞かないわけにはいかなかった。

「えっと、僕、お父さんもお母さんも働いているから、放課後によく児童館の学童に行っているんです」

幸太が説明をはじめる。

「学童って、学童保育のことですよね。昼間、保護者がいない小学生が放課後に遊んだり勉強したりできる児童クラブみたいなやつ」

　鴻ノ池がつぶやくと、幸太は「はい、そうです」とあごを引いた。

「そこに、レイト君っていう友達がいるんです。他の小学校に通っていて、たしか二年生だけど、ウルトラマンが大好きで、僕もウルトラマン好きだから仲良くなって、よく一緒に遊んでいたんです。ただ、ゴールデンウィークが終わったくらいからレイト君、学童に来なくなっちゃって……」

「それは引っ越したり、他の学童に行くようになったんじゃないかな？」

　僕が口にしたごく常識的な判断に、幸太は激しく首を横に振った。

「ううん、一ヶ月くらい来なかったんですけど、そのあと、また来るようになって……。けど、戻ってきたレイト君は、レイト君じゃなくなっていたんです」

「レイト君じゃなくなっていた？　どういうこと？」

　いぶかしげに鴻ノ池が訊《たず》ねる。

「ウルトラマンの話をしようとしても、前みたいに話してくれなくなったし、みんなと全然遊ばなくなったんです」

「それは、友達とケンカをしたとか、なにかあっただけじゃないかな？　もしくは、ウルトラマン以外のヒーローが好きになったとか」

　再び僕が口にした常識的な判断に、幸太も再び大きく首を横に振る。

「違います！　そんなんじゃないんです！　あれはレイト君じゃありません。あれは人間じゃなくて妖怪なんです！　きっとレイト君は妖怪に攫われたんです」

「妖怪ってそんな……」

　あまりにも飛躍した話になんと反応して良いか分からず僕が困惑していると、それまで黙って幸太の話を聞いていた鷹央が口を開いた。

「つまりお前は妖怪がそのレイトという少年を攫い、入れ替わっていると考えているんだな」

「はい、そうです！」

　幸太は顔を輝かせる。その反応を見ると、カッパ事件のときと同様に、周りの者たちに妖怪の話をしたが、誰にも取り合ってもらえなかったのだろう。

「なるほどな……」鷹央は鼻の頭に指を当てる。「では、どうしてお前は、そのレイトという少年が妖怪と入れ替わっていると気づいたんだ？」

「この前、夜に塾から帰るとき、お母さんに連れられたレイト君が遠くにいるのが見えたんです。そしたら目が合って、そのとき僕は気づいたんです。レイト君が人間じゃないって。あれは間違いなく妖怪でした」

　幸太の説明は曖昧で、なぜ人間じゃないと思ったのか、自分でもはっきりとは分かっていないことが伝わってきた。

さすがに、これの捜査をしたりはしないよな……。

鷹央は少し俯《うつむ》いて考え込むようなそぶりを見せたあと、顔を上げて幸太に視線を送った。

「それで、お前はどんな妖怪がその少年と入れ替わっていると思っているんだ?」

鷹央の問いに、幸太は「はい!」と大きく頷いた。

「化け猫です。化け猫がレイト君に化けているんです」

2

「いや、しかしまさか『化け猫』が出てくるとは思わなかったよ」

ひとりごとをつぶやきながら、僕は病院の駐車場を進んでいく。

三十分ほど前、幸太の話を聞き終えた鷹央は「『化け猫』とは興味深い!」と歓喜の声を上げた。そして僕に視線を向けると、「明日から『化け猫探し』としゃれこむぞ」と宣言した。

明日からなにをやらされることやら……。

気が重くなっていくのを感じながら、愛車のCX-8のそばまで来たとき、腰のあたりから電子音が響いてきた。

ズボンのポケットからスマートフォンを取り出すと、液晶画面に知らない番号が表示されていた。

首を捻《ひね》って少し迷ったあと、僕は『通話』のアイコンを押してスマートフォンを顔の横につける。

『もしもし、小鳥遊先生のお電話でよろしいでしょうか？』

弱々しい女性の声が鼓膜を揺らす。

「はい、そうですが、どなたでしょう」

『私、浮雲新一《うきぐもしんいち》の妻の鈴子《すずこ》と申します』

「浮雲先生の奥さんですか⁉」

思わず背筋が伸びてしまう。

「はじめまして、小鳥遊優です。浮雲先生には以前からお世話になっています。どうされましたか？」

僕の質問に、スマートフォンから小さな嗚咽《おえつ》のような音とともに、か細い声が聞こえてきた。

「夫が……亡くなりました……」

扉の脇についているインターホンを押すと、軽い電子音が響き渡った。

西東京市と練馬《ねりま》区の境辺りに広がる閑静な住宅街。浮雲の妻から連絡を受けた僕は、その一角に建つ二階建ての一軒家の玄関前にやって来ていた。敷地の中にある駐車場には黒いマット塗装が施されたクラウンが停《と》まっている。

ここが浮雲先生の家か……。

僕は目の前に立つ家を見上げる。それほど大きくはないが、凝った作りの一戸建て住宅。おそらくは建売ではなく、設計図から作り上げた注文住宅だろう。

――子どもができた時のためにって、若い時にローンを組んで一軒家を作ったんだよ。そのせいで毎日通勤が大変だよ。ただ結局、子どもはできなかったけれど、やっぱり自分の家ってやつは落ち着くぞ。お前もさっさと身を固めて一国一城の主になったらどうだ？

三年ほど前に浮雲からかけられた言葉を思い出していると、ガチャリという錠の外れる音が響き、ゆっくりと玄関扉が開いていった。

「小鳥遊先生ですか？」

小柄で痩せた中年女性が扉の隙間から顔を覗《のぞ》かせる。僕が「はい、そうです」と頷くと、女性は「浮雲の妻、鈴子です」と頭を下げながら扉を大きく開いた。

玄関に入った僕は鈴子をさっと観察する。浮雲は同い年の女性と結婚したと言っていたので、年齢は五十代半ばだろう。しかし、僕の目には目の前の女性がすでに還暦を過ぎているように見えた。表情筋は力なく弛緩《しかん》し、うつむいたまま上目遣いで僕を見るその目は落ちくぼみ、濃いクマに縁取られている。白髪の混じる髪はほとんどケアされていないのか、ボサボサに乱れている。

おそらく、がんに侵された夫の看病、そしてずっと連れ添ってきた配偶者との別れが彼女を老けて見せているのだろう。

「初めまして。小鳥遊優と申します。浮雲先生には純正医大付属病院時代にとてもお世話になりました」

「こんな時間に急にお呼び立てして申し訳ありません」

鈴子はうなだれると、蚊の鳴くような声を絞り出す。

「そんなことはありません。僕は浮雲先生の主治医ですし、そして浮雲先生の弟子でもあります。連絡をいただけて感謝しています」

心から礼を言いながら、僕は靴を脱いで「失礼します」と廊下に上がり、鈴子が勧めてくれたスリッパを履こうとする。その時、右足の小指に鋭い痛みが走り、うっと声を上げてしまった。

「どうされました？ 大丈夫ですか？」

鈴子が不安げに尋ねてくる。

「はい、なにかを踏んだようで……」

僕は片足立ちになって、靴下を履いた右足の裏を確認する。小指辺りで電球の明かりがキラリときらめいた。

小指になにかが刺さっている。僕はそれをつまんで抜く。再び鋭い痛みが小指に走った。天井についている電球につまんでいる物質をかざし、目を凝らす。

「ガラスの破片みたいですね」

僕はすぐ近くに置いてあったゴミ箱にそれを捨てた。

「すいません。この前そこでグラスを割ってしまって……。すぐに手当しないと」

「いえ、トゲが刺さった程度の傷ですので、気になさらないでください。それより……浮雲先生はどちらに?」

スリッパを履きながら尋ねると、鈴子は「……こちらです」と、僕を廊下の奥にある扉の前へと案内する。

「この部屋に夫はおります」

ゆっくりと手を伸ばし、ノブに触れた瞬間、僕は無意識に、熱湯にでも触れたかのように手を引いていた。

「大丈夫ですか?」

訊ねてくる鈴子に、「はい……、大丈夫です」と、わずかに震える声で答えた僕は、再び手を伸ばしてノブを摑《つか》んだ。

この奥で、浮雲が亡くなっている。この扉を開けたら、尊敬する先輩医師の死を目の当たりにすることになる。

僕は奥歯を食いしばると、ノブを回して扉を開いた。その奥に広がっていた光景を見て、心臓が大きく鼓動した。

六畳ほどのフローリングの部屋にシングルベッドが二つ置かれている。そのうちの一つに、寝巻き姿の浮雲が横たわっていた。それだけ見るとただ眠っているように見える。しかし、ベッドの横には心電図モニターが置かれ、そこに表示されている心電図は完全に平坦《へいたん》になっていた。

どうして一般家庭に心電図モニターが？

「心電図モニターはもともとあったんですか？」

僕の問いに、鈴子は「いいえ」と首を横に振った。

「昨日の昼に、急に夫が苦しみだしたんです。それで訪問診療の先生を呼びました。診察してもらったところ、特に大きな問題はないとのことでしたが、不安だったのでモニターを付けてもらったんです。これまでも、隣のベッドで寝ている夫が死んでいるんじゃないかって不安になって、叩《たた》き起こしてしまったことが何度もあったので……。あのモニターさえあれば、ちゃんと心臓が動いているか分かりますから……」

鈴子は眉間に深いしわを刻んで、完全に平坦になっている心電図の波形を眺める。

「でも、さっき私がちょっと買い物に出かけて戻ってきたら、もうその状態で……」

声をかすれさせた鈴子は、モニターから視線を外した。

「ちょっと待ってください。昨日、訪問診療のドクターが診察しているんですか？」

「はい」鈴子は小さくあごを引いた。

「それじゃあ、どうしてそのドクターではなくて僕を呼び出したんですか。訪問診療のドクターなら、僕よりもずっと早く駆けつけてくれるはずなのに……」

「夫が言っていたんです、自分が命を落としたら、可能なら小鳥遊先生に死亡確認して欲しいって」

浮雲先生がそんなことを……。胸の奥から熱いものが込み上げてくる。

「残念ながら夫の死に目には私も立ち会えませんでした。ずっと連れ添ってきたのに、最後は一人で逝かせてしまいました。だからせめて、亡くなっているのを確認していただくのは、小鳥遊先生にお願いできればと思い、迷惑と知りながらもお電話を差し上げてしまいました。本当に申し訳ありません」

鈴子はつむじが見えそうなほどに深く頭を下げた。

「迷惑なんてとんでもない」

僕は二、三度深呼吸をすると、ゆっくりと浮雲が横たわるベッドへと向かう。

この前診察した時は、あと何ヶ月かは持つと思っていたけれど、昨日体調が急に悪くなったということは、そのときになにか大きな問題が起こったのかもしれない。

血管内まで浸潤している腫瘍の塊が崩れて血流に乗り、塞栓症などを起こすことは決して珍しいことではない。ある程度、病状が進行したがん患者は、いつ急変してもおかしくはないのだ。

ベッドに近づいた僕は、ふと、ベッドサイドにあるナイトテーブルに聴診器とペンライトが置かれていることに気づいた。

「この聴診器とライトは……？」

「夫が用意しておいたものです」鈴子が蚊の鳴くような声で言う。

「浮雲先生が？」

「はい、病状が進んでから夫はいつ自分の命が尽きてもいいように、色々と準備を整えていました。前もって葬儀社と連絡を取って契約をしたり、弁護士さんに遺言書を作ってもらったり、財産を私に生前贈与したり。そんな夫の準備の一つがそれです。自分の死亡確認をしてくださる先生が使えるようにと、愛用の聴診器とペンライトを準備していました」

長年使ってきた商売道具で、自分の死亡確認をしてほしい。その気持ちは同じ医師として少し理解できる気がした。

「分かりました。そちらを使わせていただきます」

僕は天医会総合病院から持ってきた聴診器やライトが入ったバッグをすぐ脇にあった棚に置くと、一歩一歩ゆっくりと浮雲に近づいていく。

ふと僕は、浮雲の体にかけられている布団の隙間から白い煙のようなものが出ていることに気づいた。なにかと思って少し布団をめくると、布団の中に氷のようなものが入っていた。

「これは……」

僕が首をひねっていると、「ドライアイスです」と鈴子がつぶやいた。

「夫が準備していたものの一つです。もし、自分が命を落としたあと、すぐには小鳥遊先生がいらっしゃれないような状態だったら、腐らないようにドライアイスで体を冷やしておくようにと」

「そこまでしていたんですか。浮雲先生らしいというか……」

唇が少しだけ綻んでしまう。

「手術の時も、前準備がなにより大切だって指導してくれました。術前に何度もシミュレーションして、どんなトラブルが起きても対処できるように、細かく準備をしておくんです」

僕につられたように、鈴子も少しだけ目を細めた。

「ええ。旅行の時も分単位でスケジュールを決めるんですよ。だからいつも大変でした。予定通りスケジュールをこなすことで頭がいっぱいになっちゃって、旅行を楽しむどころじゃなかった」

「ご家庭でも、先生は変わらなかったんですね」

僕は目を細めると、「浮雲先生、小鳥遊です。来ましたよ」と浮雲の手を取る。指先に伝わってくる氷のように冷たい感覚に、心臓が大きく跳ねる。僕の胸の前まで引き上げようとするが、強い抵抗があった。

もう死後硬直が始まっているのか……。

唇をかんだ僕は、ふと浮雲の右手人差し指の指先の皮膚が剝がれ、そこに血が固まっていることに気づいた。

これは……。僕が浮雲の手に顔を近づけようとすると、鈴子が「あの、なにかありましたでしょうか？　なにか問題でも？」と不安そうに訊ねてくる。

ただでさえ辛《つら》い状況なのに、これ以上おかしな不安を与えるべきではない。そう判断した僕は「いえ、なんでもありません」と浮雲の手を離した。

「それでは、確認させていただきます」

気を取り直した僕が言うと、鈴子は硬い表情で小さく頷いた。僕はナイトテーブルからペンライトを取り上げようとするが、なぜかわずかに手に抵抗が伝わってきた。

なにか、引っかかっている？　僕は少しだけ首を捻ると、腕に力を込める。べりっという音がして、ペンライトが持ち上がった。

「浮雲先生、失礼しますね」

柔らかく声をかけながら、僕は指でそっと浮雲のまぶたを上げ、ペンライトの光を目に当てる。瞳孔は完全に散大しきっていて、小さくなることはなかった。

「対光反射の消失を確認しました」

僕は低い声で言うと、ペンライトをナイトテーブルに戻し、代わりに聴診器を取り上げると、それを耳に当て浮雲の寝巻きをまくり上げて、露出した胸に集音部を当てる。心臓の鼓動も呼吸音も全く聞こえてこなかった。僕は「ありがとうございます」と浮雲に声をかけつつ、寝巻きを元に戻した。

「心拍と呼吸も停止しています」

そこで言葉を切った僕は、腕時計に視線を落とす。

「午後九時二十三分、御臨終です」

僕が深々と頭を下げると、鈴子もそれに倣うように「お世話になりました」と頭《こうべ》をたれた。僕は心電図モニターの電源を落とし、大きく息をつく。

「先ほどおっしゃっていた、浮雲先生が前もってコンタクトを取っていた葬儀社は分かりますか？　もし分かるならそこに電話をしていただければ、すぐに担当者が来て、あとのことは全てやってもらえるはずです」

「大丈夫です。主人が前もって、葬儀社の電話番号を電話機のそばに付箋で貼っておいてくれましたから」

鈴子は濡《ぬ》れた目元を指で拭うと、笑みを浮かべてベッドに近づき、横たわっている浮雲の頬を愛《いと》しそうに撫《な》でた。

「本当になにからなにまで準備万端なんです。この人は」

小さな嗚咽を漏らした鈴子は「すみません。少しだけ二人にしてもらえますか?」と声を絞り出す。

「部屋を出て向かいにリビングダイニングがありますので、そちらでお待ちください」

「承知しました」

僕は小さく頷くと、出入り口に向かい、棚の上に置いたバッグを持って部屋をあとにした。

指示通りリビングダイニングに入った僕は、ダイニングテーブルの椅子に腰掛けた。テーブルに旅行ツアーのパンフレットがいくつも重ねて置かれていることに気づいた僕は、何気なくその一番上に置かれている一冊を手に取る。それは河口湖《かわぐちこ》の湖畔に立つコテージのものだった。

——湖畔のコテージを借り切って、そこでゆっくりと二人で過ごすんだ。

先々週、最後の外来で浮雲に会ったとき、彼が幸せそうに言っていたことを思い出す。

あんなに楽しみにしていたのに、浮雲先生はそれをする前に逝ってしまったのか……。運命ってやつは、どこまで残酷なんだろう……。

僕は唇を噛《か》むと、バッグから死亡診断書を取り出して、それに記載をはじめる。十数分かけてじっくりと死亡診断書の空欄を埋めていった僕は、最後にサインを書き終えると、大きく息をつく。診断書に記された浮雲新一という名を見て、尊敬する先輩医師が逝ってしまったという実感がようやく湧き、胸の奥が痛くなっていく。

僕が胸元に手を当てていると扉が開いて、憔悴《しょうすい》した様子の鈴子がリビングダイニングに入ってきた。

「小鳥遊先生、本当にありがとうございました」

深く一礼する鈴子に、僕は「この度は誠にご愁傷様でした」と礼を返す。

「死亡診断書は書いておきました。こちらを葬儀社の人に渡せば、あとは全てあちらがやってくれるはずですが、大丈夫でしょうか？　もしよろしければ僕が葬儀社に連絡を入れましょうか？」

二十年以上連れ添ってきた夫を亡くし、鈴子はいま強いショックを受けているはずだ。病院で患者がなくなった場合は、看護師や事務の者が色々とサポートするが、自宅ではそうはいかない。

葬儀社のスタッフが来るまで、この家で待っていた方がいいのではないか。僕がそんなことを考えていると、鈴子は静かに「大丈夫です」と弱々しく首を振った。

「もう、葬儀社には連絡を取りました。すぐに来てくれるということです。こんな時間に急にお呼び立てして申し訳ありませんでした。あとは大丈夫です。お忙しい中ありがとうございました。玄関までお送りしますね」

鈴子に促された僕は「分かりました」と頷く。前もって葬儀社と打ち合わせをしていたなら、一時間もしないうちに社員がやってきて、葬儀の手配をしてくれるだろう。それまでの間、夫婦水入らずで過ごしたいのかもしれない。鈴子の態度からそう感じた僕は、リビングダイニングを出て玄関へと向かう。

「ああ、そうだ」

玄関に近づいたところで、僕は隣を歩く鈴子に声をかける。

「浮雲先生のお葬式で、もしお手伝いできることがあれば、遠慮なくおっしゃってください」

「いえ……、家族葬という形にするつもりなんです。とは言っても、主人の家族は私だけなので、一人で見送るつもりです」

「そうなんですか……」

浮雲は多くの医局員から慕われる医師だった。きっと彼に最後の挨拶をしたい者は大勢いるだろう。ただ、浮雲が生前に葬儀社とそのように取り決めをしたということは、彼自身がそのような葬儀を望んだのだ。その意思を尊重しなければならないと思いつつ、僕はおずおずと口を開く。

「あの、もしよろしければ、浮雲先生をお見送りしたいので、荼毘《だび》に付すときだけでもご一緒できませんでしょうか？」

「え？　斎場にいらっしゃるということですか？」

戸惑いの表情を浮かべる鈴子に、僕は「はい」と頷く。

「浮雲先生には外科医だった時、本当にお世話になりました。さらになんのご縁か、主治医として先生の緩和ケアを行うこととなり、今日こうして先生のご臨終に立ち会わせていただきました。ですので、先生の弟子として、そして主治医として、最後の最後だけでも立ち会わせていただきたいんです」

必死に頼み込むと、鈴子は困惑した様子で数秒視線を彷徨《さまよ》わせたあと、ためらいがちに「……分かりました」と頷いた。

「主人を火葬する日時が決まりましたらお知らせいたします。それでよろしいでしょうか？」

「ええ、それで構いません。本当にありがとうございます」

僕が心からの感謝を伝えると、鈴子は「いえ、きっと主人もその方が喜びますから」と弱々しく微笑《ほほえ》んだ。

3

「化け猫とは、文字通り猫が妖怪に変化《へんげ》した存在だ。伝承ではよく行灯《あんどん》の油を舐《な》める姿が描かれる。江戸時代では行灯の燃料に、鰯《いわし》などから取れた魚油を使っていて、それを猫が舐めたことに由来していると思われる。そもそも、猫は完全な肉食動物であるが、江戸時代の日本は米をはじめとする穀物と野菜が主食で、猫もそれを与えられていた。それゆえ、動物性たんぱく質が不足していた飼い猫が、魚油を舐めるというのはごく自然に起こりうる……」

延々と流れてくる、江戸時代の猫の生態についての情報に辟易《へきえき》した僕は、愛車であるCX－8の助手席に座っている鷹央を横目で見る。浮雲の死亡確認をした翌日の午後五時半過ぎ、病院での勤務を終えた僕たち統括診断部の三人は、かつて『カッパ事件』や『ナイトミュージアム事件』があった久留米池公園のそばにあるという児童館へ向かっていた。幸太とレイトという名の少年は、その児童館の学童保育で知り合ったという。そこに行けばなにか手がかりが得られるかもしれないと、鷹央が言い出し

いよ」

「鷹央先生、脱線して明後日《あさって》の方向にずれていっています。話を本線に戻してくださいよ」

僕の指摘に、鷹央は「おお、すまんすまん」と軽く手を上げた。

「つまり化け猫というのは、かなり昔からメジャーな妖怪だということだ。同じような猫の妖怪に猫又《ねこまた》も存在するが、そちらは尻尾が二股に分かれているという特徴がある点で、区別がつけられる。まあ、けっこう混同されているケースもあるようだがな。化け猫でとくに有名なのが、佐賀県の伝承として残っている『鍋島《なべしま》の化け猫騒動』だ。戦国武将であった龍造寺隆信《りゅうぞうじたかのぶ》の死後、龍造寺氏が佐賀藩藩主から失脚し、代わりに鍋島氏が……」

「それは本線じゃありません！」

僕が突っ込むと、鷹央は「なんだよ、うるさいな」と鼻の付け根にしわを寄せた。

「そうですよ。せっかく鷹央先生のお話、面白くて勉強になるのに」

後部座席に乗っている鴻ノ池が身を乗り出して、鷹央に加勢する。

「いいか、小鳥《ことり》、好奇心は人類の進歩の原動力だぞ。どんな知識にも興味を持つべきだ。少しは舞を見習え」

鷹央はこれ見よがしに鴻ノ池の頭を撫《な》でた。

「『好奇心は猫をも殺す』っていうことわざもありますよ」

僕が反論すると、鷹央は「それだ」と僕の横顔に指を突きつけてくる。

「猫が殺すんだ。化け猫は人に害をなし、その命を奪うことがある存在とされている」

「いや……、僕は『猫をも殺す』って言ったのであって、『猫が人を殺す』とは一言も……」

弱々しい僕の突っ込みを無視して、鷹央は再び滔々《とうとう》と話しはじめる。

「化け猫の能力として一般的に描かれているのは、人をたたる、人を喰《く》う、人に憑《と》りつく、そして……」

鷹央は顔の横でぴょこんと左手の人差し指を立てた。

「人に化ける、だ」

「もしかして、本当に化け猫が『レイト君』に化けていると思っているんですか？」

僕の問いに、鷹央はシニカルに唇の端を上げた。

「さあ、どうだろうな。それを確かめるために、捜査に向かっているんだろ」

化け猫と入れ替わったなど、幸太の勘違いに決まっている。怪談でも聞き、なにかのきっかけで同じ学童にいる友達が妖怪と入れ替わっていると思い込んでしまったのだろう。子どもにはよくあることだ。

こんなことをわざわざ調べる必要などないとは思うのだが、昨日の幸太の話が、鷹央の無限の好奇心に火を点《つ》けてしまった。そうなった鷹央はブレーキの壊れた機関車のようなものだ。蒸気を吹き出し、汽笛を鳴らし続けながら、『謎』を解き明かすまで暴走し続ける。

そんな状態の鷹央を一人で行動させたら、どんなトラブルを起こすか分かったものではない。この年下の上司は、僕の知る限り最も『常識』という概念と仲の悪い人物だ。なので、他人との軋轢《あつれき》をできるだけ最小限にするために、社会との緩衝材として、僕が『捜査』に付き合う必要があった。

「でも、『レイト君』、いますかね？　幸太君の話では、最近はあんまり学童に来ていないってことでしたけど」

鴻ノ池が言うと、鷹央は後頭部で手を組んで助手席の背もたれに体重をかける。

「さあ、どうだろうな。ただ、いなかったとしても、なにか情報は得られるさ。探偵の基本は『現場百遍』だろ」

「それって、刑事の基本では？　そもそも、僕たちは探偵じゃなくて医者……」

「細かいやつだなぁ」

かぶりを振った鷹央は、急に口角を上げてフロントガラスの向こう側を指さした。

空にはいまにも雨が降りそうなほど厚い雲がかかっていて、まだ日は落ちていないのに辺りはうす暗い。そんな景色の中、久留米池公園とその手前にある四階建ての建物が見えてきた。

「あれが児童館だろ。よし、小鳥。車を停めろ」

「はいはい、分かっていますよ」

児童館のそばにある、二十台分ほどのスペースがある駐車場に、僕はCX－8を停める。駐車場の奥は久留米池公園に繋《つな》がっていて、鬱蒼《うっそう》とした林が広がっていた。

エンジンを切るや否や、鷹央が「よし、捜査開始だ！」と助手席の扉を開けて飛び出していった。

「ああ、先生、ちょっと待って」

僕は慌てて鷹央に続いて車を降りる。

「かなり大きいですねえ」

後部座席から出てきた鴻ノ池が、正面の児童館を見上げた。

「この辺りはベッドタウンだから、子どもが多いんだろうな。それに、近隣一帯にある四つの小学校に通っている児童を、ここの学童で受け入れているらしい」

「その規模だと、顔とか名前をなんとなく知っているだけの友達もたくさんできそうですね」

僕たちが児童館に近づいていくと、何人かのランドセルを背負った子どもとすれ違う。もう午後六時近い。学童で過ごした児童たちが、自宅へと帰っていくのだろう。

手を繋いでいる女の子たちや、戦隊ヒーローごっこをしている男の子たちが帰路についているのを微笑みながら見送りつつ、僕は児童館に入る。次の瞬間、目に飛び込んできた光景に、僕の笑顔が引きつった。

鷹央が受付の職員と言い争っていた。

「だから、この学童にいる『レイト』って子どもの情報が欲しいんだよ！ ほら、さっさと出せ。そいつが化け猫かもしれないから」

「いきなりなんなんですか？ 警察呼びますよ」

ああ、しまった。『緩衝材』なしで社会と接触させてしまった。

僕は慌てて鷹央のそばに駆け寄ると、首をすくめながら職員の女性に話しかける。

「お騒がせしてすみません。ちょっとうかがいたいことがありまして」

「そう、うかがいたいことがあるんだ。レイトって子どもがいるだろ。そいつについて知っていることをすべて吐け。氏名、住所、生年月……」

「はい、鷹央先生落ち着いてくださいねー」

まくし立てる鷹央を、鴻ノ池が後ろから羽交い締めにする。

「あ、こら、舞。なにするんだ、放せ」

「暴れないで、深呼吸ですよー、深呼吸。ヒッヒフー、ヒッヒフーってね」

……それ、深呼吸じゃなくね？　胸の中で突っ込みつつ、僕は職員に向き直る。

「すみませんでした。それで、『レイト君』というお子さんの話なんですが……」

「あなたがた、そのお子さんの保護者ですか？」

「いえ、保護者ではありませんけど……」

「なら、お預かりしている大切なお子さんの個人情報を教えられるわけがないじゃないですか」

不信と警戒で飽和した視線を浴びせかけられ、僕は思わず後ずさってしまう。

「そ、それはそうですよね……」

「分かったなら、すぐに帰ってください。そうでなければ、本当に警察に通報します」

低くこもった声で言うと、職員はそばにある電話機の受話器を手にした。

「し、失礼しました。ほら、鴻ノ池、行くぞ」

僕は上ずった声を上げると、鴻ノ池を促して児童館をあとにする。

「あ、こら、まだ話は終わっていない……」

声を上げる鷹央を引きずって、鴻ノ池もついてくる。さすがに合気道の達人だけあって、鷹央の抵抗を全く苦にすることなく外まで連行してきた。

「『レイト君』の情報が何も手に入っていないだろ。なんで逃げないといけないんだ」

「警察に通報されるからです！」

　僕と鴻ノ池の声が重なった。

「警察なんて怖くない。別に私たちは悪いことをしているわけじゃない。『謎』に挑むためには、なにも恐れることなんてない」

　鴻ノ池の拘束から解放された鷹央は、胸を張って言う。

「……真鶴《まづる》さんもですか？」

　僕がぼそりと言うと、興奮で紅潮していた鷹央の顔が一気に青ざめた。

「ね、姉ちゃん……」

「そうです。警察に通報されたりしたら、問題になって真鶴さんに連絡が行きますよ。それも恐れないんですか？」

　僕の問いに答えることなく、鷹央はがたがたと震え出す。いったい、いつも真鶴さんにどんな折檻《せっかん》を受けているのだろう？

　呆《あき》れていると、「先生たちー」という声が聞こえてきた。見ると、児童館から出てきた幸太が手を振っていた。

「おお、幸太。いま帰りか？　レイトって子どものことを調べに来たんだけどな、なんというか、ちょっとトラブルがあって今日は退散を……」

　鷹央の歯切れの悪い釈明を遮るように、幸太は手を上げて、「レイト君なら、あそこにいるよ」と指さした。

僕たちはいっせいに振り返り、駐車場の奥に広がる林を見る。そこにランドセルを背負った少年が立っていた。

暗い林の中、無表情でこちらをじっと見つめている少年の姿はどこか不気味だった。

唐突に少年が踵《きびす》を返し、林の奥に姿を消していく。それと同時に、僕の背中に冷たい震えが走った。

少年が身を翻した瞬間、その目が人ならざるものの煌《きら》めきを孕《はら》んだように見えた。

「あれが化け猫か……」

鷹央の口から漏れたつぶやきが、やけに不吉に耳に響いた。

4

「あのレイト君って子……、なにかおかしかったですよね」

ソファーに腰かけてサンドイッチを食《は》みながら、鴻ノ池がつぶやく。

児童館の外で、『化け猫に憑りつかれている』という少年を目撃した翌日の正午過ぎ、午前の診療を終えた僕は、鴻ノ池、鷹央とともに統括診断部の医局である〝家〟で昼食をとっていた。

「……おかしかったって、何がだよ」

コンビニで買った鮭《さけ》のおにぎりを食べ終えた僕は、指を舐める。

「小鳥先生だって分かっているでしょ。なにか変だったって」

「まあ、それは……」僕は言葉を濁す。

たしかにおかしかった。暗い林のなかに佇《たたず》んでいる姿を一瞬見ただけだが、あの子はなにか普通と違っていた。

こちら側をじっと見つめる瞳、そこから発せられる眼差《まなざ》しに射抜かれた瞬間、人間ではなく獣と対峙《たいじ》しているような心地になった。

闇に潜んで獲物を狙う、ネコ科の肉食獣と……。

「鷹央先生はどう思うんですか？」

卵サンドを口に押し込むと、ペットボトルの緑茶で飲みくだした鴻ノ池が訊ねる。

「ああ、たしかに普通じゃなかった……。あの目は……危険だ」

レトルトのカレーを食べている鷹央は、スプーンを持ちながら低い声で言った。

「え、やっぱり鷹央先生もそう思うんですか？　じゃあ、本当にあの子はなにかに憑りつかれているんですか。それとも、体を乗っ取られそうになっているとか」

「そんなわけないだろ。ホラー映画じゃあるまいし」

僕が呆れ声で言うと、カレーをすくったスプーンを口に運びかけていた鷹央の動きが止まった。

「な、なんですか？」

横目で鋭い視線を浴びせかけられ、僕は思わずのけぞってしまう。

「どんな可能性もまずは全て検討しろって、いつも指導しているだろ」

「それじゃあ、なんでレイト君の雰囲気が変わったのか、いろいろな可能性を検討してみて、それが全部否定されたら、本当に化け猫に憑りつかれているって判断するということですか？」

化け猫に憑りつかれているって、そんな怪談みたいなことあるわけないじゃないか……。

内心でつぶやくが、口に出したら鷹央に説教をくらいそうなので、僕は黙っておく。

「いいや、そうじゃない」

鷹央が首を横に振るのを見て、僕は驚いた。いつもエキセントリックな言動をしている鷹央だが、さすがに『化け猫に憑りつかれた』などという馬鹿げたことは、あり得ないと判断する程度の常識を身につけてくれたということか。

年下の上司の成長を嬉《うれ》しく思う反面、なぜか物足りないというか、寂しいというか、複雑な感情が湧きはじめる。

しかし、鷹央が次に放った言葉で、そんな感傷はいっきに吹き飛んだ。

「あのレイトという子どもは憑りつかれている。あの体の中にはもう一つの生命体が存在する」

半開きになった僕の口から「は……？」という呆《ほう》けた声が漏れる。

「いやいやいや……、もう一つの生命体が存在とか、『君の名は。』じゃあるまいし」

「それは違うぞ、小鳥」

鷹央に鋭く言われ、僕は背筋を伸ばした。そんな僕を見つめたまま、鷹央は諭すような口調で話しはじめる。

「『君の名は。』は意識が入れ替わっているだけで、一つの体に二つの生命体が存在しているわけではない。他の生命体に寄生される名作といえば、なんと言っても『遊星からの物体X』だ。ちなみに、南極点望遠鏡という施設では着任すると恒例行事として、『遊星からの物体X』を見ることになって……」

「なんの話ですか⁉」

僕が反射的に突っ込むと、鷹央は目をしばたたいた。

「なんの話って、『遊星からの物体X』、原題は『Ｔｈｅ Ｔｈｉｎｇ』の話だろ？あの劇中でｔｈｉｎｇと呼ばれている生物に寄生され、同化された生物のグロテスクな描写は公開当時、世界中に大きなショックを与え話題になり、それは現代でも色《いろ》褪《あ》せることなく……」

「違う！　レイト君の話です！」

僕の言葉に、鷹央は「レイト君？」と数回まばたきを繰り返したあと、胸の前で両手を合わせた。

「ああ、そうだそうだ。レイトという子どもの話だったな」

……本気で忘れていたのか。頭痛をおぼえる僕の前で、鷹央は表情を引き締める。

「さっき言った通りだ。遠藤幸太が指摘したように、あのレイトという子どもは憑りつかれている。そして、このまま放っておけば……命を落とすだろう」

「命を落とす⁉」

鴻ノ池が甲高い声を上げる。僕も目を大きく見開いた。

「そうだ」鷹央は重々しく頷く。「だから、早くあいつに寄生している『生物』を取り去る必要がある」

寄生している生物って……、寄生虫？　僕が混乱する頭で考えていると、鴻ノ池が手を挙げた。

「取り去るって、お祓《はら》いするってことですか？」

「お祓い、か。まあ、似たような感じかな」

「でも、レイト君がどこにいるかが分からないと、お祓いなんてできないんじゃないですか？　昨日の感じだと、警戒してもう児童館には来ないような気がするんですよね」

眉間にしわを寄せる鴻ノ池を見て、鷹央は「心配するな」と微笑む。

「『レイト』は久留米池公園の林の方へと進んでいった。つまり、その方向に自宅がある可能性が高い。そして、あの児童館の学童に通うことができる小学校で、そちらの方向にあるのは一校だけだ」

「じゃあ、そこにレイト君が通っている可能性が高いってことですね」

鴻ノ池の言葉に、鷹央は「その通りだ」と鷹揚《おうよう》に頷いた。

「けど、学校が分かったとしても、どうやってレイト君に接触するんですか？　昨日みたいに受付に聞いても、児童の個人情報は教えてもらえませんよ」

僕が疑問をぶつけると、鷹央は肩をすくめた。

「そこは、地道に聞き込みをするしかないな。学校職員はダメでも、学校のそばで遊んでいたりする子どもにならら話を聞けるだろ」

そうだろうか？　子どもに聞き込みなんかしたら、どちらにしても不審者になるのではないだろうか？　僕が心の中でつぶやいていると、鴻ノ池が首を傾けた。

「けど、たんに『レイト君を知っている？』って聞いても、効率が悪くないですか？　レイトって名前、そんなに特徴的ってわけではないし、そもそも渾名《あだな》の可能性だってあるし」

「大丈夫だ」

鷹央は下手くそなウインクをすると、ローテーブルに置いてあった鉛筆を手に取り、A4のコピー用紙にさらさらと線を引いていく。やがて紙面に、少年の顔が浮かび上がってきた。写真と見まごうほどにリアルな少年の顔が。

「あ、レイト君！」

鴻ノ池が言う通り、そこに描かれた少年は、昨日森の中で佇んでいた『レイト君』そのものだった。

「相変わらず、絵を描くの、めちゃくちゃ上手《うま》いですね」

「警察が作る似顔絵顔負けだろ」

胸を張る鷹央を見ながら、僕は「文字もそれくらいきれいに書いてくれればいいのに」と口の中で転がす。

鷹央は酷《ひど》い悪筆で、いつもミミズが断末魔の悲鳴を上げながらのたうち回っているかのような文字を書くのだ。

鷹央は「うっさいな」と顔をしかめたあと、気を取り直したように『レイト君』の似顔絵が描かれた用紙を大きく掲げた。

「よし、今日の勤務が終わったら、刑事ごっことしゃれこむぞ！」

5

「ううん、知らなーい」

サッカーボールを小脇に抱えた少年は首を横に振ると、さっさと走って去っていく。

鷹央が昼に宣言した通り、勤務を終えた僕たちは『レイト君』の似顔絵を持って、子どもたちに刑事さながらの聞き込みをかけていた。

「うーん、私の予想ならレイトという少年は、この辺りに住んでいるはずなんだが」

鷹央はぽりぽりと頭をかく。

昨日、『レイト君』を目撃した久留米池公園の児童館から、徒歩で五分ほどの距離にある児童公園。ブランコやジャングルジム、砂場などが揃《そろ》っているその小さな公園では児童たちが思い思いの遊びをしている。

鷹央はそこで遊んでいる子どもたちに片っ端から声をかけ、自分が描いた似顔絵を見せては「この子を知らないか？」と訊ねて回っていた。

「なかなか上手くいきませんね。まあ、この辺は子どもがたくさんいますから、無理もないですよ。その子どもの中から、『レイト君』の友達を探すとなると、なかなかの重労働ですからね」

「なにを他人事みたいに言っているんだよ。お前も子どもに声をかけてこい。さっきから私ばっかり聞き込みしてるじゃないか」

鷹央が横目で睨《にら》んでくる。

「あのですね、僕みたいな成人男性が子どもに声をかけるって、どれだけリスクが高い行為なのか理解していますか。下手したら通報されて警察が駆けつけますよ」

この辺りはかなり治安がいい。子どもが犯罪に巻き込まれた話などほとんど聞いたことがない。それはすなわち、市民の目がしっかり子どもたちを見守っているということだ。怪しい人物がいればすぐに警戒されるだろう。

特に、公園で遊んでいる子どもに次々に声をかける、身長百八十センチを越える三《み》十路《そじ》男なんて不審者そのもの……。

自分で考えていて、なんとなく悲しい気持ちになってしまい僕は肩を落とす。

「使えないやつだな。やっぱりこういうときには舞の方が役に立つな。あいつならいま頃、ここで遊んでいる子どもたちを集めて、お話し会でもやっているだろ」

「ああ、たしかにやりそうですね」

ハーメルンの笛吹きさながらに、子どもたちを集めている鴻ノ池の姿が容易に想像できる。

いや、ハーメルンの笛吹きはダメか……。それじゃあ子どもたちを連れ去ってしまう。

そんなどうでもいいことを考えている僕を尻目に、鷹央は「なんで舞が来られないんだよ」と空を仰いで愚痴をこぼした。

今日の夜、二年目の研修医向けの勉強会があるということで、鴻ノ池はそれに参加せねばならず、聞き込みにはついてこられなかった。

「午後八時過ぎには終わるらしいです。そうしたらすぐに合流しますから」

勤務時間が終わって勉強会に行く際、鴻ノ池はそう言い残したが、さすがにそんな時間までこの聞き込みが続くことはないだろう。その前に子どもたちはみんな、家族が待つ家へと帰るはずだ。

ふと僕は、昨日暗い林の中で佇んでいたレイト君の姿を思い出す。あのとき、児童館から出てきたほかの子どもたちは、みんな帰路についていた。しかし、レイト君だけは、まるで帰る場所がないかのように、林の中、一人で立っていた。

いったい彼に何があったのだろう。どうして彼はあんな哀《かな》しそうな目をしていたのだろう。

目……。背中に冷たい震えが走る。

昨日、レイト君が身を翻す寸前、その目に人ならざる輝きが走ったのを見た気がする。いったいあれはなんだったのだろう?

化け猫に憑りつかれているかもしれないという、遠藤幸太の話を聞いたときは、子どもの戯言《ざれごと》だと思っていた。しかし昨日、実際にレイト君と対峙してみて、幸太の言っていることがよく分かった。確かにあれは普通じゃない。あの目の輝きは、普通の人間には決して湛《たた》えることができないものだ。

あまりに一瞬だったので、何がおかしいのか自分でも具体的には分かっていない。

ただ、あの子をこのまま放っておくことはできないと、本能が告げていた。

――遠藤幸太が指摘したように、あのレイトという子どもは憑りつかれている。そして、このまま放っておけば……命を落とすだろう。

鷹央が昼に言ったセリフが耳に蘇《よみがえ》る。

憑りつかれている。命を落とす。

いったい鷹央はなにに気づいているというのだろう？

僕が質問をしようと口を開きかけたとき、先に鷹央が言葉を発した。

「でも、よく考えたら、こういう場合、男も女も関係ないんじゃないか？　成人である私が子どもに声をかけるのも、怪しいと思われているんじゃないかな」

「ああ、それなら大丈夫ですよ。いまどきの子どもは怪しい人に声をかけられたら、すぐに防犯ブザーを鳴らすように教育されています。けれど、どの子もそんなそぶりは全く見せなかったでしょう」

「確かにそうだな」

鷹央は満足げに頷く。

「私が信頼できる人物だと子どもたちが感じているってことか。子どもは相手の本質を見抜く力があるとも言われるし、まあ当然だな」

「いえ、本質を見抜くとかそういうんじゃなく、そもそも成人だと思われてないんじゃないですか。先生、童顔で小柄だし」

「……ああ？」

鷹央の顔が険しくなるのを見て失言に気づくが、すでに手遅れだった。

「お前、いまなんつった？」

「あのですね、なんといいますか……。えっと、鷹央先生は子どものようで可愛らしいというか、子どもから仲間だと思われているというか」

必死に釈明しようとするが、逆に墓穴を掘ってしまう。鷹央の顔がみるみる赤みを増していく。

これは逃げた方がいいかな？　頬を引きつらせた僕が身を翻そうとしたとき、「ねえねえ」という声が聞こえてきた。見ると小学校低学年ぐらいの少女が、鷹央が手に持っている似顔絵をのぞきこんでいる。

「これって、お姉ちゃんが描いたの？」

「ああ、そうだ。それがどうした」

僕に対する怒りが治まっていない鷹央は、ぶっきらぼうに言う。

「うわあ、これすごい上手だね。これレイト君でしょ？」

僕と鷹央は大きく目を見開いた。

「この子を知っているのか⁉」

鷹央は前のめりになって少女に訊ねる。その剣幕に、少女は一歩あとずさりながら頷いた。

「うん、松下《まつした》……。あ、違った、いまは広沢黎斗《ひろさわれいと》くんだ。同じクラスだよ」

「広沢黎斗……。いまこの子がどこに居るのか知っているか？」

鷹央が再度訊ねると、少女は「あそこ」と僕たちの背後を指差した。

振り返った僕と鷹央は、同時に息を呑《の》む。

公園の端にある植え込みの奥、そこにある歩道をランドセルを背負った『レイト君』がとぼとぼと歩いていた。

「見つけたぞ！」

声を上げるや否や、鷹央は普段のナマケモノのような動きからは想像できない俊敏さで、地面を蹴って走り出した。

「ああ、だめですよ鷹央先生。待って。ちょっと落ち着いてください」

鷹央の小さくて華奢な背中に僕は慌てて声をかけるが、『獲物』を前にして興奮している鷹央が止まることはなかった。

全速力で公園の端まで走っていった鷹央は、そこにある植え込みを飛び越えようとして……転んだ。

ジャンプの高さが足りず足が植え込みに引っかかり、まるでヘッドスライディングするかのように『レイト君』のそばの植え込みの土に顔面から突っ込む。突然の出来事に、『レイト君』は啞然《あぜん》とした表情で立ち尽くした。

「見つけたぞ広沢黎斗。もう逃がさないからな。さて、私と一緒に来てもらおうか」

土で汚れた顔を上げた鷹央は、まるで誘拐犯のようなセリフを吐くと、ハリウッド映画で墓から蘇ってヒロインを襲うゾンビのごとく、倒れたまま『レイト君』に向かって手を伸ばす。

『レイト君』の顔に怯《おび》えが走るのを見て、僕の頭の中で警告音が響き渡った。

そんな脅すようなことを言っちゃダメだ……。そんなことをしたら……。

僕が危惧したとおりの行動を『レイト君』は取る。

ランドセルについた防犯ブザーに手を伸ばすという行動を。

次の瞬間、本物の警告音が、けたたましく辺りの空気を揺らした。

6

「おつとめ、ご苦労様です」

エレベーターの扉が開くと、そこに待っていた鴻ノ池がおどけて、ヤクザが出所した親分を迎えるように両膝に手を当てて腰をかがめる。その姿を見て、僕は口をへの字に歪めた。

田無《たなし》警察署の一階フロア、そこに僕と鷹央は、この所轄署の刑事である成瀬《なるせ》隆哉《りゅうや》とともに降りた。

三時間ほど前、公園で広沢黎斗という名の少年に防犯ブザーを鳴らされた僕たちは、近くの通行人の通報で駆け付けた警察に事情を聞かれるはめになった。

その際、立ち去ろうとする黎斗に鷹央が、「こら待て！　逃げるな！　待たないと、大変なことになるぞ！」と脅迫とも取れる（というかそうとしか聞こえない）セリフを吐いたため、僕たちはこの警察署に任意同行される羽目になってしまった。

警察官にパトカーへと促される際、鷹央は「任意？　それなら断ることができるはずだ。任意なら行かないぞ！」と大声を上げはじめた。

しかし、もし任意同行に従わなければ、その場で少年の誘拐容疑で逮捕されかねない雰囲気を感じ取った僕が、彼女の口を両手で押さえてパトカーへと引っぱっていくことで、なんとか両手に手錠をかけられることだけは避けられた。

田無署に連れていかれた僕は、「なんで私が警察署に連れてこられないといけないんだ！」「任意だったら帰る自由があるはずだ！」と騒ぎ立てる鷹央とともに、三十分近くも取調室で待たされることになった。

『総合病院の医師二人、小児誘拐容疑で逮捕！』という見出しが、明日の新聞紙面に躍ることに怯えていた僕は、扉を開けて入ってきたのが顔見知りの刑事である成瀬だったのを見て、心の底から安堵《あんど》した。だがすぐに、その安堵は辟易へと変化した。普段なにかにつけて鷹央に小馬鹿にされている成瀬は、この好機を逃してなるかとばかりに、ねちっこい嫌味を浴びせかけてきたのだ。

「だから言ったでしょ。探偵の真似事《まねごと》をやめないと、いつか痛い目にあうって」

「お医者様っていうのは、かなり暇な職業のようですね」

「俺がいなけりゃ、今頃あなたがたは誘拐犯として逮捕されていますよ」

嘲笑するような成瀬の説教を受けて頭痛をおぼえつつ、キレた鷹央が成瀬に飛びかかるんじゃないかとハラハラしながら二時間近い取り調べ（という名の嫌がらせ）を受け、僕たちはようやく解放されることになった。そうして成瀬に付き添われ、一階ロビーまでやってきた僕たちを待っていたのが『身元引受人』の鴻ノ池だった。

別に僕たちは逮捕されたわけでもないし、未成年でもないんだから、身元引受人など本来必要ないはずだ。なのに成瀬がそれを要求してきたのも、おそらくは嫌がらせの一種なのだろう。

「もう二度とこんな馬鹿なことをさせないように、しっかりと見張っていてくださいよ。今回は俺が口添えしたからなんとかなりましたけど、今度同じことをしたら本当に逮捕されますからね」

恩着せがましく成瀬が言う。鴻ノ池は「了解です」と敬礼をした。

踵を返した成瀬が乗ったエレベーターの扉が閉まるのを見て、僕は肺の底に溜《た》まった空気を吐き出す。どうなるかと思ったが、何とか無事解放されたようだ。

「成瀬の奴《やつ》、なんだあの態度は⁉　ちょっと文句言ってくる！」

これまで僕に「我慢です。ここは我慢してください。本当に逮捕されますよ」と諭され続けて口をつぐんでいた鷹央だったが、とうとう堪忍袋の緒が切れたのか、大股にエレベーターに向かって歩き出した。

「えー、やめたほうがいいと思いますよ」

鴻ノ池が唇に人差し指を当てる。鷹央は顔を紅潮させながら「なんでだよ⁉」と声を荒らげた。

「だって成瀬さん、最初は真鶴さんに連絡取ろうとしていましたもん」

「ね、姉ちゃんに……？」

赤らんでいた鷹央の顔から急速に血の気が引いていき、真っ青になる。

「なんとかそれは避けようと頑張って、私が身元引受人になったんですよ。いま成瀬さんに文句を言いに行ったら、間違いなく真鶴さんに連絡が行きますよ。『おたくの妹さんが、誘拐の疑いで警察署にいますよ』って」

鴻ノ池が成瀬の声真似をしながら言うと、鷹央の顔に泣き笑いのような表情が広がっていく。それはそうだろう。もしそんな連絡が真鶴に行ったら、超ド級の雷が鷹央の頭上に落ちることになる。

「さ、さて、解放されたことだし、さっさとこんな所、おさらばするとしよう。ほら、行くぞ。早く行くぞ」

鷹央は逃げるように、早足で夜間出口へと向かっていく。

「これでさすがに、今回の件はおしまいですね。とりあえず僕の車が停めてある駐車場までタクシーで移動しましょう」

警察署を出た僕が声をかけると、鷹央は「なに言ってるんだ」と、鼻の付け根にしわを寄せた。

「なに言ってるんだって……。鷹央先生こそ、なに言ってるんですか？」

僕は頬を引きつらせる。

「まさか、まだ黎斗君を探すつもりじゃないでしょうね」

「そのまさかだ」

全く迷いなく鷹央が頷くのを見て、目の前が真っ暗になる。

「今度こそ本当に逮捕されますよ！」

上ずった声で言った僕を、鷹央はまっすぐに見つめてくる。その視線の圧力に思わずのけぞってしまう。

「それがどうした？」

「どうしたって……」

「これは、子どもの命がかかっている事件なんだ。そんなことを心配している場合じゃないだろ」

「命がかかっている……？　本当にあの子どもに何かが憑りついているとでも言うんですか？　幸太君は黎斗君の様子が変わったって言っていましたけど、すごく仲が良い友達だったってわけじゃないし。たんなる勘違いだったかもしれ……」

「お前も見ただろ。あの子どもの目を」

遮るように鷹央に言われて、頭の中に三時間ほど前に見た広沢黎斗の姿が浮かぶ。防犯ブザーを鳴らす寸前、僕たちを見据えたその目に宿っていた妖しい光。それが脳裏に蘇り、腹の底が冷えていくような心地になる。

「分かっただろ。あの子が『別の生物に憑りつかれている』のは確実だ。だから、一刻も早く対処しないといけないんだ」

鷹央の覇気のこもった口調に圧倒され、反論の言葉が出なかった。

「けど、黎斗君を探すといっても、具体的にはどうするんですか？　さすがにまた同じ公園に行ったら、通報されちゃいますよ」

鴻ノ池が小首をかしげる。鷹央はニヤリと唇の端をあげた。

「大丈夫だ。私はあの子どもをしっかりと観察した。きっとあいつがどこに居るのか、その手がかりが『ここ』にあるはずだ」

鷹央は自分の頭をコツコツと指先で叩くと、大きな瞳にゆっくりと瞼《まぶた》をおろしていった。

十数秒、無言で目を閉じたあと、鷹央はゆっくりと瞼を上げる。

「ひっつきむしだ」

「えっ、なんですか」僕は反射的に聞き返す。

「ひっつきむしだよ。知らないのか、洋服とかについてくる草の種のことだ」

「ああオナモミとかですね。子どものとき、よく友達と草原で集めては、ぶつけあったり、つけて遊んだりして……」

「お前の子どもも時代のことなんて興味ない。口にチャックをしろ」

「ひどい……」

僕が唇をへの字に歪めて黙り込むと、代わりに鴻ノ池が声を上げた。

「そのひっつきむしが、どうしたんですか？」

「いま広沢黎斗の姿を頭の中で再生して気づいたんだ。あいつの靴下には、かなりのひっつきむしがくっついていた」

「オナモミがついていたってことですか？」

鴻ノ池が唇に指を当てると、鷹央は「オナモミじゃない」とかぶりを振った。

「あいつの靴下についていたのは、もっと小さな実だ。細かい棘《とげ》がついていてほんのり赤紫、あれはきっとオヤブジラミの種子だな」

「オヤブジラミ……」

初めて聞く名前をつぶやきながら、僕はポケットからスマートフォンを取り出し、『オヤブジラミ』と検索してみる。液晶画面に白くて小さな花をたくわえた雑草が映し出される。

「あ、なんか見たことありますね、この草。ちっちゃい実が靴下とかについてうざったいんですよね」

鴻ノ池が横から、僕のスマートフォンを覗き込んできた。

「黎斗君の靴下に、このオヤブジラミの実がついていたってことですね。けど、それだけじゃ黎斗君がどこに住んでいるのかのヒントにはならないんじゃないですか」

つぶやく僕に、鷹央は鋭い視線を投げかけてきた。

「そうやってすぐに情報を放り捨てるから、お前はダメなんだ。一流の診断医は一見すると大したことない情報からでも、真実へと近づく道しるべを見つけるんだ。オヤブジラミの種子ができるのがいつだか調べてみろ」

「は、はい」

首をすくめながら液晶画面を指でなぞり、画面をスクロールしていった僕の口から、「あれ？」という声が漏れる。

「オヤブジラミの種ができるのは、春って書いてある……」

「え、春？　いまって、もう秋になるところですよ。全然違う季節じゃないですか」

まばたきをしながら鴻ノ池が言うと、鷹央は「それだ！」と声を張り上げる。

「本来は春につくはずのひっつきむしが、なぜか秋であるいま、広沢黎斗の靴下についていた。これこそ大きなヒントだ」

「春のひっつきむしが初秋に……。一体どういうことですか？」

反射的に僕がたずねると、さっきに輪をかけて鷹央の視線が鋭くなった。

「いつも言ってるだろ。親鳥にエサをねだる雛《ひな》じゃないんだから、ピーチクパーチク囀《さえず》って、すぐに答えをもらおうとするんじゃない。そんなんだから『小鳥』って呼ばれるんだぞ」

「……小鳥って呼ばれるのは、そんな理由じゃないはずです。それにその渾名をつけたのって、鷹央先生じゃないですか」

ぶつぶつと文句をつぶやきながらも、僕は言われた通りに頭を働かせる。

初秋だというのに、春に出来るはずの種子がついていた……。つまり全く植物の季節が逆転した環境がどこかに……。そこまで考えたところで頭に一つの単語が浮かぶ。

「ビニールハウス！」

僕が声を張り上げると、鷹央は「その通りだ」と満足げに頷いた。

「季節はずれの作物を作ることを目的にしたビニールハウス内やその周囲なら、初秋のいまにオヤブジラミが種をつけていてもおかしくない」

「じゃあ、黎斗君はビニールハウスのそばを通ったってことですか？　けど、それだけであの子がどこに住んでいるかって分かります？」

鴻ノ池が疑問を口にすると、鷹央はキュロットスカートのポケットから自らのスマートフォンを取り出し、操作をはじめる。

「住宅街であるこの一帯でビニールハウスは少ないはずだ。さらに広沢黎斗は最近は友達と遊んだりはしなくなった。ということは、オヤブジラミは家から学校への行き帰りについた可能性が高い。ただ一般的な通学路でビニールハウスの中やすぐそばを通ることはないだろう。ということは、おそらくビニールハウスのある場所を通ると学校への近道になるんだ」

鷹央はスマートフォンに近辺の航空写真を映し出す。

「あの小学校の通学エリア内で、近くにビニールハウスがあり、さらにそこを通ることで学校への近道になる場所、その条件に当てはまるのは……」

鷹央は画面に映し出されている航空写真を拡大すると、ビニールハウスが立ち並ぶ畑のそばに立っているアパートらしき建物を指さした。

「ここだ、ここに広沢黎斗は住んでいる」

7

「あの、さっきから何を待っているんですか？」

運転席に座った僕は、助手席の鷹央に声をかける。彼女は大きな瞳を見開いて、サイドウィンドウの外をじっと見つめていた。

広沢黎斗が住んでいると思われる場所を鷹央が特定したあと、僕たちはまず久留米池公園近くの駐車場にタクシーで向かい、そこに停めてあるＣＸ－８を回収したあと、その足でここへとやって来た。

車を停めている車道のそばにはビニールハウスが設置されている畑があり、二十メートルほど先には、古びた二階建ての木造のアパートが立っている。そここそが広沢黎斗の自宅だった。

三十分程前、ここに到着した僕たちはまずアパートへと向かい、その敷地の入り口に並んでいる郵便受けを見て、二階の一番奥の部屋の名札に『広沢』と記されているのを確認した。

てっきりすぐその部屋に向かうのだと思ったが、予想とは裏腹に、鷹央は「じゃあ張り込みをはじめるか」と、踵を返して車へと戻っていった。

「当然、広沢黎斗の家族が帰ってくるのを待っているんだ。話がしたいからな」

鷹央の回答に、僕は首をひねる。

「帰ってくるって、もうすぐ日付が変わる時間ですよ。家族はもう家にいるんじゃないですか？」

「広沢黎斗の部屋の窓を見てみろ。まだ全ての窓の電気が点いている。つまり広沢黎斗はまだ起きているんだ。小学生がこんな時間まで寝ていないということは、家族の帰りを待っている可能性が高い」

鷹央がそう説明したとき、ワンピースを着た痩せた中年女性が車のそばを通り過ぎた。その女性はふらふらとおぼつかない足取りでアパートへと近づくと、入り口にある『広沢』という名札が貼られた郵便受けを開き、中を確認する。

「あいつだ！　あいつが広沢黎斗の家族だ！」

そう言うや否や、鷹央は助手席の扉を開けて飛び出して行った。僕は鴻ノ池とともに慌ててそれに続く。

年齢からすると、女性はおそらく黎斗の母親だろう。このままだと、鷹央はいきなり母親に「お前の息子は違う生物に憑りつかれている」とか言いかねない。また大きなトラブルを起こして警察を呼ばれたりすれば、今度こそ逮捕されてしまう。

すでにアパートのそばまで走っていっている鷹央を、僕は必死に追う。

「待て！」

女性が階段を上ってアパートの二階にいき、外廊下の一番奥にある玄関扉の鍵を開こうとしたところで、追いついた鷹央が声をかける。僕と鴻ノ池も、ようやく鷹央のすぐ後ろにまでやってきた。

「お前は広沢黎斗の母親か？」

鷹央の問いに、女性は「は、はい。そうですけど……」と怯えを含んだ表情で答える。かなり痩せた、いや、やつれた女性だった。外廊下の電灯に照らされた顔は青白く、頬がこけている。こちらを見る瞳はどこか虚《うつ》ろだった。

「お前の息子は違う生物に憑りつかれている」

何の前置きもなく鷹央が、さっき想像したのと一言も違わないセリフを放ったのを聞いて、僕は頭を抱える。

このままだと本当に逮捕されてしまう。その前に鷹央を羽交い締めにして、引きずって行かなくては……。僕がそう覚悟を決めて鷹央の背後に近づいたとき、錠が外れる音が響き、玄関扉がゆっくりと開いていった。

「ママ……、帰ってきたの？」

扉から顔を覗かせた黎斗を、その双眸《そうぼう》を見て、僕の背中に冷たい震えが走る。その右の瞳が、銀色の輝きを孕んでいた。まるで闇夜に潜んで獲物を狙うネコ科の猛獣のような輝きを。

薄暗いなか、至近距離で目を合わせてようやく気づいた。この妖しい目の輝きこそ、広沢黎斗の身に何かが起きている、彼が何かに憑りつかれているかもしれないと疑われた原因だ。

「家の中に入っていなさい！」

ヒステリックに母親が叫ぶ。黎斗は表情をこわばらせると、部屋の中に消えていった。扉が閉まる音が外廊下に響いた。

「あなたたちね、黎斗につきまとっている怪しい医者って。さっき警察から連絡があった」

敵意を剝《む》き出しにしながら、母親は鷹央を睨みつける。

「私たちに構わないで！　さっさと消えてよ！」

「そうはいかない。お前の息子の命がかかっているからな」

鷹央が平板な口調で言うと、母親は両手で髪を搔《か》き乱した。

「なに言ってるのよ。本気で黎斗が何かに憑りつかれてるっていうの？」

「ああ、そうだ。お前の息子の体内にはもう一つの生物が存在している。悪性の新しい生物がな」

「悪性の新しい生物……」

無意識にその言葉をつぶやいた瞬間、体が電気に打たれたような衝撃をおぼえた。

「悪性新生物！」

「な、なによ……、それ……」

突然叫んだ僕に怯えたのか、母親はかすれ声で言う。

「医学用語で悪性腫瘍、つまりは……がんのことです」

おずおずと僕が説明すると、母親は「がん⁉」と悲鳴じみた声を上げる。

「そのとおりだ」

鷹央は重々しく頷くと、静かに告げる。広沢黎斗に憑りつき、その体を蝕《むしば》んでいる疾患の名前を。

「広沢黎斗は網膜芽細胞腫《もうまくがさいぼうしゅ》を患っているんだ」

＊

「網膜芽細胞腫は網膜から発生する悪性腫瘍だ。一万七千人に一人の割合で発生し、患者の大部分は乳幼児という特徴を持つ。原因としては、がん抑制遺伝子の一つであるRB1遺伝子の変異と関連していることが分かっている」

左手の人差し指を立て、網膜芽細胞腫について説明をはじめた鷹央はいったん言葉を切ると、まっすぐに広沢黎斗の母親の目を見つめる。

「そしてこの疾患の最大の特徴は、瞳孔から入った光が腫瘍に反射し白く輝いて見える、『白色瞳孔』と呼ばれる症状だ。大部分の患者は、その症状で周りの者に気づかれる」

鴻ノ池が「あっ⁉」と声をあげる。

「黎斗君が化け猫に憑りつかれているって思われたのは……」

「そうだ」鷹央は大きく頷いた。「白色瞳孔は闇夜に輝く猫の目のように見えることから『猫目現象』とも呼ばれることがある。それを見た子どもが、『化け猫に憑りつかれたんだ』と思うのも無理はない。特に遠藤幸太のような、深夜の池に肝試しに行って『カッパ』に出遭うような好奇心が旺盛な子どもならな」

僕の脳裏に、最初にあったとき暗い林の中からこちらを見ている黎斗の姿が蘇る。その姿を見て僕は強い違和感と、そしてかすかな恐怖をおぼえた。いま思えばそれは、黎斗の瞳が妖しい光を帯びていたからなのだろう。けれど……。

「けれど、幸太君の話では、黎斗君は以前と明らかに態度も違っていたらしいですよ。目の光だけじゃなく、他の子どもとほとんど遊ばなくなったことから、幸太君は黎斗君が入れ替わったと思い込んだんです。その行動の変化も、網膜芽細胞腫のせいなんですか？」

僕の問いに、鷹央は立てた人差し指をメトロノームのように左右に振る。

「それは別の理由だ。公園で広沢黎斗の同級生が言っていたことを思い出してみろ」

「同級生……」

——松下……。あ、違った、いまは広沢黎斗くんだ。

活発そうな少女が口にしたセリフが耳に蘇り、僕は目を見開く。

「苗字《みょうじ》が変わった！　つまりご両親が……」

「そう。おそらくは両親が離婚した、もしくは父親と死別したんだ。そうだろ？」

鷹央が水を向けると、黎斗の母親である女性は食いしばった歯の隙間から絞り出すように声を出す。

「離婚です……。夫が会社の女性と不倫をして別れました……」

俯く女性の姿を、鷹央はまじまじと見つめる。

「かなり痩せているな。服のしわも目立つし、化粧もしていないところを見ると、経済的に苦しいんじゃないか。ちゃんと慰謝料や養育費をもらっているのか？」

女性は弱々しく首を横に振った。

「慰謝料としてほんの少しだけのお金を渡されて、いきなり住んでいたマンションを黎斗と一緒に追い出されて……。養育費は払うという約束でしたけれど、全然振り込まれていません」

「そんなのひどい！」

鴻ノ池が頬を紅潮させ、怒りの声を上げる。

「財産分与はどうなっているんだ」鷹央は渋い表情で訊ねる。

「夫が雇った弁護士が出てきて、マンションのローンが残っているので財産はほぼないから、渡せないと言われました。家計は夫が全部管理していたので、それが本当かも分かりません」

「お前は弁護士を立てて争ったりはしなかったのか？」

「自分たちの生活費もままならないんですよ！　弁護士なんか雇えるわけないじゃないですか！」

悲鳴じみた声で言いながら両手で頭を抱える女性の姿は痛々しく、思わず目をそらしそうになってしまう。

「黎斗を育てるために働かないとと思って、必死に就職活動をしました。けれど経理の仕事を少しだけ昔にやったことあるだけの四十歳近い私を正社員として雇ってくれるところなんてどこにもなくて……。だからひたすらバイトをするしかありませんでした。でも一つのバイトだけじゃ苦しくて夜中まで働かないといけなくて……」

女性は崩れ落ちるようにその場に膝をついた。

「私のせいだ。仕事が忙しいからって黎斗のことをしっかり見ていないから、あの子の目がおかしくなったって気づかなくて……。ううん、そうじゃない。気づいてた。ときどき、黎斗の目が光っていたことに……。でも余裕がなくて……。気のせいだって自分に言い聞かせて……。全部、私のせい……」

魂が抜けたように焦点を失った目で虚空を見つめる女性の肩に、鷹央はそっと手を添える。

「そんなに自分を責めるんじゃない。お前の状況では、息子の細かい変化に気づかないのも無理はない。それだけ追い詰められていたんだよ。それに、お前が必死に仕事をしていたのは、なんとか息子との生活を守ろうとしていたからだろう。卑下する必要など全くない」

女性は「でも……」とつぶやいたあと、電撃にでも打たれたかのように身を震わせ、肩に置かれている鷹央の手を両手で握った。

「がんってことは、黎斗は死んじゃうんですか!? 治療で目を取り出さなくちゃいけなかったりするんですか!? そんなことになったら私はどうすれば……」

「落ち着くんだ」

鷹央は女性の虚ろな瞳をまっすぐに見つめると、柔らかい声で言う。

「網膜芽細胞腫はそこまで悪性度の高いがんではない。腫瘍が眼球内にとどまっている場合は、レーザー照射や冷凍凝固療法によって、できるだけ眼球を温存する治療が行われる」

「じゃあ、黎斗は治るんですか? 目を取らなくてもいいんですか?」

「それを判断するためにも、すぐに入院して詳しい検査を受ける必要がある。私が手配しておくから、明日の朝一で天医会総合病院の眼科を受診しろ。あとは専門医が最適な治療を行ってくれるはずだ」

「でも……、治療を受けるお金がないんです。あとでなんとか払いますから、黎斗の目だけは治してやってください。どうかお願いします」

鷹央の手を握ったまま、女性はつむじが見えるほど深々とこうべを垂れる。

「金なんか必要ないぞ」

鷹央の言葉に、女性は「えっ？」と顔を上げた。

「いまのお前の状況は、明らかに福祉を受けるべき状況だ。息子が入院したら、うちの病院のソーシャルワーカーと面談をしろ。きっと生活保護が下りるだろう。そうなれば、息子の医療費は無料になるはずだ」

「生活保護を……受けられるんですか？」

「もちろんだ。追い詰められたとき、セーフティーネットを受ける権利は国民の全員にある。これまで税金を払ってきたんだからな」

鷹央はにっと口角を上げた。

「何しろまずは息子に治療を受けさせ、お前はそのサポートに全力を注ぐべきだ。その後落ち着いたら、あらためて仕事を探して、二人が生活するのに充分な収入を得られるようになったら生活保護の受給をやめればいい」

そこで言葉を切った鷹央は、「あ、そうだ」とつぶやいた。

「そういえば姉ちゃんが、『事務員が足りない。募集をかけてもなかなかいい人が来てくれない』って、この前、ぐちぐち言っていた。なあ、お前、経理の経験があるんだよな？」

「は、はい」

女性はこくこくと頷く。

「それなら、うちの病院に就職してみたらどうだ？　給料はまああだし、色々なサポートもあって、子どもがいても働きやすい環境だぞ。興味があるなら私が紹介してやるよ」

「本当に、そんなこと……」

女性が信じられないといった様子でつぶやいたとき、再び玄関扉がゆっくりと開き、黎斗が顔をのぞかせた。

「ママ、大丈夫？　まだお話終わらないの？」

不安げに部屋から出てきた息子を、女性は勢いよく抱きしめる。

「どうしたの、ママ？　なんで泣いてるの？　どこか痛いの？」

「ううん、違う。そうじゃないの」

母親の腕の中で不思議そうにまばたきをする黎斗の目が、蛍光灯の光に白く輝いていた。

8

「そういえば、黎斗君、よかったですね。まだ初期だったみたいで」

広沢黎斗の家に押し掛けた翌週、平日の夕方、一日の勤務を終えた僕たちが鷹央の

〝家〟でぐだぐだと過ごしていると、思い出したように鴻ノ池が声を上げた。

鷹央の指示どおり、広沢黎斗は翌日、天医会総合病院の眼科外来を受診し、そのまま入院となった。検査の結果、黎斗の腫瘍は網膜の一部にとどまっておりレーザー治療を行うことで、眼球を温存できることになった。

黎斗の母親は先日、鷹央の姉であり、この病院の事務長でもある天久真鶴の面接を受けた結果、ぜひ事務員として働いて欲しいとの合格をもらった。黎斗の治療が一段落したあと、正式に病院の職員として就職することになっており、それまでは生活保護を受けて治療のサポートに専念するということだった。

「本当にうまく収まったな。それも全部、鷹央先生のおかげですね」

振り返った僕は、三面鏡のように並んでいるパソコンのディスプレイの前で椅子に腰かけながら、眉間にしわを寄せて腕を組んでいる鷹央に声をかける。

「うまく収まった？　なに言ってんだ。本番はこれからだろう」

「本番ってどういうことですか？　っていうか、さっきからなにを難しい顔して画面とにらめっこしているんですか？」

「うちの病院の顧問弁護士から届いたメールを読んで、作戦を練っているんだよ」

「弁護士って鷹央先生、また何かトラブルを起こしたんですか⁉」

慌てて訊ねる僕に、鷹央は鋭い視線を送ってきた。

「『また』ってなんだよ？　私がいつトラブルを起こしたって言うんだ」

「いや、いつって言うか……。いつもじゃ……」

自覚ないのか、この人？　今回なんて未成年者誘拐容疑で逮捕されかけたのに。

「これは私についての件じゃない。広沢黎斗の父親についてだ」

「黎斗君のお父さん？」

鴻ノ池が小首をかしげると、鷹央はシニカルに唇の片端を上げた。

「そうだ。離婚したというのに、財産分与も充分にしていないし、約束した養育費も払っていないなら、訴訟が可能だ。広沢黎斗の母親はうちの職員になったんだから、当然、うちの顧問弁護士が守ってやるべきだ。とりあえず財産の開示請求をして差し押さえ、適切な財産分与をさせたうえで、払っていない養育費もぶんどってやる。あと当然、本人と不倫相手にも慰謝料の請求をしてやるぞ」

鷹央が低い声で言うと、鴻ノ池が拳を突き上げた。

「いいですね、それ。浮気男のけつの毛まで毟《むし》ってやりましょうよ」

怪しい忍び笑いのハーモニーを漏らす二人に恐怖をおぼえつつ、僕は口を開く。

「しかし、やっぱり化け猫なんていませんでしたね。さすがに妖怪なんてあり得ないですよね」

「さあ、それはどうかな。今回は疾患だったが、もしかしたら私たちの気づかないところに怪異っていうのは潜んでいるのかもしれないぞ」

鷹央は楽しげに言うと、ネコを彷彿《ほうふつ》させる大きな瞳を細めた。

Karte. 03

透過する弾丸

1

夕焼けに染まる空に向かって煙突から立ちのぼっていく煙を、ブラックスーツに身を包んだ僕、小鳥遊優《たかなしゆう》はぼーっと見上げる。

外科医時代の指導医であり、尊敬する先輩医師である浮雲新一《うきぐもしんいち》を看取った四日後、金曜日の夕方、僕は西東京市にある斎場に来ていた。

今日、浮雲新一を荼毘《だび》に付すと、彼の妻である浮雲鈴子《すずこ》から昨夜遅くに連絡があった。浮雲から外科技術を学んだ弟子として、そして彼を看取った主治医として、僕は浮雲に最後の別れを告げに来ていた。

仕事を終わらせてから急いで来たので、棺が火葬炉に入る寸前にギリギリで間に合った。浮雲の棺を見送ったのは妻の鈴子と僕のたった二人だけだった。多くの同僚に慕われていた浮雲の見送りとしては寂しさを覚えつつ、僕は火葬炉へと入っていく浮雲の棺を合掌して見送った。

腕時計に視線を落とす。すでに火葬が始まってから四十五分ほど経《た》っていた。その間、僕はこうして、斎場の外にある小さな庭園で夕焼けに染まる空を眺めながら、浮雲との思い出を反芻《はんすう》し続けていた。

確か一時間で骨上げだったな……。そろそろ中に戻るか。

僕がそんなことを考えていると、斎場から鈴子が出てきた。

「夫の火葬が終わったとのことです。今日はありがとうございました」

「あ、もう終わったんですか……」

予定より十五分ほど早い。僕はあたりを見回す。喪服を着て沈んだ顔をした人々が何人も庭園にいた。おそらく今日は火葬の予定が詰まっているのだろう。思えば、斎場のスタッフもかなり忙しそうだった。普段より少し早く火葬を終えているのかもしれない。

「あの……、よろしければ骨上げのお手伝いいたしましょうか？」

「え？」

鈴子の顔に戸惑いが走る。僕は慌てて胸の前で手を振った。

「いえ、基本的に骨上げはご遺族だけが行うことになっているのは分かっています。けれど、ご遺族は鈴子さんだけですので、なにかと大変じゃないかと思いまして。今日は火葬場のスタッフたちも忙しそうですから、あまりお手伝いもできないかもしれませんし……」

「でもご迷惑じゃ……」

「いえ、そんなことはありません。浮雲先生には本当にお世話になりましたので、最後の最後に少し恩返しをと思いまして……」

「そうですか、でも……」

鈴子が助けを求めるようにキョロキョロと辺りを見回していると、火葬場のスタッフが「浮雲さん」と声をかけてきた。

「骨上げの準備が整いましたので、どうぞいらしてください」

やはり忙しいのか、スタッフの口調からは焦りが滲《にじ》んでいた。おそらく、このあともまた火葬の予定が詰まっているのだろう。

「あなたも浮雲さんのご遺族の方ですか？」

声をかけられた僕が「いえ、遺族では……」と曖昧に答えると、スタッフはどっちでもいいから早く来てくれと言わんばかりの態度で、「どうぞこちらにいらしてください」と僕たち二人に言う。

気の弱そうな鈴子は、困惑の表情を浮かべながらもスタッフに促されるままに、火葬場へと入っていった。僕は少し迷ったあと、鈴子のあとについていく。

斎場のやけに白く磨き上げられた廊下を進み、僕たちは収骨室に入る。そこに控えていた喪服姿のスタッフが、大きく一礼をしたあと、「お待たせいたしました。これよりご遺族による骨上げを行っていただきます」と慇懃《いんぎん》に告げた。

流れでここまでついてきてしまったが、良かったのだろうか。やはり遺族でない僕が骨上げに立ち会うのは、マナー違反だったんではないだろうか。

収骨室の隅で居心地の悪い思いをしている僕を尻目に、スタッフは慣れた手つきで火葬炉の蓋を開け、鍋つかみのような分厚い手袋をはめて、中に納められている台車式の火葬台を引き出していく。やや火葬時間が短かったためか、火葬台の遺骨は大部分が灰になることなく、そのままの形を保っていた。

「それでは、ただいまより骨上げを行います。ご遺族の方、どうぞこちらにいらしてください」

スタッフは僕を手招きする。

いや……、僕は遺族じゃないんだけれどいいのかな？

ためらいつつ火葬台に近づき、そこに置かれた骨を見つめる。頭蓋骨の空洞になった眼窩《がんか》と目があった気がして、軽く身を震わせた僕は、ふと違和感をおぼえた。

「あの……、あれって普通なんですか？」

僕は頭蓋骨を指差しながら、スタッフにおずおずと訊《たず》ねる。

「あれってなんのことでしょう？」

スタッフの男は目をしばたたいた。

「あれですよ、あれ。遺骨のここに空いている穴です」

火葬台のそばに近寄り、僕は頭蓋骨の眉間を指す。そこには指先ほどの小さな丸い穴が穿《うが》たれ、その周囲に細かい亀裂が走っていた。

まるで……、そこを弾丸で撃ち抜かれたかのように。

「え、え？　なんですかこの穴は？　こんなもの見たことありません」

スタッフの男が激しく動揺しだすのを見て、胸がざわつく。斎場に勤める者が見たことがないということは、これは火葬によって起きる現象ではない。だとすると……。

考えるより前に体が動いていた。僕は火葬台の上にある頭蓋骨を両手で取る。

「ああ、なにをしているんですか！　やめてください！」

スタッフが悲鳴じみた声を上げるが、僕はそれを無視して頭蓋骨の中を下から覗き込む。次の瞬間、心臓が大きく跳ねた。

頭蓋骨の内側に、べったりと鈍色《にびいろ》の固まりがこびりついていた。明らかに溶けて固まった金属。

弾丸……？　それが頭の中にあったということは……。

「浮雲先生は……、射殺された……？」

僕の口から漏れたかすれ声が、収骨室の空気をいびつに揺らした。

＊

「まったく、次から次へとわけの分からないトラブルに巻き込まれて。それに付き合わされる俺の身にもなってもらえませんかね」

嫌味で飽和した口調で言いながら、田無《たなし》署刑事課の刑事である成瀬隆哉《なるせりゅうや》は斎場の廊下に置かれたベンチに腰掛けている僕を睥睨《へいげい》する。僕の隣では鈴子がうなだれながら、自らの肩を抱くように身を小さくしている。それはそうだろう。病死したはずの夫の頭蓋骨に、銃弾で撃ち抜かれたような痕跡が残っていたのだから。

浮雲の火葬が終わってから、すでに二時間以上が経っている。

遺骨の眉間に穴が穿たれていて、頭蓋骨の内側に溶けた弾丸らしき金属がこびりついているのを発見した僕は、斎場のスタッフに指示をして警察を呼んでもらった。そしてやってきたのが、もはや顔見知りどころか月に何回かは顔を突き合わせて、ともに事件の捜査をするようになっている成瀬だった。

成瀬の説明では、統括診断部が関わっている事件は、全て自動的に成瀬が担当するという不文律が田無署内で出来上がっているらしい。今回、成瀬がやってきたのも、事件を発見したのが僕だったからだろう。

色々と事件を担当させて申し訳ないという気持ちがないこともないが、それを鷹央《たかお》が解決した際、成瀬は自分の手柄にしている。そんなこともあって、成瀬に対する罪悪感はあまりなかった。

それよりもいま、僕の頭を満たしているのは、浮雲の身に一体なにが起きたかだ。

「それで、成瀬さん、なにか分かりましたか？」

通報によってやってきた成瀬は、共にやってきた警察官に現場を保存するように指示を出していた。浮雲の遺骨がある収骨室の前には規制線が張られ、いまは鑑識が調査を行っている。

「まだ鑑識が引き上げていませんから、私から言えることはなにもありませんよ。ただ、検視官がさっき遺骨の状態を見て、これは銃撃された可能性があるので、司法解剖に回すべきだという判断をしました」

司法解剖とは、警察が遺体を調べ事件性があると判断した場合、医大の法医学教室などが解剖を行い、詳しい死因を調べる制度だった。

「とはいえ、もうホトケさんは荼毘に付されて、文字通り仏さんになっちゃっているので、そんなに大きな情報は得られないでしょうけどね。まあ、今回の遺体の死因が、銃撃によるものだと判断された場合は、うちの署に捜査本部が立ち上げられて、殺人事件として本格的な捜査になるでしょう」

「殺人事件……」

うつむいている鈴子の口からかすれ声が漏れる。その顔からは血の気が引いていて、死人のように青ざめていた。

それはそうだろう。病死だと思っていた夫が、いきなり射殺されたかもしれないなど言われれば、混乱するのも当然だ。

「しかし、荼毘に付された遺骨を司法解剖に回すなんて前代未聞ですよ。火葬されているってことは、死亡診断書が出されていたってことですよね。まったく。銃撃された可能性のある遺体を警察に届けることもなく、死亡診断書を発行したなんて、どこのヤブ医者の仕業なのやら」

吐き捨てるように言った成瀬の前で、僕は恐る恐る小さく右手を上げる。

成瀬の目が訝《いぶか》しげに細められた。

「……まさか小鳥遊先生、あなたが死亡診断書を書いたなんておっしゃいませんよね？」

「いえ……、おっしゃいます……」

僕を見下ろす成瀬の視線が鋭くなった。

「今回のホトケさんは、天医会《てんいかい》総合病院で亡くなったということですか？」

「そうじゃありません。浮雲先生はご自宅で、がんでお亡くなりになりました」

「どういうことですか？　あなたは天医会総合病院の医者でしょ？　あの病院はわざ

わざ患者の家まで行って、死亡診断書を書いたりするんですか？」

「いえ、普通はしないんですが、ちょっと事情がありまして……」

僕は浮雲との関係、彼の患っていた疾患、彼の緩和ケアの主治医をしていたこと、そして、彼の最後の希望に従って僕が死亡確認をしたことなどを説明していく。その間、成瀬はどこか疑わしげな視線を僕に浴びせかけたまま無言で話を聞いていた。

「……というわけなんです」

僕が説明を終えると、成瀬は「事情は分かりました」と低い声で言う。

「つまり、あなたはもともとガイシャと親しかったというわけですね。では、こちらからいくつか質問させていただきます」

慇懃無礼な態度で、成瀬は言葉を続けた。

「まず、ガイシャは誰かに恨まれていたり、なにかトラブルを抱えていたりという話は聞いていませんか？」

「トラブル……」

つぶやいた僕の頭に、五反田《ごたんだ》という名の男が病院の待合で浮雲に突っかかっていた姿が浮かび上がった。

——お前をぶっ殺せるなら、死刑になったってかまわねえんだよ！

あの時、五反田が唾を飛ばしながら叫んだ言葉が耳に蘇《よみがえ》る。

「あります！　浮雲先生を恨んでいた人物に心当たりが！」

「ほう、詳しく教えていただけますか？」

成瀬の目がすっと細くなった。

「先月のことですけれど……」

僕が浮雲と五反田の確執を説明すると、成瀬は「なるほど」と小声で言いながら、視線を僕のとなりに座る鈴子へと移す。体格がよく威圧感がある成瀬に見つめられ、鈴子はもともと華奢《きゃしゃ》な体をさらに縮こまらせた。

「奥さんも、その五反田っていう男のことをご存知ですか？」

「……はい、知っています。夫はその方から言いがかりのような訴訟を起こされて、とても疲弊していましたので」

鈴子の顔に暗い影がさした。

「その男が自宅に押しかけたりはしませんでしたか？」

「いえ、それは大丈夫でした。最初のうちは裁判で夫に勝つつもりだったので、直接の接触はありませんでした。裁判に負けたあとは、夫が勤めていた病院に何度か押しかけては、警備員に追い出されたそうです。そんなこともあって接近禁止命令が出されました。夫も自宅を突き止められないよう、車で帰る際、タクシーなどに尾行されていないか注意しながら帰るようにしていました」

「尾行に注意して、ということは、自宅を知られたら危険だと思うほどの危機感を、ご主人は持っていたということですね？」

成瀬の確認に、鈴子は迷うことなく「はい」と頷《うなず》いた。

僕は病院で目の当たりにした五反田の姿を思い出す。脳梗塞が起きてから数年も経っているというのに、それが昨日の出来事かのように烈火のごとく怒っていた。

普通なら、時間が経つにつれ怒りは風化していくものだ。しかし、あの男の剣幕からすると、風化するどころか長年かけて熟成され体の奥底に蓄積されていた負の感情が、何年ぶりかに顔を合わせた浮雲に向かって迸《ほとばし》っているかのようだった。

「なるほど。ご主人が殺されたとするなら、その五反田という人物は重要参考人になりますね」

腕を組んでつぶやいたあと、成瀬はじろりと僕を見る。

「さて、それでは一番聞きたい質問です。小鳥遊先生、あなたは浮雲さんの死亡確認を行い、診断書を書いたんですね」

「はい、そうです」

僕はあごを引く。次にどんな言葉をかけられるか理解しつつ。

「では、あなたが死亡確認をしたとき、浮雲さんの頭には弾痕はなかったんですか？浮雲さんが、がんによって死亡したというあなたの診断は正しかったんですか？」

「……少なくとも、浮雲先生は末期がん患者でした。そして亡くなる前日の時点で、明らかに全身状態が悪くなっていた。それならば、がんで亡くなったと考えるのが合理的な判断です」

「けれど、浮雲さんが射殺されていたかもしれないと通報してきたのは、あなた自身ですよ」

「……おかしなことをしているのは、分かっています」

僕は首をすくめた。

「自分の診断が間違っていたかもしれない。浮雲先生はがんではなく、誰かに撃たれて亡くなったのかもしれない。少なくとも遺骨の状態からはそう考えられる。そう思ったからこそ、警察に通報をしたんです」

「確かに、頭蓋骨の眉間に穴が開いていて、中に溶けた金属が入っていたなら、撃ち殺されたと考えるのが妥当です。しかし分かりませんねぇ」

成瀬は首を捻《ひね》る。

「もし眉間を撃ち抜かれたとしたなら、死亡診断の時、当然あなたは気づいたはずじゃないですか？　額に穴が開いているんだから」

「はい、そのはずです。けれど……そんな穴は見つかりませんでした」

「だとしたら、ますます分からなくなる」

成瀬は苛立《いらだ》たしげに髪を掻《か》き上げた。

「皮膚にはなんの異常もないのに、頭蓋骨には穴が開き、脳みそに銃弾が食い込んでいたということになりませんか？」

「そうなりますね……」

僕が言葉を濁すと、成瀬は大仰に肩をすくめ、皮肉たっぷりに言った。

「つまり小鳥遊先生は、ガイシャは特別な銃弾で射殺されたとおっしゃるわけですね。皮膚を透過する弾丸で」

2

「皮膚を透過する弾丸か！　興味深いな」

鷹央は楽しげに声を張り上げると、唇についたカレーのルーを舌で舐《な》めとる。

三日後の昼休み、僕は天医会総合病院の屋上にある鷹央の家で昼食を摂《と》りながら、昨日あった出来事について説明していた。レトルトカレーをせわしなく食べながら、僕の話を聞いていくうちに、最初は興味なさげだった鷹央の瞳に、みるみると好奇心の光が宿っていったのだった。

「つまり浮雲新一は、皮膚に全く痕跡を残さず頭蓋骨を貫き脳を破壊することができる弾丸で、殺害されたかもしれないということだな」

魅力的な謎に興奮を隠せない鷹央は、スプーンを握った手を振り回す。カレーのルーが飛び散り、ソファーで隣に座っていた僕のズボンに茶色い滴がつく。

「スプーンを振り回さないでください。そうです。皮膚だけ透過するような弾丸で射殺されたとしか思えない状況なんです」

「でも、そんなことってありえますかね？」

一人掛けのソファーに腰掛けて、売店で買ったサンドイッチを食《は》んでいる鴻ノ池《こうのいけ》が、唇に指を当てる。

「眉間ってあまり脂肪とか筋肉がない場所ですから、皮膚と頭蓋骨ってほとんどくっついていますよね。それなのに皮膚にはなんの痕も残さずに、頭蓋骨に穴を開けるなんて不可能だと思うんですけれど……」

「『すべての不可能を消去して、最後に残ったものが如何《いか》に奇妙なことであっても、それが真実となる』、だ」

鷹央は左手の人差し指を立てると、彼女がポリシーとしているシャーロック・ホームズの名言を口にする。

「皮膚を透過する弾丸を作ることが不可能なら、なぜそれを使ったかのような状況になったのかを突き止めるべきだ。それにいまの時点では、まだ皮膚を透過する弾丸自体が不可能であるという確証もない。まずはありとあらゆる可能性を考慮し、その中で不可能を消去していくための情報を集めるのが最優先だ」

「ということは、この事件の捜査をするんですね」

嬉《うれ》しそうに鴻ノ池は両手を合わせた。はしゃいでいる二人の様子を眺めながら、僕は手にしているおにぎりを口に運ぶ。

「けれど珍しいですね。小鳥《ことり》先生が不思議な事件を見つけて、鷹央先生に報告するなんて。いつもは統括診断部が事件の捜査に乗り出すことを嫌がっているのに……」

「まあ、たまにはな……」僕は言葉を濁す。

鴻ノ池の言う通り、僕は統括診断部が不可思議な事件に首を突っ込むことに否定的だ。

統括診断部は警察組織でも探偵事務所でもない。あくまで病院の一診療科だ。僕たちの仕事は不可思議な症状を呈して受診してきた患者さんに診断を下し、治療の手助けをすることのはず。事件の捜査はあくまで鷹央がプライベートで勝手に首を突っ込んでいるに過ぎない。それにより、これまで命の危険にさらされることすらあった。

上司の暴走を止めるのは部下の仕事だ。だから僕は鷹央が病院外で起きた事件の捜査をするとき、苦言を呈して(ほとんどが失敗に終わったが)止めようとしてきた。

ただ、今回は状況が違う。『皮膚を透過する弾丸』で殺害された可能性があるのは、僕が担当していた患者であり、そして僕を外科医として育ててくれた恩人なのだ。もし彼が本当に殺害されたとしたなら、真実を暴き、犯人を捕まえて裁きたい。浮雲の仇《かたき》を討ちたい。それが僕の偽らざる思いだった。

このあまりにも不可思議な現象を解き明かすためには、鷹央の力が不可欠だ。だからこそ僕は、鷹央に事件の詳細を告げていた。

普段は事件の捜査をすることに反対しているにもかかわらず、今回に限って鷹央を、そして統括診断部を巻き込もうとしていることに罪悪感を覚えてはいる。

本当にこれでいいのだろうか？　僕のエゴで、鷹央を危険な目に遭わせてしまうのではないだろうか？

「小鳥もようやく気づいたということさ。事件を捜査することの魅力にな」

鷹央は上機嫌で僕の背中をバンバンと叩《たた》く。いや、全然違いますけれど、という言葉を口の中の米と共に飲み込んだ僕が横を向くと、鷹央と目が合った。

「安心しろ、小鳥。この事件は私が完璧に解き明かしてやる。もし浮雲新一が、お前の尊敬する先輩医師が、何者かに殺害されていたなら、私が真実を暴くことで犯人にその報いを受けさせてやる」

鷹央がシニカルに唇の片端を上げると、小さく頷いた。その姿を見て、ふっと体が軽くなった気がした。

無意識にソファーから立ち上がった僕は、「よろしくお願いします」と鷹央に深々と頭を下げていた。

もしかしたら鷹央はすべて分かった上で、僕のために事件を解き明かそうとしてくれているのかもしれない。

それが単に自分にとって都合のいい解釈かもしれないということを理解しつつも、胸に感謝の念が湧き上がる。

「おう、大船に乗ったつもりで任せておけ。具体的にはタイタニック号ぐらいのでかい船に……」

「……この前も言いましたけど、それ沈没しますよね」

「細かいことはいいだろ。それより事件だ、事件。面白そうな事件がやってきやがった。しかもそれを持ってきたのは小鳥ときてる。これなら捜査でどんなにこき使っても、文句を言われる筋合いはないだろう。さてなにからやらせるべきか……」

上機嫌に鼻歌を口ずさみ始めた鷹央を見て、感謝の気持ちが急速に萎《しぼ》んでいく。

「それで、具体的にはなにから調べ始めますか？」

サンドイッチを食べ終えた鴻ノ池は、指先に付いたマヨネーズを舐めた。

「そんなの、決まっているだろう。まずここですぐに調べられることだ」

鷹央は立ち上がると、電子カルテが置かれているデスクに近づいていく。

「すぐに調べられること？」

僕と一緒に鷹央についていった鴻ノ池が、小首を傾《かし》げた。

「容疑者だ」

椅子に腰かけた鷹央は、電子カルテを起動させる。

「もしかして、五反田の診療記録を見るつもりですか？　いいんですか？　診療以外の目的でカルテの内容を閲覧したりして……」

「いいに決まっているだろう」

鷹央は芝居じみた仕草で両手を大きく広げた。

「その五反田という男は、院内でトラブルを起こした。それは重大な情報だ。ちゃんとカルテに記録をしておく必要がある」

「いや、まあ、そうですけど……。プライバシーの問題も……」

「統括診断部はすべての診療科の患者のカルテを閲覧し、診療に不備があるならそれを指摘することを許可されている。つまり、これは統括診断部の業務の一環ともいえる。それだけのトラブルを起こすということは、なんらかの疾患で錯乱状態に陥っていた可能性もあるからな」

まったく、ああ言えばこう言うんだから。

こういう屁《へ》理屈を言わせて、鷹央の右に出るものはいない。それに、浮雲が殺害されたとしたら、その最大の容疑者である五反田の情報を調べることが重要だということは間違いない。

黙り込んだ僕を見て、「納得したようだな」と皮肉っぽく言うと、鷹央は再びキーボードを叩き始めた。

画面が電子カルテから、なにやらプログラミングらしき英字の羅列に変化する。これ、もしかして電子カルテをハッキングして、知りたい情報を抽出しようとしていないか？

他の診療科の記録を見るよりも、はるかに危険な鷹央の行動に、頬が引きつってしまう。

「わー、なんか『マトリックス』みたい！」

鴻ノ池が声を上げると、鷹央は振り返って「『マトリックス』、面白いよな！」と、どうでもいいところに食いついてくる。

「監督であるウォシャウスキー兄弟が、ハリウッドではそれまであまり使われていなかったワイヤーアクションやバレットタイムを多用し生み出した、あの新しい世界観が最高で、初めて見た時は頭を殴られたような衝撃を覚えたものだ。日本のアニメにも強い影響を受けていて、脚本は超名作アニメである『攻殻機動隊』に着想を得たものであることが知られている。主人公のネオを演じるキアヌ・リーブスは、出世作である『スピード』でハリウッドスターに仲間入りしたものの、そのあとは大きなヒット作に恵まれず、やや低迷していた時期だった。だから最後、ネオがあんなことになるシーンでは、私は思わず、『ああ、やっぱりキアヌ・リーブスじゃダメだったのか』とか思ってしまったものだ。けれどあそこから、エージェント・スミスとの……」

よほど好きな映画なのか、鷹央の説明が止まらなくなる。

まあ、確かにあの独特の世界観を持つSF映画って、鷹央先生の好みにドンピシャだよな……。

後ろに立つ僕たちにまくし立てるように語りかけ続けながら、鷹央の両手は一流ピアニストが演奏しているかのような流麗な動きでタイピングを続けていった。一体どんな脳みそをしていれば、そんな芸当ができるのだろうか？

呆《あき》れと感心が同程度にブレンドされた感想を覚えながら、僕は「鷹央先生、ちょっと脱線していませんか？」と声をかけた。

「脱線？　ああ、監督のウォシャウスキー兄弟が、いまは姉妹になっているという話か？」

「そうじゃありません！」

頭痛を覚えながら僕は、脱線したうえ、はるか彼方へと暴走していってしまいそうな鷹央を必死に本線へと戻す。

「五反田の情報を見るんでしょ？」

「五反田？……誰だ、それ？」

「……忘れているのに、どうして両手はハッキングを続けていられるんだよ？

「『皮膚を透過する弾丸事件』の最大の容疑者である、五反田ですよ。いまその男の診療記録を見るために電子カルテをハッキングしてるんでしょ？」

強い疲労感を覚えながら僕が言うと、鷹央は数秒間視線を彷徨《さまよ》わせたあと、「ああ、そうだった、そうだった」とディスプレイに向き直った。

「五反田という名字で、初老の男性で、トラブルがあったという日にうちの病院を受診しているのは……こいつだ！」

鷹央は手首のスナップを利かせてターンと勢いよくエンターのキーを叩いた。次の瞬間、画面はマトリックスじみたプログラミング言語の羅列から、一人の患者の診療記録へと変化した。

患者名には『ゴタンダ　ヘイジ』と記されている。

「五反田平治《へいじ》、六十二歳。うちでは消化器内科と精神科に受診しているな。まずは消化器内科から見ていくか」

マウスを操作して消化器内科の記録を表示した鷹央は、ディスプレイに並ぶ文字を見つめていく。

「これはひどいな。末期のアルコール性肝硬変だ」

鷹央は顔をしかめた。

「これまで二回、食道静脈瘤《じょうみゃくりゅう》が破裂して大量の吐血により救急搬送されている。よく助かったもんだ。肝機能の低下も著しいな。ビリルビンの代謝ができなくなって黄疸《おうだん》が生じているし、アルブミンの生成も不十分で、血管内の浸透圧を保てなくなってきて、かなり腹水が溜《た》まっている」

鷹央の肩越しに画面を覗《のぞ》き込んだ僕も、顔をしかめてしまう。

「ここまで肝硬変が進んでいると、予後は厳しいですね。正直、あと一年もつかどうか……。でも、この患者さん、カルテによるとまだ飲酒を続けているみたいですね」

鴻ノ池が身を乗り出して、画面を指さす。そこには『禁酒を強く指導するが、断固拒否される。そのリスクを説明しても、本人はいつ死んでも構わないと、毎晩焼酎を大量に飲んでいる』という記載があった。

「なんかもう、人生投げやりになっていたんですかね。この状態でお酒を呑《の》むなんて、ほとんど自殺行為じゃないですか」

ため息混じりに鴻ノ池が言う。

「アルコール依存症の患者では、珍しくないんだよ。飲んじゃいけないと分かっていても、もはや自分をコントロールできなくなるんだ」

そこで言葉を切った僕は「ただ……」と付け加える。

「このカルテによると、五反田は自分の命に興味がない感じだけど、この前、病院を受診できなくなると言ったらすごく動揺していた。死んでもいいと思っているなら、病院から追い出されても構わないと思うんじゃないかな？」

病院から出禁になると言われ、みるみる青ざめていった五反田の顔を思い出し、僕は首を傾げる。

「この状態だと、完治は無理ですよね」

鴻ノ池のつぶやきに、鷹央は「ああ」と頷いた。

「炎症により繊維化してしまった肝細胞を元に戻すことはできない。肝硬変に対する根本的な治療は肝移植しかない。ただ、大量飲酒によるアルコール性肝硬変は、日本臓器移植ネットワークの移植待機リストに載せることはできないと定められている」

「脳死ドナーからの善意の臓器移植を受けることはできないっていうことですね」

「そうだ。残された道は家族からの生体肝移植だが、その予定があったのか……？」

鷹央はマウスを操作して、診療記録をスクロールしていく。

「どこにも生体肝移植についての記載はないな。家族関係はどうなっているんだ？……そのあたりは内科のカルテを見るより、こっちだな」

鷹央はさらにマウスをクリックして、今度は五反田の精神科のカルテを開いた。

生活歴が診断・診療に極めて重要な精神科では、内科よりもはるかに詳しく、幼少期から現在までの、患者を取り巻く環境がカルテに記載されている。

精神科の診療記録がディスプレイに表示された。

『重症うつ病』『アルコール依存症』『アルコール精神病』『重度不眠症』『妄想性障害』

大きな文字で羅列される診断名に、鼻の付け根にしわがよっていく。記録を詳しく読まなくても、診断名だけで五反田が追い詰められた状況であったことが分かる。

「これは、かなりシビアだな……。五反田平治はもともと電子部品製造の工場で熟練工として長年勤め、妻と子供もいたが、健診で糖尿病を指摘され、精査をしたところ、偶然膵臓《すいぞう》に初期のがんが見つかった。そして浮雲新一により膵頭十二指腸切除を受け、がんは完治するが、入院中に軽度の脳梗塞を起こした。そこから五反田平治の人生は一気に暗転し始める……」

硬い表情で記録をスクロールさせていった鷹央は、平板な声でそこに書かれている内容をまとめ始める。

「左手に軽度の麻痺《まひ》が残ったため、工場での作業が思うようにできなくなり、退職を迫られた。それにより抑うつ症状と不眠症が生じ、それをごまかすために浴びるように酒を呑むようになった。正体がなくなるまで飲んでは、家族に当たり散らすようになり、妻から離婚を切り出されたようだ」

五反田とその家族を取り巻く悲惨な状況に、鴻ノ池が「かわいそう……」と小さくつぶやいた。

「五反田本人は離婚を拒否したが、最終的に裁判により離婚は成立。五反田は家族を失い、重度のうつ病になり、さらに酒の量が増えていったらしい」

「その結果、末期のアルコール性肝硬変になった……」

僕が硬い声であとを引き継ぐと、鷹央は「その通りだ」とあごを引いた。

「カルテによると、かなり大量の抗うつ薬を飲んで、なんとか症状を抑え込んでいるような状況ですね」

前かがみになって、鴻ノ池がディスプレイを覗き込む。

「多分これが、五反田が病院を出禁になると言われた時に動揺した理由だな」

僕がつぶやくと、鴻ノ池は「どういうことですか？」と首を傾げた。

「うつ病の症状は、すごく辛《つら》いんだよ。身の置きどころがないような焦燥感とか、不安感、それに心臓が押しつぶされているような感覚にずっと苛《さいな》まれるんだ」

鴻ノ池はなにかを察したのか、無言で僕を見つめる。

二年前、自分が手術をした患者が、院内で首を吊《つ》っているのを発見するというあまりにも衝撃的な経験をしたあと、僕は強い抑うつ状態になった。

命を救いたい一心で行った行為が、逆に患者の寿命を縮めてしまった。すべては自分の独りよがりだった。そのことを突きつけられ、心が壊れてしまった。

手術が恐ろしくなった。もう自分は外科医として終わりだと絶望し、後悔と不安に苛まれ、ただ、苦しむためだけに生きているような状況になった。

心が、自分自身が、腐っていくような感覚。あの、うつ病の苦しさは実際にそれを経験した者以外には決して理解できないだろう。

純正医大の精神科を受診し、抗うつ剤を投与されて激しい苦痛はいくらか緩和されたが、それでもじわじわと自分が蝕《むしば》まれていくような絶望感が消えることはなかった。

そんな僕を救ってくれたのが、浮雲新一だった。「外科医として生きていく自信がなくなった」「僕が外科医になるために学んできた年月は無駄だった」と泣き言を言う僕に、彼は「外科だけが医者じゃないぞ」と肩に手を置きながら優しく語りかけてくれた。

「お前は患者を救いたいという強い気持ち、医者としてなによりも大切な才能を持っている。だから外科にこだわる必要はない。もし手術をすることが怖くなったなら、他の科の勉強をしてみてもいいんじゃないか。医学っていうのは根っこで繋《つな》がっている。お前が俺から学んだ技術は、どこの診療科に行ってもきっと役に立つはずだ」

尊敬する指導医の言葉は、驚くほどすっと僕の皮膚を透過して心に沁《し》み込み、狭くなっていた視野を一気に広げてくれた。

そして僕は……メスを捨て、内科医になることを決めた。

僕がいま統括診断部にいて、前を向いて内科医として修業を積んでいるのは、すべて浮雲のおかげなのだ。だから、浮雲の身になにが起きたのか解き明かしたかった。この統括診断部の一員として。

僕が決意を固めていると、鷹央が気を取り直すようにパンと両手を合わせた。

「まあこれで、五反田のことはある程度分かった。それじゃあ今日、早速この男に話を聞きに行くとするか」

「え、話を聞きに行くって、五反田に会うんですか？」僕は目を見開く。

「当たり前だろう。一番怪しい奴《やつ》に最初に接触するのは基本中の基本だ。そいつが犯人なら、時間を与えることで証拠を隠滅するかもしれないからな。分かったか？」

まだ『皮膚を透過する弾丸』の正体が分からないいま、容疑者である五反田に接触するのは危険ではないかと思っていた。しかし鷹央の言う通り、もし五反田が犯人なら証拠隠滅を図るいとまを与えずに接触した方がいいだろう。

これは僕が勝手に持ち込んだ事件だ。もし五反田が鷹央になにか危害を加えそうな気配があったら、身を挺《てい》してでも僕が彼女を守ろう。

「はい、分かりました」

僕が腹の底に力を込めて答えると、鷹央は「よろしい」と口角を上げて薄い胸を張った。

「あ、すみません。今日の勤務後なら、私、ご一緒できないんです。ちょっと用事があって……」

鴻ノ池が首をすくめる。

「え、どうしたんだ？　珍しい……」

事件の捜査となると、鷹央と一緒に喜び勇んで突っ走っていくことが多い鴻ノ池が、それよりも優先するような用事とはなんだろう。

「今晩、研修医に対しての各科のプレゼンがあるんです」

「各科のプレゼン？　なんだそれ？」

鷹央は目をしばたたいた。

「簡単に言えば、研修医の勧誘ですね。どんな後期研修のプログラムを組んでいるのかを説明したうえで、自分たちの診療科がどれだけ魅力的か、研修医にアピールするんです」

「なんだそれ⁉　私、それ聞いてないぞ！」

「あー……、多分それ、院長先生の嫌がらせじゃないですかね。なんか、医局員が三人以上の診療科が対象みたいですから」

鴻ノ池は首をすくめる。

「医局員が三人未満の診療科なんて、うちだけじゃないか！　叔父貴のやつ、ふざけるな！　私もプレゼンするぞ！」

鷹央は頬を桜色に上気させながら声を荒らげた。

「いや、いまからプレゼン用の資料を作るの、無理ですって。そもそも、統括診断部の後期研修プログラムとか考えていないでしょ」

なだめる僕を、鷹央はじろりと睨《にら》みつける。

「最高の診断医である私の下で働けるんだぞ。それだけで十分魅力的な後期研修プログラムだ。そうだろ？」

同意を求められた僕は「えっと……」と言葉に詰まる。

確かに、鷹央の隣で彼女の診療を目の当たりにすることは、診断医としてとても勉強になる。ただし、唯我独尊、傍若無人、我儘三昧《わがままざんまい》の鷹央に振り回される上、定期的にわけの分からない事件に巻き込まれるという苦労を強いられることにもなる。

なんと答えていいのか僕が迷っていると、鷹央は再び「そうだろ？」と、僕の目を覗き込んできた。否定したら引っかかれたり、噛みつかれそうな気がして、僕は「そうです、そうです」と、慌てて首を縦に振った。

「でも、今日は五反田に会いに行くんでしょ？　プレゼンはできませんよ」

僕の説得に、鷹央は眉間に深いしわを刻んで小さな唸《うな》り声を上げはじめる。研修医の勧誘と、不可思議な事件の捜査、どちらを優先するか、天秤《てんびん》にかけているのだろう。

「鷹央先生、統括診断部にそんなにたくさん新しい局員を入局させる余裕はないですよ。鴻ノ池が入局する予定なんだから、それで十分じゃないですか」

諭すように僕が言うと、鷹央は突然ぐるっと首を回して鴻ノ池を見る。そのどこかホラー映画じみた動きに、鴻ノ池の体がビクッと震えた。

「そうだ、舞《まい》。お前はうちに入局するって決めているんだろう。なら、そんな説明会に参加する必要ないじゃないか」

「一応、研修医は全員参加になっているもので……。本当なら私も捜査に一緒に行きたいんですけれど」

心から残念そうに鴻ノ池は唇をへの字に歪《ゆが》めた。

「ということは、統括診断部に入局するのは間違いないんだな？」

不安になったのか、鷹央の声がわずかに媚《こ》びるような色を帯びる。それを聞いて鴻ノ池の目がどこかいやらしく細められた。

「ええ、基本的にはすごく前向きに検討しています」

「基本的にはってどういうことだ？　前向きにってそんな政治家みたいな曖昧な……」

泡を食う鷹央を、鴻ノ池はにこにこと微笑《ほほえ》みながら見つめる。

「いえ、統括診断部で鷹央先生たちと一緒に働くの、すごく楽しそうなんですけど、やっぱり待遇はちょっと気になりまして」

「待遇って、うちの病院はすべての診療科で基本的に同じ条件だぞ」

「基本給とかはそうですけど、ボーナスには結構差があったりしますよね」

「ま、まあ、そうだけど……」鷹央の頰がわずかに引きつりはじめる。

「前、ボーナス満額を約束してくれたら絶対に統括診断部に入るって言ったことありましたけど、あの時はちょっとはぐらかされた感じでしたよね。それ約束してくれるなら、もうここで入局の誓約書、書いちゃってもいいですよ」

「そ、それは、前向きに検討するというか……」

「だめですよ、鷹央先生、そんな政治家みたいな曖昧な答弁じゃ」

鴻ノ池は小悪魔的な笑みを浮かべると、鷹央の頰を軽く撫《な》で、「ほら正直に言っちゃいましょう。私が欲しいって」と妖しい口調で言う。

僕はいったい、なにを見せられているんだろう……。

鴻ノ池の狡猾《こうかつ》さに呆れていると、鷹央は助けを求めるように僕に視線を送ってきた。

「舞のボーナスを満額出すために、小鳥のボーナス、削ってもいいか？」

「いいわけないでしょ！」

僕の大声でのツッコミが、鷹央の薄暗い〝家〟に響き渡った。

3

「ここなのか？」

「ええ、間違いなくここです」

鷹央と僕は、駐車場の前で立ち尽くす。

昼に統括診断部で浮雲の事件について調べると決めた僕たちは、午後の診療が終わると、説明会に参加する鴻ノ池を置いて、五反田に会いに向かった。愛車のCX−8で、カルテに記載されていた五反田の住所までやってきたのだが、そこは小さな月極《つきぎめ》駐車場だった。

「どういうことだ？　ここに五反田が住んでいるんだろ？　どうして駐車場になっているんだよ！」

鷹央が声を荒らげる。せっかく魅力的な事件の捜査をできると思ったのに、出鼻をくじかれて苛立っているのだろう。

「多分、カルテのデータが古かったんだと思います」

カルテに記載されている住所は、初診時に患者が申告したものをそのまま載せているはずだ。引っ越したとしても、患者自身が申告しなければ住所記録は更新されない。五反田は脳梗塞を発症したあと仕事を失い、アルコール依存症となって妻と離婚している。持ち家があれば、その際に処分した可能性はかなり高い。

「これじゃあ、五反田がどこにいるか分からないじゃないか！」

「そうですね、警察だったら調べて分かると思うんですけど。成瀬さんに連絡を取ってみますか？」

「成瀬、か……」

数瞬、考え込むような素振りを見せたあと、鷹央は「いや、やめよう」と首を横に振った。

「どうしてですか？」

「警察が一般人に個人情報を漏らすことは基本的にはない。たとえ私が、警察なんかよりもはるかに高い事件解決能力を持っていてもな。桜井《さくらい》のような手練《てだ》れの腹黒たぬきならまだしも、成瀬のような石頭じゃ特にな」

「確かに成瀬さんは、融通きかないところがありますけれど、鷹央先生が色々な事件を解決していくのを見て、最近少しは情報を内緒で流してくれたりするようになっているじゃないですか。まあ、その度に『これは特別だ』とか、恩着せがましいことを言ってきますけど」

「それだ」

鷹央は僕の鼻先に指を突きつける。

「あいつは恩着せがましいんだ。あの態度がムカつく。こっちが下手《したて》に出て情報をもらおうとしたら、めちゃくちゃ嫌味を言われるだろ」

「まあ、そうですけれど、情報をもらうためなら仕方ないんじゃないですか？」

そもそも、その嫌味を言われるの、電話をする僕だし……。

「それだけじゃない」

鷹央は大きくかぶりを振った。

「ああいうやつは、情報を流すことに慣れてないから、その対価として大きなものを求めがちだ。五反田の今の住所を教えてもらうだけで、なにを要求されるか分かったもんじゃない」

言われてみればそうかもしれない。

「それじゃあどうしますか？　残念ですけど、今日は諦めて病院に戻りますか？」

「まさか。せっかくここまで来たのに、手ぶらで帰るなんてありえないだろう。優先順位は下がるが、もう一つの方へ話を聞きに行くこととしよう」

「もう一つの方？」

僕が聞き返すと、鷹央は穿《は》いていたキュロットスカートのポケットからスマートフォンを取り出し、どこかへと電話をかける。数十秒誰かと通話したあと、鷹央は「よし、行くぞ」と踵《きびす》を返した。

「え？　行くってどこへですか？　誰に電話したんですか？」

「言っただろう。もう一つの方、つまりは浮雲新一がなくなる前日、往診をしたという前澤《まえざわ》訪問診療クリニックだよ」

なるほど、五反田の居場所が分からなかったので、他の関係者から証言を得ようということか。

「ほら。分かったらさっさと行くぞ」

僕の愛車が停《と》めてあるコインパーキングに向けて軽い足取りで歩き出した鷹央のあとを、僕は「ちょっと待ってください」と追った。


「どうぞ」

メガネをかけた壮年の男性、前澤正志《まさし》が、テーブルの上にお茶を置く。

「ありがとうございます」

僕は両手で茶碗《ちゃわん》を持つと、湯気の立つ煎茶を一口含んだ。熱とともに、やや苦味の強いお茶の味が口の中へ広がっていく。

「あちちち……」

猫舌には熱すぎたのか、隣に座る鷹央は顔をしかめて小さく舌を出した。

五反田の住所として登録されていた場所から車で十分ほどの距離にある、保谷《ほうや》駅から近い年季の入った商業ビルの一室。こここそが、浮雲が緩和ケアの訪問診療を依頼していた、訪問診療専門のクリニックだった。

四階フロアの廊下にある『前澤訪問診療クリニック』と記された扉の脇にあるインターホンを押すと、すぐに院長の前澤が扉を開け、「どうぞお入りください」と僕たちを招き入れてくれた。

お茶をすすりながら、デスクが並んでいる室内を僕は見回す。すでに他のスタッフは仕事を終え帰宅しているのだろう。部屋には僕たち三人しかいなかった。

ここからは少し離れてはいるものの、天医会総合病院は西東京地区有数の大病院だ。このクリニックにもかなりの数の患者を紹介している。天医会総合病院の副院長である鷹央が面会を希望すれば、それを断ることは難しいはずだ。

おかしなプレッシャーをかけて、前澤を時間外だというのに無理に対応させてしまったのではないだろうか。申し訳ない気持ちを覚えながら僕は口を開く。

「普通のクリニックとはだいぶ違いますよね」

「事務所みたいでしょう。うちは訪問診療専門なもので」

訪問診療は、医師が看護師や事務員とともに患者の家を訪れ、そこで診療を行う。クリニックでは患者を診ることがなく、主に事務作業を行うので、このような形になっているのだろう。

「訪問診療の専門クリニックか。最近増えているよな」

口をすぼめてお茶に息を吹きかけていた鷹央が言う。

「ええ、普通のクリニックのように診察室や待合室、レントゲン室などの設備を準備しなくていいんで、開業資金を抑えられるんです。それに最近は、国もできる限り患者さんを病院に入院させるのではなく、自宅で治療を受けさせようと、診療報酬を上げて訪問診療を促進していますから」

「けれど、訪問診療で緩和ケアまでやるとなるとかなり大変ですよね」

僕の言葉に、前澤は「ええ、とても」と苦笑を浮かべる。

「終末期の患者さんは、状態が刻一刻と変化していくので、診察の回数も増やさないといけませんし、急変も多いですからね。あと、疼痛《とうつう》管理も自宅でやるのはそう簡単なことではない」

「けれどこちらでは、積極的に終末期の患者さんも受け入れていますよね」

「やはり、自宅で最期を迎えたいという方は多いですからね。うちは私だけではなく、医師三人体制で診療を行っています。ある程度マンパワーがあるので、できる限り緩和ケアも引き受けるようにしています」

「素晴らしい方針だと思います」

敬意を込めて僕が言うと、必死に息を吹きかけてお茶を冷ましていた鷹央が諦めたのか、顔を上げる。

「それより、聞きたいことがあって来たんだ。浮雲新一は知っているな？」

「浮雲先生ですか？　はい、もちろん。ご自宅での緩和ケアがご希望ということで天医会総合病院からご紹介いただき、先々週、一度面会をして、今後の治療の進め方について相談したところでしたので……」

「先週、体調が悪化した浮雲新一を自宅で見たのはお前か？」

「ええ、そうです。夕方『調子が悪い、なにかおかしい』と連絡があったので、往診をして診察をしました。私より経験のあるドクターですから、ご本人がおかしいと感じるということは、危険な兆候だと判断して、すぐに向かいました」

そこで言葉を切った前澤は不安そうに首をすくめる。

「あの、浮雲先生になにかありましたか？」

「浮雲新一は、その翌日、自宅で死亡している」

前澤は「え⁉」と、メガネの奥の目を剝《む》く。

「そんなはずはありません。うちにはなんの連絡もありませんでしたから」

「浮雲新一の妻が、このクリニックではなく、こいつに直接連絡してきたんだ」

鷹央は親指で僕を指す。

「あなたに？」

訝しげに僕の顔を見つめた前澤は、「ああ」と手を合わせる。

「そういえば浮雲先生をご紹介してくださった天医会総合病院の主治医のお名前が、小鳥遊先生でしたね。もしかしてあなたが？」

「はい、僕が浮雲先生を外来で担当していました。それだけでなく浮雲先生は、大学病院時代の僕の指導医でもありました」

「そうなんですね。ではお亡くなりになった時の確認を、二回しか顔を合わせていない私より、もともと深い付き合いがあった小鳥遊先生にお願いしたのも当然ですね」

合点がいったというように頷いたあと、前澤はおずおずと言葉を続ける。

「それで、今日こうしていらしたということは、なにか私の対応に不備があったということでしょうか？」

「いえいえ、そんなことはありません」

僕は慌てて胸の前で両手を振る。

「ただ、ちょっと気になることがありまして、浮雲先生が亡くなる前日の様子を伺いたいだけです」

「気になることと言いますと？」

「『皮膚を透過する弾丸』だ！」

唐突に鷹央が声を張り上げた。前澤は「皮膚を透過……？」と聞き返す。

「そうだ。摩訶《まか》不思議な現象が起きたんで、それを解き明かすために、むぐっ……」

事件の詳細をペラペラと話し出そうとした鷹央の口を僕は慌てて押さえる。ここで、「皮膚に異常がないのに、頭蓋骨に撃たれたような形跡があった」などと説明すれば、ただでさえ不安を覚えている前澤をさらに困惑させることになる。

「少し黙っていてください。ちゃんと僕が話を聞き出しますから。前澤先生が警戒したら、情報が手に入らなくなりますよ」

僕が耳打ちすると、鷹央は不満げに頬を膨らませながら、小さくあごを引いた。

鷹央が思いの外あっさりと納得してくれたことに安堵《あんど》しつつ、僕は彼女の口を押さえていた手を離す。同時に鷹央は僕の脇腹に向かって思いっきり肘鉄を叩き込んだ。完全に油断していたところに鋭い肘が急所である肝臓に突き刺さり、僕の口から思わず「グフッ」と声が漏れる。

「あ、あの……、大丈夫ですか？」

戸惑い顔の前澤に「だ、大丈夫です」と、僕は体をくの字に折りながら引きつった笑みを浮かべる。

「それで、診察した時の浮雲先生の様子はどんな感じでしたか？　疼痛管理が不十分だったとか、そういうことはありましたか？」

痛みをこらえながら僕が訊ねると、前澤は気を取り直したかのように小さく咳払《せきばら》いをした。

「いえ、痛みは小鳥遊先生が処方された合成麻薬のパッチ剤でしっかりとコントロールされていました。ただ、浮雲先生は、冷や汗や息苦しさを訴えておりました」

「冷や汗……息苦しさ……」

僕がその言葉を繰り返すと、鷹央が身を乗り出した。

「バイタルサインに変化はあったか？」

前澤は「少々お待ちください」と言うと、近くのデスクに置いてあったタブレット型の電子カルテを手に取り、それを確認していく。

「血圧は九十四の五十八、脈拍毎分五十二回、血中酸素飽和度は九十八％でした」

「呼吸状態は安定しているが、やや血圧が低く、徐脈だな。もし癌《がん》性疼痛が強かった場合、逆に血圧は上がり、脈拍は早くなることが多いので、痛みのコントロールができていたという判断は正しいだろう」

鷹央はひとりごつようにつぶやいたあと、再び前澤に問いかける。

「心電図は取ったか？」

「ええ、ポータブルの心電図を持って行きましたので、測定しました。これです」

前澤はタブレットの画面をこちらに見せる。そこには心電図が表示されていた。

「やはり徐脈だが、洞《どう》徐脈だな」

鷹央はあごを撫でる。

洞徐脈とは、心臓刺激伝導系の起点である洞結節から発生した正常な電気刺激で心臓が動いていながら、脈拍が少なくなる状態のことだ。不整脈ではないので、よほど脈拍数が少なくなって血液循環が滞らない限り、治療対象にはならない。

「心拍数は毎分五十回は超えているので、洞不全症候群とも言えない。大きな問題はないように見えるな」

鷹央の言葉に、前澤は「はい」と頷いた。

「私も同じように判断しました。浮雲先生の訴えている胸苦しさなどは、心臓の虚血や呼吸不全ではなかったので、終末期での過緊張による自律神経不全の可能性が高いと判断しました」

末期がんなどで自分の命が残り少ないことを自覚した患者は、強い不安や恐怖にさらされ、精神的に不安定になることが多い。そのストレスは自律神経を乱し、大量のストレスホルモンを分泌させて、心だけではなく、体の不調も引き起こす。

「そうか。ちなみに神経所見はどうだった？　なにか異常はなかったか？」

「神経所見？」

鷹央の問いに前澤は首をひねる。

「いえ、特に異常はなかったと思いますが……。呂律《ろれつ》もしっかりしていましたし、明らかな麻痺もありませんでした。どうして神経所見が重要なんですか？　浮雲先生は脳塞栓などの、中枢神経系の異常で亡くなったんですか？」

「いや、なんでもない。気にしないでくれ」

軽く頭《かぶり》を振った鷹央がなにを考えているのか、僕には手に取るように分かった。

もし、本当に浮雲の死因が『皮膚を透過する弾丸』だとしたなら、前澤が診察した時点でそれが撃ち込まれている可能性も否定はできない。

その弾丸は、外見にはなにも痕跡を残さないのだから……。

もし前日の浮雲の体調不良が皮膚を透過する弾丸によるもので、その時点で脳に弾が食い込んでいたとしたら、なんらかの神経所見が出ていたはずだ。

けれど、さすがにそれはないだろうな。僕は胸の中でつぶやく。

収骨室で見た頭蓋骨には眉間にしっかりと穴が穿たれ、周りに亀裂すら走っていた。それだけの威力で頭を撃たれれば、普通ならほぼ即死だろう。悠長に胸苦しさなどを訴える余裕はないはずだ。

鷹央も念のために確認しただけなのか、それ以上詳しい話を聞こうとはしなかった。

「ということは、お前は浮雲新一に抗不安薬だけ処方して、とりあえず経過観察にしたということだな？」

鷹央の確認に、前澤は「いえ、違います」と首を横に振った。

「心電図モニターと、緊急用の薬剤セットを手配して置いていきました」

「緊急用の薬剤セット？　心電図モニターは分かるが、薬剤セットとはなんだ？　具体的にはなにが入っているんだ？」

「昇圧剤や利尿剤、あとは蘇生《そせい》時に使うアドレナリン、アトロピン、リドカインなどの薬剤ですね」

「蘇生？　浮雲新一は終末期のがん患者だ。心肺停止時に蘇生など行わないだろ？　蘇生しても体を痛めつけ、わずかに死亡までの苦しい時間を引き延ばすだけだ」

「ええ、私も戸惑いました。昇圧薬や利尿薬はまだ分かりますが、蘇生用の薬剤は必要ないのではと言いましたが、念のためそれも置いておいて欲しいと強く求められたので、仕方なく準備しました」

「浮雲新一が蘇生用の薬剤を欲したのか？　それだけ生に執着していたということなのか？」

わけが分からないといった様子で、鷹央が髪を掻き上げる。

「いいえ、浮雲先生ではありません。薬剤を用意してほしいと言ったのは、奥さんの浮雲鈴子さんです」

「妻が薬の希望を出したのか？　けれど、その薬はすべて、強力な作用があるため慎重に使用しなければならないものだ。一般人には使用できないだろう？」

「奥さんは看護師の資格をお持ちだということでしたので……」

前澤の説明に、鷹央は「看護師⁉」と目を大きくする。

「浮雲新一の妻は看護師だったのか？　医療の知識があるということか？　おい、小鳥、なんでお前、そんな重要なことを言わなかったんだ⁉」

鷹央は僕を睨みつける。

「いや、僕も知らなかったんですよ」

首を振った僕は、「あ……」と声を漏らす。

「そういえば、すごく昔に、浮雲先生、奥さんとは病院で出会って職場結婚したとか言ってた気も……」

「そんな重要なことを忘れてるんじゃない！　この中には豆腐でも入っているのか？それとも納豆か？」

鷹央は両手を伸ばすと、僕の髪をわしゃわしゃとかき乱す。

「やめてくださいよ。あと豆腐と納豆ってなんですか？　いつから僕の脳みそは大豆になったんですか」

僕は鷹央の両手首を必死に摑《つか》む。

「あの……。一体どういうことなんでしょうか？　そもそも浮雲先生の身になにが起きたんですか？」

前澤が不安げに訊ねた。鷹央はいきなりソファーから立ち上がる。

「特になにも起こっていない。聞きたいことはもう終わりだ。情報提供に感謝する」

そう言い残すと、鷹央は出入り口へと向かって大股に歩き出す。

「ああ、鷹央先生、ちょっと待ってくださいよ」

唖然《あぜん》としている前澤に、「お騒がせして申し訳ありませんでした」と謝罪すると、僕は鷹央のあとを追っていく。

「いきなりどうしたんですか？　急に出て行ったりして」

廊下で僕は鷹央に追いついた。

「これ以上込み入った話をすると、前澤がさらに不安になると思ってな」

「込み入った話ってどういうことですか？　なにか気づいたんですか？」

「気づいたというほどじゃない。ただ、容疑者が五反田以外にもう一人増えたということだ」

「容疑者が増えた⁉」

声が裏返ってしまう。

「なにを大きな声出しているんだ。今回の事件、明らかにおかしな動きをしているやつが一人いるだろう」

「それってもしかして……」

僕が声を押し殺すと、鷹央は「そうだ」と大きく頷いた。

「浮雲新一の妻、浮雲鈴子だ。そいつはきっとなにかを隠しているはずだ」

鷹央は口角を上げると「まあいい」と、舌なめずりをする。

「なにを隠していようが、この私が暴いて真実をあぶり出してやるさ」

4

「棺はここに保管されていました」

喪服を着た中年の男性が、緊張した面持ちで扉を開ける。中には六畳ほどの簡素な部屋が広がっていた。

前澤訪問診療クリニックを訪ねた翌日の夕方、僕たちは浮雲の火葬が行われた斎場を訪れていた。

昨日、前澤の話を聞いたあと、鷹央はすぐに「浮雲鈴子に話を聞きに行くぞ。連絡を取れ」と言い出した。

仕方がないので浮雲の自宅に電話をかけたが、誰も出ることがなかった。鷹央は「出ないなら直接押しかけよう」と騒ぎ立てたが、前澤訪問診療クリニックを出た時点ですでに午後九時を回っていた。

「こんな時間に突然押しかけたら相手に警戒されますよ。鈴子さんはまだ僕たちに疑われていると気づいていないんですから、油断させて、後日落ち着いて話を聞いた方がいいですよ」

その場で思いついた適当な理屈での説得に、鷹央は少し考え込んだあと、「まあ、そうだな」と、思ったより素直に納得してくれた。

そうして僕たちは近くのファミリーレストランで夕食を摂り、そこで次の計画を立てた（多分鷹央が大人しく僕の意見に従ったのは、夕食を食べるタイミングを逃して空腹だったせいだろう）。

その際、鷹央が次に調べるべき場所としてリストアップしたのが、この斎場だった。

「どうして斎場を調べるんですか？」

注文したチキンソテーを切りながら僕が訊ねると、ジャワカレーをせわしなくスプーンで口に運んでいた鷹央は、湿った視線を投げかけてきた。

「お前な、火葬後に見た光景に囚《とら》われすぎて、視野が狭くなっているぞ」

「え、どういうことですか？」

「浮雲新一が皮膚を透過する弾丸で撃ち殺されたなら、死後の出来事を調べても仕方ないじゃないかと考えているだろう？」

「ええ、まあ……」

僕がおずおずと頷くと、鷹央は「まったく」とわざとらしく大きくため息をついた。

「お前は被害者と親しかったうえ、その死亡確認をし、さらに火葬後、眉間に穴が開いた頭蓋骨を目の当たりにするという衝撃的な経験をしたため、『皮膚を透過する弾丸』に囚われているんだ。普通に考えたら、この事件はもっと単純なものだ」

「もっと単純？　もしかして鷹央先生、今回の事件の真相が分かっているんですか？」

テーブルに両手をついて身を乗り出す僕の顔を、鷹央は「落ち着けよ」と手のひらで押し返した。

「別に真相を突き止めたわけじゃない。ただ、一番シンプルな仮説をお前が見逃しているだけだ。シンプルにしてつまらない仮説をな」

「つまらない仮説？　それってなんですか⁉」

「簡単なことだ。浮雲新一が死後に、眉間を撃たれた可能性だ」

鷹央の説明を聞いた僕は「あっ！」と声を上げる。

「なにが『あっ！』だよ」

ジャワカレーの攻略を再開した鷹央から冷たい視線を浴びた僕は、体を小さくした。なんでそんな単純なことに気づかなかったのだろう。羞恥心で頬が熱くなっていく。死亡診断時に額には異常がなかった。しかし、火葬後の頭蓋骨には、弾痕らしき穴が穿たれていた。普通に考えればそれは、死後に何者かが浮雲新一の遺体の頭を撃ち抜いたということになる。

「でも、どうして遺体の頭をわざわざ撃つ必要があるんですか？　死体損壊もれっきとした犯罪行為です。そんなことするメリットが犯人にあるんですか？」

「さあな」

鷹央は興味なさげに肩をすくめる。

「『さあ』って、鷹央先生が言ったんじゃないですか、浮雲先生が死後に銃撃されたって……」

「私は最も単純でつまらない仮説を口にしただけだ。それが正しいとは思っていないし、そんなつまらない真相であって欲しくないと願っている。もっとこう、なんと言うか、あっと驚くような空前絶後のトリックが使われていれば最高なんだが」

「いや……、そんなの期待しないでくださいよ……」

僕が呆れていると、鷹央は「とにかく」と手を振る。

「まず調べるべきは、浮雲新一の死後、その遺体を銃撃できる人物はいたのか、いたとしたらそれは誰なのかだ。そのためにも、斎場でどのように遺体が保管されていたのかを調べる必要があるのさ」

そう言うと、鷹央はさらに残っていたジャワカレーを、スプーンでかき込んだのだった。

そうして今日、勤務を終えた僕たちは夕方、この斎場にやってきた。自動ドアを通ってつかつかと正面受付へと近づいた鷹央は、受付のスタッフに「私は警察の関係者だ。責任者を出せ」と告げていた。

鷹央の言い分では、「時々、警察の仕事を手伝ってやっているんだから私たちはれっきとした警察関係者だ」ということらしいが、そろそろどこかから（おそらくは成瀬辺りから）本気でクレームが入るのではないかと僕は戦々恐々としている。

一昨日、施設の一部を警察に封鎖されたことがトラウマになっているのか、すぐに施設長だという小太りの中年男性がやってきた。高校生、時には中学生に間違えられることもある童顔の鷹央を見て、施設長の顔に疑わしげな表情が浮かんだ。しかし、すかさず鷹央に「聞きたいことがある。拒否するならまた施設を封鎖しなくてはならなくなるかもしれない」と、とんでもないハッタリをかまされ、その顔はみるみると青ざめたのだった。

そうして僕らは、一昨日浮雲の棺を保管していたという部屋へと案内された。

「ここに入れるのは遺族だけか？」

鷹央の質問に施設長は、「基本的にはそうです」と頷く。

「この部屋には鍵はないな。棺が運び込まれてから火葬されるまでの間、遺族がいなければ、誰かが忍び込んでも気づかれないんじゃないか？」

「はい、その通りですが、浮雲様の場合、こちらに到着してから火葬がはじまるまでの間、奥様がずっと棺の側《そば》についておられました」

「それは間違いないのか？」

鷹央の問いに施設長は「間違いありません」と迷うことなく頷いた。

「一昨日、担当の者が刑事さんに繰り返し確認されていましたから。失礼ですが、そのことはご存知ないんですか？」

鷹央を見る施設長の眼差《まなざ》しに、再び疑念の色が籠る。

「もちろん聞いている。ただ、伝聞より直接聞く方が質の高い情報が得られるんだ。だから、私たちは繰り返し同じことを訊ねることがある。それとも、しっかりと確認されると困ることでもあるのか？　やましいことがなければ問題がないはずだぞ」

鷹央にずいっと迫られた施設長は「滅相もありません。どうぞ、なんでも質問なさってください」と白旗を上げた。よほど、一昨日の営業停止が痛手だったのだろう。まさに全面降伏といった態度だった。

自分が痛いところを突かれたのをごまかすために、逆に脅しをかけるなんて……。これ下手したら威力業務妨害とかにならないのかな？

僕がそんなことを考えていると、鷹央は待機室を一回りしたあと、「よし、次は収骨室だ」と施設長を促し部屋を出た。

浮雲の火葬を行った収骨室に僕たちは入る。鷹央は火葬炉の扉に近づくと、許可を得ることもなくそれを開き、身を乗り出して中を覗き込んだ。

「ああ、鷹央先生、危ないですよ」

僕は小走りに鷹央に近づき、上半身を突っ込んでいる彼女の腰を両手で摑む。

「……おい、どこ摑んでんだよ。セクハラで訴えるぞ」

「万が一、鷹央先生が変なボタンを押して、火が噴き出して来たらすぐに助けるためです。嫌なら出てきてください」

少し考え込んだあと、鷹央は「まあ、それなら仕方ないか」とつぶやいて、再び火葬炉の中を調べはじめる。さすがに危険なことをしている自覚はあるようだ。

本当は危険なこと自体しないで欲しいんだけれど……。僕は内心で愚痴をこぼしながら、いつでも鷹央の体を火葬炉の中から引き出せるように腰を落として身構える。

「ここの火葬炉は台車式だな。燃料は都市ガスか？」

「よくご存知で。はい、手動で台車を引き出せるシステムになっています。以前は灯油を使っていましたが、いまは環境のことも考えて都市ガスに切り替えました」

施設長が少しだけ嬉しそうに答える。

「他の火葬炉とは内部で繋がっていないいんだな？」

「ええ、繋がってはいません。各炉が独立して火葬を行える作りになっています」

「なるほど、よく分かった」

ようやく火葬炉から上半身を抜いた鷹央は「ああ、灰が付いちまった」と顔をしかめながら着ているTシャツを叩く。舞い上がった灰を吸い込んだのか、鷹央は大きく咳き込んだ。

その灰って、人骨が焼けたものなんじゃ……。

僕が顔を引きつらせていると、鷹央は「世話になったな」と施設長に告げて、さっさと収骨室から出ていった。

「あ、ちょっと鷹央先生」

僕は唖然としている施設長に、「お騒がせしました」と一礼して鷹央のあとを追う。

「もうここは調べなくていいんですか？」

斎場を出て駐車場に停めてあるCX－8に向かう鷹央に追いついた僕は声をかけた。

「調べるべきことは調べたからな」

つまらなそうに言うと、鷹央は助手席のドアを開けて車に乗り込む。僕も運転席へと座った。

「どうしたんですか？　そんなに唇を尖《とが》らせちゃって」

「せっかくここまで来たのに、大した情報を得られなかった。これじゃあ普通に考えたら、浮雲鈴子が夫の遺体の頭を撃ったことになる」

「なんで鈴子さんがそんなことをする必要があるんですか？」

「だから、本当に浮雲鈴子が犯人なのか、もしそうだとしたら、なぜ夫を撃つ必要があったのか、それを明らかにするためにも浮雲家に行くべきなんだよ。なのにお前が止めるんじゃないか」

鷹央は助手席を思いっきりリクライニングさせると、ダッシュボードの上にスニーカーを履いた足を乗せる。

「足を乗せないでください。少なくとも靴ぐらいは脱いでくださいよ」

抗議を鷹央は黙殺する。僕が浮雲鈴子への接触を止めていることがよほど気に食わないらしい。

確かにずっと夫の遺体の側にいた鈴子が眉間を撃ち抜いた犯人だとしたら、すべての謎が解ける。そして、それをはっきりさせるためには、鈴子への接触が不可欠だという鷹央の意見ももっともだ。

ただその場合、鈴子が犯した罪は、死体損壊に過ぎない。それも紛れもない犯罪行為には違いないが、『皮膚を透過する銃弾』で殺人を犯したわけではない。なぜそんなことをする必要があったのかは分からないが、少なくとも僕には、真相を暴き出し、糾弾しなければならない罪かどうか分からなかった。それに鈴子が無実だった場合、夫の遺体を傷つけたと疑われ、ただでさえ配偶者を亡くし苦しんでいる彼女に、さらに強い悲しみと憤りを与えることになる。

一応、天医会総合病院から斎場に向かう前に、また浮雲家へ電話をしたが、やはり回線が繫がることはなかった。

「浮雲鈴子に接触するのが嫌なら、五反田だ。五反田に話を聞かせろ」

駄々をこねる子どものように、ダッシュボードに置いた足をバタつかせ始めた鷹央に、僕は呆れ返る。

「やめてくださいよ。イヤイヤ期の二歳児じゃないんだから」

「二歳児？　誰か二歳児だ！　この見目麗しいレディに向かって……」

「レディはそんな座り方しません。本当に足を下ろしてくださいよ」

僕と鷹央が睨み合ったとき、車内の険悪な空気をジャズミュージックが揺らした。ポケットから着信音を鳴らしているスマートフォンを取り出した僕は、その液晶画面に表示されている『鴻ノ池舞（天敵注意！）』の文字を見て、顔をしかめる。

出ないわけにもいかないか……。僕は『通話』のアイコンに触れると、スピーカーモードに切り替える。

『ヤッホー、小鳥先生お疲れ様です。捜査の方は進んでますか?』

鴻ノ池の明るい声が車内に響き渡った。

「進んでない。ぜんっぜん進んでない!」

鷹央がふてくされたように吐き捨てる。

『あれ、なんか鷹央先生、ご機嫌斜めですね。なにかあったんですか?』

「捜査よりも、他の科の説明会の方を優先するようなやつには教えてやんない。そもそも舞、統括診断部に入局するかどうか分からないし」

鷹央はそっぽを向きながら言う。

どうやらこの前、鴻ノ池にからかわれたことをまだ根に持っているらしい。

この人一度へそを曲げると結構しつこいからな……。

どうしたものかと僕が思案していると、鴻ノ池の『ごめんなさーい』という、まったく反省している様子のない声が聞こえてきた。

『この前のは冗談ですよ。ちゃんと統括診断部に入局しますってば。だから捜査の状況教えてくださいよ』

「状況が知りたいなら、いまからこっちに来ればいいだろ」

『行きたいのはやまやまなんですけれど、これから研修医のみんなが参加する説明会の打ち上げがあるんです』

「ほら、やっぱり捜査より説明会の方が大切なんじゃないか」

　完全に拗《す》ねてしまった鷹央の態度に、僕はこめかみを掻く。これは、なにか甘いものでも奉納しないと機嫌直らないな。どこかコンビニでスイーツでも買うか。

「まったく！　浮雲鈴子には会えないし、五反田にいたっては住所すら分かんない。これじゃあ推理のために必要な情報が全然集まらないじゃないか！」

　鷹央は再び、ダッシュボードに乗せている足をバタつかせる。

『まだ五反田って人の住んでいる場所、分からないんですか？』

　鴻ノ池の問いに、鷹央は頬をリスのように大きく膨らませた。

「仕方ないだろ。カルテに書かれていた住所が昔のものなんだから。成瀬に調べてもらったら、どんな対価を要求されるか分かったもんじゃないし……」

『保険請求の住所も昔のものなんですか？』

「え？　保険請求？」

　僕と鷹央の声が重なる。

「そうですよ。その五反田って人、うちの病院で診察していたってことは、保険診療を受けていたってことですよね。だったら保険証とかマイナンバーカードで現在の住所を確認しているはずです」

「でもカルテには、昔の住所しか書かれていなかったぞ」

『事務の人たちは、患者さん本人が申請しない限りわざわざカルテの住所までは書き換えませんからね。保険請求の記録とか見れば、多分、いまの住所分かりますよ。打ち上げまで時間があるから、私が調べましょうか？』

「頼む！　すぐに調べてくれ！」

鷹央が叫ぶと、『ラジャーです。じゃあ一回切りますね』という言葉を残して回線が切断された。

「まさか、保険請求の住所とは盲点だったな」

機嫌が直ったのか、鷹央は明るい声で言う。

「そりゃ、鷹央先生、保険請求に必要な書類とかの整理、全部僕に丸投げしてますからね。気づかないのも無理ないですよ。そもそも、保険請求の仕組みもあんまり知らないでしょ」

「脳のキャパシティは有限なんだ。無駄な情報を入れている余裕はないんだよ」

あっさりと、鷹央は開き直る。

「先生の脳みそなら、いくらでも情報を吸収できるでしょう。それに無駄な情報って、保険請求は医療の基本ですよ。それをしないと病院にお金が入ってこなくて経営が成り立たなくなるんだから。そんなんだからいつも院長先生に、『お前は医療経済が全く分かっていない』とか嫌味を言われるんですよ」

「うっさい、うっさい！」

正論を言われて言葉を返せなくなったのか、鷹央は両手で耳を塞ぐ。

本当に子どもっぽいんだから……。

僕がため息をついたとき、再び車内に着信音が響き渡った。鷹央が僕の手からスマートフォンをひったくる。

「舞、五反田の住所、分かったか？」

『はい、分かりましたよ。今から言いますけどメモできますか？』

「メモなんかいらない。私の頭なら、聞いた住所を忘れることはないから」

やっぱり脳みそのキャパシティ、十二分に余ってるじゃないか……。

胸の中で僕がツッコミを入れていると、鴻ノ池が東久留米《ひがしくるめ》市にあるアパートの住所を口にする。

「よくやった、舞。やっぱりお前は統括診断部に必要な人材だ」

鴻ノ池は『えへへ』と無邪気な笑い声を上げ、冗談めかして『じゃあボーナスは満額ですね』と付け加える。

「ああ、もちろんだ。小鳥のボーナスをゼロにしてでも、お前のボーナスは満額支給する」

「ちょっと！」

悲鳴じみた声を上げる僕を尻目に、鷹央は上機嫌にスマートフォンに語りかけ続ける。

「だからちゃんと統括診断部に入局しろよ」

『はーい、もちろんです。じゃあそろそろ打ち上げなんで切りますね。お二人とも捜査頑張ってください』

明るい声を残して、通話が切れた。

「鷹央先生、僕のボーナス、ゼロにするって冗談ですよね。さすがにそれは殺生ですよ。まだこの車のローンも残っているのに」

「もちろん冗談だよ」

鷹央は笑顔でパタパタと手を振る。しかし、その目は全く笑ってないことに僕は気づいていた。

これは少しいいところを見せないと、本当にボーナスをゼロにされかねない。この事件を解決するために、頑張らなければ。

なぜ、医者としてのボーナスのために事件解決を頑張らなければならないのかという根本的な疑問が湧くが、僕は頭を振ってそれを脳の外にはじき出す。鷹央にそんな常識を求めても意味がない。

　この人はやるときはやる人だ。いい意味でも悪い意味でも……。

「そ、それじゃあ早速、五反田の家に向かいましょうか」

　僕が上ずった声を上げると、鷹央は「おお、行くぞ！」と勢いよく拳を振り上げたのだった。

5

「ここが、五反田が住んでいたアパートですか」

　僕は目の前に建つ木造二階建てのアパートを見上げる。かなり年季の入った……、というより『壊れかけた』と表現するのが相応《ふさわ》しいような様相を呈している。外壁にはシミとヒビが目立ち、二階に上がる鉄製の階段は赤錆《あかさび》に覆われていて、いまにも崩れ落ちそうだ。

　築四十年はゆうに経っているだろう。もはや廃墟《はいきょ》の雰囲気さえ醸し出している。

「よっぽど家賃が安いんだろうな。大きな地震でも来たら一気に崩れ落ちそうだ」

　鷹央はあごを撫でると、ブロック塀で囲われたアパートの敷地内に迷うことなく入っていく。

「あ、鷹央先生、ちょっと待ってくださいよ。五反田に会ってどうするんですか？」

「話を聞くに決まっているだろ」

「いや、そうなんですけれど、なんて質問するつもりですか？」

「その辺は相手の反応と、その場のノリで臨機応変に、だな」

「ノリって……。相手は殺人犯かもしれない男ですよ。慎重にいかないと……」

「分かってる、分かってる。心配するな」

鷹央は軽い口調で言うと、パタパタと手を振る。

いや、絶対分かってない。この人は五反田に会うなり、「お前、『皮膚を透過する弾丸』で浮雲新一を殺したか？」などと、まくし立てかねない。

もし本当に五反田が犯人なら『皮膚を透過する弾丸』で僕たちを銃撃してきてもおかしくない。しかし、最重要容疑者にコンタクトできることで舞い上がっている鷹央を止めることがもはや不可能であることは、これまでの一年以上の付き合いで痛いほど分かっている。

もし五反田が襲ってきたら、命をかけてでも鷹央先生を守らないと。

これは僕が持ち込んだ事件なのだから。

覚悟を決めた僕は鷹央とともに、旧式の洗濯機が並んでいる一階の外廊下を進み、五反田が住んでいるという一番奥の部屋の扉の前までやってきた。

鷹央がインターホンを押す。しかし、故障しているのか音は響かなかった。鷹央は小さく舌を鳴らすと、迷うことなく拳を玄関扉に叩きつける。

「おーい、五反田。出てこい。ちょっと話があるんだ」

数十秒、バンバンバンと扉を叩き続けるが、中から反応はなかった。代わりに、隣の部屋の玄関扉が勢いよく開き、住人らしき中年の男が「うるせえよ！」と怒鳴り声を上げる。

「こんな夜遅くに騒ぐんじゃねーよ！　眠れねえだろ！」

男は脂が浮く長い髪をガリガリと掻きむしる。白いフケが舞い散るのが、廊下の点滅している蛍光灯の光に映し出された。

「おお、ちょうど良かった。この部屋に住む男のことを知らないか？」

クレームをつけに来ている相手からまで情報を得ようとする鷹央の探偵根性に呆れつつ、僕は男が激昂《げっこう》しても対応できるよう重心を落とす。自分よりも体格のいい僕に威圧感を覚えたのか、怒りでゆがんでいた男の顔にわずかに動揺が走った。

「その部屋の奴ならいねえよ。だから騒いでないでどっか消えてくれ」

「いない？　どこに行ったんだ？」

「知らねえよ。ただ、このボロアパートは壁がめちゃくちゃ薄いから、隣の奴が帰ってきたりすればすぐ分かるんだ。そいつは何日か前から部屋に戻ってきてねえ」

「それは間違いないか？」

「ああ、間違いねえよ。その前まで、部屋の中でガタガタ音がしていたんで、俺が文句を言いに行ったんだ。そうしたら『もうすぐ終わる。もうここには帰ってこないからあと一日だけ我慢してくれ』とか言っていたからな」

「もうすぐ終わる……もう帰ってこない……」

鷹央は口元に手を当ててつぶやくと、玄関扉のノブに手を伸ばし、それを引く。扉が小さな軋《きし》みをあげながら開いていった。

「鍵がかかっていない……。小鳥、入るぞ」

「いえ、それはちょっと……。ほら、いま見られていますし……」

僕は小声で言いながら、隣の部屋を見る。扉を叩く音がしなくなったので満足したのか、隣の部屋の男がいつの間にか引っ込んでいた。

「ぐちゃぐちゃ言うな。嫌なら私一人で行く」

鷹央は躊躇《ちゅうちょ》なく五反田の部屋の中へと入っていく。殺人犯かもしれない男の部屋に一人で入らせるわけにはいかず、僕も慌ててあとを追った。

次の瞬間、むせかえるような悪臭が鼻腔に入り込み、僕は思わず肘で鼻と口元を覆った。裸電球の橙《だいだい》色の光に、室内の様子が浮かび上がる。

玄関の奥に伸びている二メートルほどの短い廊下。そこには、無数のゴミ袋が散乱していた。生ゴミもかなり含まれているのだろう。濃厚な腐敗臭が空間に充満している。廊下には申し訳程度のキッチンがついているが、そのシンクには山のようにレトルト食品の容器が積まれていた。

「ひどい有様だな……」

鷹央が顔をしかめると、靴のまま廊下に上がり、その先にある引き戸を開いた。六畳ほどの畳敷きの和室に、黄ばんだ敷布団と汚れた毛布が部屋の隅に畳まれて置かれている。

いつでも動けるように重心を落とす。部屋の中に人影はなかった。僕はすり足で奥にある押し入れに近づき、勢いよく開く。そこにもゴミ袋が詰め込まれているだけで、住人の姿はなかった。押し入れからも漂ってくる悪臭に辟易《へきえき》しつつ、僕は襖《ふすま》を固く閉めた。

押し入れ以外はほとんど隠れるような場所がない部屋だ。五反田が潜んでいるということはなさそうだ。構えを解き小さく息をつくと、僕は改めて部屋を見渡した。

まず意識を引いたのは、部屋の中心に置かれているちゃぶ台だった。円形の天板には、吸い殻が山盛りになっている灰皿や発泡酒の空き缶と共に、銅線、半田《はんだ》ごて、バーナー、プラスチックの細い筒、パチンコ玉、乾電池、ペンチ、ドライバー、研磨機など、様々な工具が所狭しと並んでいる。まるで、そこだけ工学研究室のようだった。

「隣の部屋の男がガタガタうるさいと言っていたのは、多分ここでなにかを作っていたからだな」

鷹央はちゃぶ台に近づくと、その上に置かれているものをまじまじと見つめる。

「もしかして、五反田はここで拳銃を作っていたんじゃないんですか？」

僕の問いに、鷹央はちゃぶ台を指さした。

「そのプラスチックの筒が銃身で、パチンコ玉が弾丸だってことか？」

「はい、この筒の内径とパチンコ玉の大きさ、ほとんど一緒ですよ。いかにも銃筒とそこから打ち出される弾じゃないですか？」

僕は筒を手に取ると、中にパチンコ玉を入れて傾けてみる。パチンコ玉は筒の中を滑らかに移動して、反対側の穴からこぼれ落ちた。

鷹央も「どれどれ」と、筒とパチンコ玉を手に取って、まじまじと観察を始める。

「……いや、これで銃を作るのは難しいな」

「え、どうしてですか？」

僕の質問に、鷹央は左手に持ったプラスチックの筒を振る。

「まず材質の問題だ。銃は基本的に筒の中で火薬を爆発させ、その圧力を持って弾丸を猛スピードで飛ばす。しかしこのプラスチック製の筒では、その強い圧力に耐えるだけの強度がない。もしこの中で十分な火薬を爆発させたら筒が弾《はじ》け飛び、それを持っている者の手が大きなダメージを受けるだろう。それに……」

鷹央はパチンコ玉を入れて筒を覗き込む。

「よく見ると、わずかにパチンコ玉と筒の間に隙間がある。これでは火薬を爆発させても圧が抜けてしまい、勢いよく弾丸を撃ち出すことは不可能だ」

「そうなんですね……。それじゃあここで、五反田はなにを作っていたんでしょう。玄関の鍵がかかっていなかったこととか、隣の部屋の男に『もう帰ってこない』と言ったことから、五反田はなにかを作った上で、強い覚悟を決めてこの部屋を出て行ったと思うんですよね」

「二度と生きてこの部屋に戻ってこないという覚悟、か……」

鷹央の声が低くなる。僕は「おそらくそうです」と頷きながらなにか他に手がかりになるようなものがないか、部屋の中を歩いて行く。

折りたたまれた布団を見下ろした僕は大きく息をのむ。

「鷹央先生、これ見てください！」

僕は鷹央を呼ぶと、畳まれている敷布団を持ち上げ、その裏面をあらわにする。

「なんだよ、大きな声出して。また、隣の部屋の男に文句を言われ……」

そこで言葉を失った鷹央は、目を大きく見開く。黄ばんだ布団に点々と穿たれている指先大の穴を見て……。

「これは……弾痕か……？」

「ええ、布団に向かって試し撃ちをしてたんですよ。ほら、見てください」

穴の中に指を突っ込むと、指先に硬い物体に触れた感覚が走った。僕はそれをつまみ出す。それは弾だった。先端が鋭く尖った、三角錐《さんかくすい》の形をした金属の弾丸。

「パチンコ玉を研磨機で磨いて尖らせ、貫通力を上げたんだな」

つぶやいた鷹央は、畳に跪《ひざまず》いて、布団に開いた穴をまじまじと見つめはじめる。

「……おかしい」

「え、おかしいって、なにがですか？」

「どの穴を見ても、周りに焼けた跡がない。拳銃を自作してその性能を試すとしたら、普通はまずは接射するはずだ。その場合、爆発させた火薬の煤《すす》などが射入口の周りについて繊維を焦がす。それに、弾丸自体も銃身との摩擦より高温を帯びているので、焦げ跡を残すことが多い。けれど、この布団に穿たれている穴には、煤も焼け跡も全くない」

すくっと立ち上がった鷹央は、再びちゃぶ台に近づくと、「そもそもこれがおかしい」と、吸い殻が山盛りになっている灰皿を指さした。

「拳銃や弾丸を作っていたとしたら、火薬を使用していたはずだ。その最中にタバコなんか吸ったら、引火して爆発を起こすリスクがある。ここで銃を作ることなんて……」

　そこで言葉を切った鷹央は、体をびくりと震わせた。

「ど、どうしたんですか？」

　ただならぬ様子に僕が声をかけると、鷹央は焦点を失った目で虚空を見つめる。

「五反田は熟練工だった。しかも電気関係の……。そしてここにある部品、火薬ではなく他の力が働けば……電気……」

　ブツブツと呪文のようにつぶやき始めた鷹央を見て、僕は口をつぐむ。

　鷹央はなにかに気づいた。なにかとても重要なことに。

　これまでの一年以上、鷹央とともに様々な事件を解決した経験からそのことに気づいた僕は、彼女の思考を邪魔しないように息を殺して黙り込む。

　いま、鷹央の小さな頭の中に詰まっている超高性能の脳では、シナプスが激しく発火し、この『皮膚を透過する弾丸の謎』を解き明かしていっているのだろう。

　僕が固唾を吞んで数十秒間見つめていると、唐突に鷹央が「小鳥！」と声をかけてきた。

「はい、なんでしょう⁉」

　僕が背筋を伸ばすと、鷹央は部屋の隅に置かれている未使用のゴミ袋を指さす。

「この、ちゃぶ台の上に置かれているもので、タバコと空き缶以外の全て、その袋に入れて持って帰るぞ」

「え、持って帰るって。ダメですよそんな。泥棒じゃないですか」

「なに言っているんだ。さっき言っただろ。五反田はもうこの部屋に戻ってくるつもりはないんだ。つまりこれはある意味、廃棄されたものとも言える。捨てられたものを拾っても泥棒なんかにはならない」

「いや、なりますって！　やってること、完全に空き巣じゃないですか。いくら五反田が浮雲先生を殺した容疑者でもヤバいですって」

「ちぇっ、勢いで騙《だま》せなかったか」

鷹央は大きく舌打ちをすると、「なんでもいいからその袋に入れろ」と開き直る。

「……いま、僕が言ったことを理解できなかったんですか？」

「理解した。その上で、この事件の真相を暴くために、それだけのリスクを取る価値があると判断した。小鳥、お前、浮雲新一の身になにが起きたのか明らかにしたいんじゃないのか？　尊敬する先輩医師の仇を取りたいんじゃないのか？　お前になんと言われようと、私はそこにあるものを回収する。お前はそれに協力しないのか？」

僕の喉からウッという声が漏れる。今回の事件は、僕が鷹央を巻き込んだものだ。それなのに、僕だけリスクを負わないというのは、さすがに無責任だろう。

「そもそも、もうこの部屋に入った時点で、厳密には不法侵入なんだ。窃盗が加わろうが大した問題じゃないだろう」

「大した問題です！」

「『毒を食らわば皿まで』って言うだろ！」

「分かりましたよ！　やればいいんでしょ、やれば！」

半ばやけになりながら声を張り上げた僕は、ゴミ袋を二重にして破れないようにすると、ちゃぶ台の上にあるものを片っ端からその中に詰め込んでいく。

「で、こんなもの持って帰って、なにをするつもりですか？」

僕の質問に鷹央はいたずらっぽく微笑んだ。

「そうだな、ちょっとした自由研究みたいなもんだ。小学生の時、夏休みの宿題でやっただろ」

6

「鷹央先生、本当になにを作ってるんですか？」

鴻ノ池が鷹央の肩越しに、ローテーブルをのぞき込む。

五反田の家に侵入した翌日の夕方、鷹央はソファーの前にあるテーブルに様々な工具を並べ、一心不乱に工作に勤《いそ》しんでいた。

「だから内緒だって。もうすぐできるから、ちょっと待ってろよ」

左手に半田ごてを持った鷹央は鼻歌混じりに答える。昨日とは打って変わって上機嫌だ。

一体なにを企《たくら》んでいることやら……。

チラチラと鷹央の様子を確認しつつ、僕は電子カルテに、今日診察した患者の診療記録を打ち込んでいく。

昨夜、病院へ戻ると、鷹央は五反田の家から持ってきた（というか盗《と》ってきた）工具や部品を取り出すと、いそいそとなにかを作り始めた。

僕は何度か、「なにをするつもりですか？」と訊ねたが、いつものごとく鷹央は「秘密だ」といたずらっぽくウインクしてくるだけで、説明をしてくれなかった。

秘密主義の鷹央がそう言い出したら、どれだけしつこく質問しても無駄だ。仕方なく、僕はもやもやとした気持ちを抱いたまま自宅へと帰った。

そして今日の朝出勤すると、鷹央は昨日の夜と同じようにテーブルのそばで胡坐《あぐら》をかき、ペンチで切断した銅線を四苦八苦しながらプラスチック製の筒に巻きつけていた。

今日の統括診断部の予定は、外来と、他科から紹介された患者の診察だったが、鷹央はそれを僕と鴻ノ池に押し付け、日中もずっと『工作』に勤しんでいた。

鷹央はもう今回の事件の真相を見抜いているのだろうか？『皮膚を透過する弾丸』

の正体を突き止めているのだろうか？

　診療記録を書き終えた僕は一息つくと、こめかみに手を当てて、今回の事件の謎を頭の中でまとめはじめる。

　まず、頭蓋骨の眉間に開いていた穴、あれは生前に穿たれたものなのか、それとも死後になんらかの理由で開けられたものなのか？

　頭蓋骨の中に溶けた金属が付着していたのだから、あの穴はおそらく銃撃によって穿たれたものだろう。だとすると、その銃を作ったのはやはり五反田なのだろうか？

　昨夜見た五反田の部屋の様子、そしてもう帰ってこないと隣人に話していたという事実からみると、五反田が今回の事件の犯人である可能性は極めて高い。ただ、鷹央の昨日の説明では、五反田の家にあった工具で普通の銃を作ることは困難だということだった。だとしたら、どうやって五反田は頭蓋骨に穴を開けるほどの威力で金属の塊を発射することができたのだろうか？

　施設長の話では、斎場では浮雲の棺のそばには常に妻の鈴子がいたということだ。もし五反田が死後に遺体を撃ったとしたなら、斎場ではなく浮雲の遺体が一時的に安置されていた自宅だということだろうか？

　しかし、火葬前に遺体の頭に穴が開いていたとして、それに鈴子が気づかないのはあまりにも不自然だ。普通なら火葬の前、棺を開けて最後の別れを告げる。もしそこですでに遺体が頭を撃たれていたら、鈴子は異変に気づいたはずだ。

「そうなると、考えられる可能性は二つだな……」

僕は口の中で言葉を転がす。

一つは、鈴子と五反田が共犯だという可能性だ。遺体の眉間に穴が開いていても、鈴子がそれについて騒ぎ立てることはなかっただろう。しかし、鈴子が五反田に協力する理由など、どう考えても思いつかない。

だとすると、もう一つの可能性……。

「皮膚を透過する弾丸……」

その言葉が無意識に口をついた。

やはり、浮雲の死はがんではなく、五反田により頭を撃たれたことによるものだったのではないだろうか。五反田はなんらかの方法で、皮膚に痕跡を残すことなく浮雲を射殺した。そう考えるのか一番しっくりくる。

しかし、物理的に皮膚に痕を残さずに、その下にある頭蓋骨と脳だけに損傷を与えることなど可能なのだろうか？　どれだけ頭を絞っても、その方法が思いつかない。

僕が頭を抱えたとき、「できた！」という鷹央の声が、薄暗い部屋に響き渡った。

振り返ると、鷹央がなにやら怪しい装置を誇らしげに頭上に掲げていた。

「なんですか、それは？」

立ち上がった僕は、鷹央の手にしているものをまじまじと観察する。細長いプラスチックの筒に、三ヶ所ほど密に銅線が巻かれている。片端には乾電池が二つと、箱状の装置が包帯でぐるぐる巻きにされて固定されており、持ち手のようになっていた。三ヶ所に巻きつけられた銅線は、全て箱状の小さな装置へと接続されている。さらによく見ると、持ち手の部分に押しボタンが一つ付いていた。

「これ、なんですか？」

「説明するより見せた方が早い」

鷹央は歌うように言うと、軽い足取りで玄関へと向かう。僕と鴻ノ池は顔を見合わせると、鷹央のあとを追って〝家〟の外に出た。

「この辺りでいいだろう」

〝家〟の側面に回り込んだ鷹央は、白衣のポケットからパチンコ玉を取り出し、持ち手が付いている方から筒へと入れると、反対側をレンガでできた〝家〟の壁に向ける。

「え、もしかしてそれって……」

声を上ずらせる僕に向かって、「その『もしかして』さ」と下手くそなウインクをすると、鷹央は筒に付いているボタンを親指で押し込んだ。

プシュッというビール缶のプルタブを開けたような音に続き、パンという破裂音が響く。

「おお、できたできた。成功だ。さすがは私だな」

満足げに胸を反らしながら、鷹央は壁に触れる。そこの部分の赤レンガが一部崩れて、内部の白い石灰質が露《あら》わになっていた。

「それって、パチンコ玉で付いた傷ですか？　え、その筒から発射されたんですか？」

鴻ノ池がまばたきを繰り返す。鷹央は「その通りだ」と鷹揚《おうよう》に頷いた。

「でもそれって、プラスチックの筒に銅線を巻いただけですよね？　どうしてそれで、レンガが割れるくらいの威力でパチンコ玉を撃ち出せるんですか？　銃みたいに」

鴻ノ池が早口で訊ねると、鷹央は得意げに筒を掲げた。

「銃みたいじゃない。まさに銃だ。これはコイルガンと言われるものだ」

「コイルガン？」

聞きなれない単語に、僕は首をひねる。

「コイルガンは、電磁石の力で磁性体の弾丸を発射する銃のことだ。コイル状の電気回路によって発生させた磁力で弾丸を銃身内に引き込み、加速して発射する。難しいのは、弾丸が通過したら、そこの電磁石をオフにし、次の電磁石が磁力を発生させるように切り替えることだ。それが正確に、そして素早く行われなければ、十分な速度で弾丸を撃ち出すことができない。ただ、火薬を使用する一般的な銃と違い、爆発による圧力が必要ないので銃声は小さく、また銃身もそれほど頑丈じゃなくても壊れることなく弾丸を発射できる」

鷹央はペラペラと楽しげにコイルガンについての説明をしていく。

「えっと、それってよく聞くレールガンみたいなものですか？」

「原理は似ているがレールガンとは細かい点で違いがある。レールガンは物体を電磁誘導により加速して撃ち出す装置のことだ。二本の電導体製のレールの間に電流を通す伝導体を弾体として挟み、その弾体上の電流とレールの電流に発生する磁場の相互作用によって発射する。この際電気抵抗により弾体がプラズマ化してしまうこともあり……」

「プラズマ化！」

僕の声が裏返る。気持ちよく説明しているところを邪魔された鷹央は、顔をしかめた。

「なんだよ、急にでかい声出して。びっくりするじゃないか」

「すいません。けれどいま、プラズマ化って言いましたよね？」

「言ったけど、それがどうした？」

「確かプラズマって、気体を構成する分子が電離している状態ですよね。弾丸がそれになったということは、その状態で撃ち出されて皮膚を通過したところで個体に戻り、頭蓋骨を貫通したとかありえませんか？」

「ありえない」

興奮してまくし立てる僕の仮説を、鷹央は一言で切り捨てた。

「プラズマと言っても、別に固体をなんの痕跡も残さずに通り抜けられるわけじゃない。それに皮膚と頭蓋骨はほんの数ミリしか離れていない。その空間でプラズマから個体へと戻るなんて、奇跡が起きてもありえない。そもそも、五反田が作ったのはコイルガンだ。奴にレールガンは作れない」

「なんでですか？　コイルガンもレールガンも似たような仕組みなんでしょ？」

「原理は似ているが、全く違うものだ。レールガンは大量の電力を消費する。こんな乾電池で賄えるような電力じゃない。レールガンの実用化は、原子力で動く空母や駆逐艦などに搭載し、他の船や戦闘機を破壊する用途などで検討されているんだ。パチンコ玉を撃ち出すのとはわけが違う」

「じゃあ、皮膚を透過する弾丸の謎は全く解けていないってことじゃないですか！」

鷹央は「そうだぞ」と、あっさりと頷いた。

「私が証明したことは、五反田には十分な殺傷力のある銃を作る能力があり、おそらくは実際にそれを作製しただろうということだ。もともと熟練工だった五反田なら、少しぐらい左手に麻痺があっても、工作技術は私を遥《はる》かに凌駕《りょうが》するはずだ。これよりもずっと威力のあるコイルガンを作れただろう。あいつはパチンコ玉を研磨して尖らせ、殺傷能力を上げるということまでしているからな」

「そうですか……」

　肩を落とす僕を見て、鷹央は唇を尖らす。

「なんだよ、その、『ちぇっ、大したことないじゃないか』みたいな態度は。いいか、探偵の捜査の基本は、小さな謎を解き明かし、一歩ずつ確実に真実に近づいていくことだ。五反田が銃を作れたことを証明したのは、重要な情報だ。これで、五反田が浮雲を撃った犯人だという可能性は、極めて高くなったんだからな」

「そうかもしれませんけど、『皮膚を透過する弾丸の謎』は五里霧中のままじゃないですか」

「あ、なんだお前、その言い草は。そんな態度だと、お前の分のボーナス全部、舞に渡すぞ」

「ちょっと、おかしな冗談で脅すのやめてください」

「冗談かどうかは、冬のボーナスの時期にわかるさ。楽しみにしておけよ」

「マジでやめて！」

　僕たちが侃々諤々《かんかんがくがく》と言い争っていると、鴻ノ池が小さく手を上げた。

「ん？　どうした、舞？」

「あの、つかぬことをお聞きしますけど、それって……銃なんですよね？」

鴻ノ池は、鷹央が手にしているコイルガンを指さした。

「ああ、そうだぞ」鷹央は頷く。

「その銃って、作ってもいいものなんですか。あの……犯罪になるんじゃ……？」

鴻ノ池の指摘に僕は「あっ！」と声を上げた。事件の真相に近づいている予感で興奮し気づかなかったが、鷹央が作ったものは見た目は銅線を巻いた筒でしかないが、その実、紛れもない『拳銃』だ。この日本で、そんなもの作ったら大問題になるのではないだろうか。

「安心しろ。コイルガンは火薬を使用しないので、もともと規制対象にはなっていなかった」

鷹央は手にしているコイルガンを左右に振る。

「規制されている銃というのは、火薬によって金属製弾丸を撃ち出すもの、または圧縮空気によって弾丸を撃ち出すもののうち、一定以上のエネルギーを持つものと規定されていたからな」

僕と鴻ノ池が安堵の息を吐くと、鷹央は「ただし……」と続けた。

「銃弾の発射に利用するエネルギーの種類が違うからと言って、十分な殺傷能力を引き出せる銃を放置するのは社会的に問題だということになり、二〇二四年の六月に銃刀法が改正され、コイルガンも規制対象になった。というわけで、人の生命に危険を及ぼしうる威力を持ったコイルガンは所持が禁止されている。それを作ったり持ったりしていると当然、処罰の対象と……」

鷹央がそこまで説明したところで、僕と鴻ノ池は慌てて彼女の手からコイルガンを奪い取った。

「ああ、なにするんだよ？」

抗議する鷹央に、僕は「なにをするんだじゃありません！」とピシャリと言う。

「いま自分で言ったでしょう。コイルガンを持っていたら処罰の対象になるって」

「大丈夫だ。見つからなければ問題ない」

「問題なくない！」

めまいを覚えつつ、僕は声を張り上げる。

「ここには時々、成瀬さんとか桜井さんがなんの前触れもなくやってきたりすることあるじゃないですか。そのときそれが見つかったらどうするんですか⁉」

「誤魔化す！」

即答する鷹央に、めまいが強くなる。

「そんな危険な橋を渡るわけにはいきません！　病院の副院長が屋上で違法な銃器製造をしていたなんて、全国ニュースになりますよ！　この病院、潰れちゃいますよ！」

さすがにそんなことになってはまずいと気づいたのか、鷹央の表情に動揺が走った。

その隙を逃すことなく、僕は鴻ノ池に、「その銃、すぐに分解しろ！」と指示を出す。

「ああ、やめてくれ！　事件の手がかりを得るために、頑張って作ったんだから。私が工作をするなんて、小学校のときの自由研究以来なんだぞ」

「五反田が殺傷能力のある銃を作れるというのが分かったことで、目的は達成したでしょ？　これ以上文句言うなら、真鶴《まづる》さんに報告しますよ。妹さんが屋上で違法な銃器の製造に手を染めていますよ、って。それでもいいんですか？」

「そ、それは……」

鷹央の顔からみるみると血の気が引いていく。

「というわけで、鴻ノ池、壊せ！」

僕の指令に、鴻ノ池は「ラジャーです！」と敬礼をすると、筒状のコイルガンの両端を持って、頭上に高々と掲げる。両手を勢いよく振り下ろすと同時に、鴻ノ池は膝蹴りを放った。

銃身の真ん中辺りが膝に勢いよく衝突し、コイルガンは真っ二つに折れる。鴻ノ池は銃身に巻かれている包帯を剝がし、導線をコンデンサーらしき機器から引き抜き、淡々とコイルガンを破壊していった。

「ああ……私の作品が……」

鷹央が哀れを誘う声を絞り出しながら虚空に手を伸ばしたとき、僕は腰の辺りに振動を感じた。

ズボンのポケットから震えているスマートフォンを取り出した僕は、液晶画面に映し出された名前を見て口元に力を込める。

「誰からの電話だ？」

僕の緊張に気づいたのか、鷹央が訊ねてくる。

「成瀬さんです。多分、司法解剖の結果が出たんだと思います」

「スピーカーモードで電話に出ろ」

鷹央に指示された通りにすると、『もしもし、小鳥遊先生、いまちょっとよろしいですか？』という、成瀬のつまらなそうな声が聞こえてくる。

「司法解剖の結果が出たのか⁉」

鷹央が声を張り上げると、スマートフォンからわざとらしいため息の音が響いた。

『天久《あめく》先生、あなたもいるんですか。また、勝手に捜査とか始めたりしないでくださいよ』

いや、もうはじめてるんだよね……。しかも結構、法的にやばい行為もやっちゃってるし……。

背中に冷たい汗が伝うのを覚えながら、僕は鷹央がおかしなことを言い出す前に、「それで、なんの御用ですか？」と成瀬を促した。

『いま、天久先生がおっしゃった通りですよ。司法解剖の結果と、今後の対応がある程度決まりましたので、事件の通報者である小鳥遊先生には一報を入れておこうと思いまして』

「前置きはいいからさっさと教えろ。浮雲新一の死因は頭を撃たれたことだったのか？」

成瀬は『だから、あなたは関係ないんだって』と小さな愚痴をこぼしたあと、ゆっくりと告げた。

『司法解剖では死因ははっきりとは分かりませんでした。眉間の穴が銃撃で開いたものかどうかも断定できないということです』

「断定できないって、明らかに穴が開いてたじゃないですか」

『火葬の際に、高熱で骨が砕けるのは別に珍しいことではないということです。頭蓋骨に亀裂が入って、偶然一部だけ崩れて銃痕のようになった可能性もあると解剖医は判断しました』

「そんな……。あんな綺麗《きれい》に丸く骨が崩れるなんてあり得ないですよ。そもそも、頭蓋骨の内部にくっついていた金属についてはどうなるんですか？」

『あれについては、火葬の際になにか棺の中に金属が紛れ込み、それが付着したものではないかと考えています』

「なにを言っているんですか⁉　金属は頭蓋骨の内側に付いていたんですよ。棺に紛れ込んだ金属が溶けたなら、外側に付くでしょう。あれは脳に食い込んだ銃弾が熔けたものですよ」

『もちろん解剖医も、その可能性も否定はできないとは言っていました』

「なら……」

言葉を返そうとした僕を、成瀬は『最後まで聞いてください』と制する。

『今回の司法解剖は、すでに火葬されている遺骨ということで、そこから読み取れる情報は極めて少ないと解剖医は報告しています。つまり、骨からだけでは普通の病死なのか、なんらかの犯罪行為があったのか分からないということです』

「そうなると、どうやって浮雲先生が事件に巻き込まれたかどうか判断するんですか？」

『そんなの簡単ですよ』

成瀬の口調が、わずかに嘲笑するような響きを孕《はら》んだ。

『小鳥遊先生、あなたが書いた死亡診断書です』

「僕の……」

喉の奥からうめき声が漏れてしまう。

『あなた自身が、浮雲新一さんはがんで自然死したと診断し、正式な死亡診断書を発行しているんです。司法解剖からほとんど情報が得られなかったいま、これが犯罪なのかどうか判断する最も重要な情報は、その診断書ということになります』

「けれど……」

反論しようと口を開くが、それ以上言葉が続かなかった。

『小鳥遊先生……』

成瀬の低い声が聞こえてくる。

『あなたが死亡診断を行ったとき、浮雲新一氏の遺体には撃たれた痕があったんですか？　その眉間には穴が開いていたんですか？』

「……いいえ、開いていませんでした」

『でしたらそれが全てでしょう。浮雲新一氏は撃たれて死亡したわけではない。遺骨の頭蓋骨に開いた穴は、火葬の際に偶然できたもの。それが我々警察の判断です』

「……この事件を警察は捜査しないということですか？」

僕が拳を握りしめると、成瀬は『その通りです』とあっさりと答えた。

『その根拠は、あなたが医師として正式に記載した書類によるものです。ですから諦めてください。我々警察のマンパワーは限られている。犯罪行為があったとは思われない件を調べるわけにはいかないんです。何卒《なにとぞ》ご了承ください』

慇懃無礼な成瀬のセリフに、僕は唇を噛むことしかできなかった。

『それじゃあ失礼しま……』

「ちょっと待て！」

通話を終えようとした成瀬を、鷹央が止める。

「頭蓋骨の内側に付いていたという溶けた金属の分析は終わったのか？」

『ええ、普通の鉄でした。どこにでもある材質です』

「なるほど、鉄か……」

鷹央は目を細める。

「確かにどこにでもある材質だ。例えばパチンコ玉とかな」

『そうですね。それがどうかしましたか？』

興味なさげに成瀬が言う。コイルガンのことを告げようかと、僕が口を開きかけると、鷹央は唇の前に人差し指を立てた。舌先まで出かかっていた言葉を僕は必死に飲み込む。確かに五反田の部屋にコイルガンを作る材料があったと告げたら、僕たちが不法侵入したことが明らかになってしまう。それどころか、下手をすればここで鷹央がコイルガンを作ったことすら気づかれてしまわないとも限らない。

コイルガンのことは警察に説明できない。しかし、それを伝えなければ、警察はこの事件の捜査を行わない。激しい逡巡《しゅんじゅん》が僕を責め立てる。

「このあと、警察は浮雲新一の遺骨を妻に返しておしまいといったところか……？」

僕が口をつぐんだことを確認した鷹央は、わざと話をずらすためか、そんなことを訊ねる。

『ええ、そうです。ただ、ちょっと困ったことになっていまして。ああそうだ、小鳥遊先生、浮雲鈴子さんがどちらにいらっしゃるかご存知じゃないですか？　連絡が取れないんですよ』

「え、鈴子さんと連絡が取れない？　ご遺骨を預かるときに連絡先は聞かなかったんですか？」

『聞いたに決まってるじゃないですか』

成瀬は不機嫌そうに言う。

『携帯にも家の固定電話にも、何度もかけましたが、全然出ないんです。今日は直接、家に伺いましたがインターホンを押してもやはり反応がありませんでした。浮雲新一さんと親しかったあなたなら、なにかご存知じゃないかと思いまして』

「いいえ、僕も奥さんとはそれほど親しいわけではないので……」

『そうですか。分かりました。それでは失礼します』

大して期待していたわけではないのか、成瀬はあっさりと通話を切った。

ピーピーという気の抜けた電子音がスマートフォンから響きわたる中、僕と鷹央は顔を見合わせる。

「普通は、夫の遺骨を少しでも早く返してもらいたいと思うよな。警察からの連絡に全く反応しないなんておかしいと思わないか？」

鷹央の言葉に、僕はあごを引く。

「ええ、可能な限り早く自分の元に戻したいと思うはずです」

「そうなると、浮雲鈴子にとって、浮雲新一は大切な人ではなかったということか。もしくは……」

鷹央は声を潜める。

「浮雲鈴子の身になにかがあって、警察からの連絡を受けられない状態になっているか……」

「なにかがあってって、もしかして……自殺とか」

鴻ノ池が、コイルガンの残骸を手にしたまま声を震わせる。

「長年連れ添ってきた配偶者が亡くなり、その遺骨すら警察に回収されてしまった。強いショックを受け、世を儚《はかな》んで自らの人生にピリオドを打とうとしてもおかしくない。ただ……、それよりも危機的な状況かもしれない」

「自殺よりも危機的な状況って、どういうことですか？」

声を上ずらせる僕に、鷹央は横目で視線を送ってきた。

「五反田の目的が、浮雲新一に弾丸を撃ち込むだけとは限らないってことだ」

「まさか、五反田が鈴子さんになにかをしたってことですか⁉」

僕が声を上ずらせると、鷹央は表情を引き締めた。

「それも否定できないだろ。五反田がどこにいるか、やつの本当の目的はなんなのか、誰にも分からないんだからな」

僕の頭の中で一つのストーリーが組み上がっていく。

五反田は先月、浮雲と偶然顔を合わせたことで、くすぶっていた怒りに火がついた。末期の肝硬変で、自らに残された時間が少ないことを知っていた五反田は、コイルガンを作り、浮雲を殺して復讐《ふくしゅう》しようと企んだ。しかし、浮雲はその前にがんで命を落としてしまった。

五反田は怒りに任せて浮雲の遺体の眉間をコイルガンで撃ち抜いたが、激情が消えることなく、それは浮雲の妻である鈴子へと向かった。

どうやって火葬前に気づかれることなく浮雲の遺体を撃てたのかという疑問は残るものの、これが一番現実的な仮説とみて間違いないだろう。

僕は身を翻し、小走りに階段室へと向かおうとする。

「小鳥、待て！　なにをするつもりだ？」

「浮雲先生の家に行くんです。鈴子さんになにがあったのか確かめないと」

「そんなこと言ってるんじゃない！」

鷹央が声を張り上げた。

「なに一人で行こうとしているんだって言っているんだよ！」

僕の口から「え……？」という呆《ほう》けた声が漏れる。

「私たちを置いていくんじゃない。確かにお前が見つけた事件だが、部長である私が捜査すると決めた時点でこれは統括診断部全員で解決すべき事件になっているんだ。つまり私たち三人でだ。な、舞！」

「もちろんです！」

鴻ノ池は胸の前で両手を握り締める。

「私たちチームなんですから。勝手に私たちを置いてかないでください」

鷹央と鴻ノ池が睨みつけてきた。

僕はなんと言っていいのか分からず、立ち尽くす。なぜか胸の奥がじんわりと温かくなっていく。

「ありがとうございます」

僕がこうべを垂れると、鷹央は硬く結ばれていた唇をほころばせ、高らかに宣言した。

「よし、『皮膚を透過する弾丸事件』の真相、私たちで解き明かすぞ！」

7

「なんか、人気《ひとけ》がないですね」

目の前に建つ二階建ての家を見つめながら、鴻ノ池がつぶやく。

病院を出た僕たちは、CX－8で西東京市にある浮雲家までやってきていた。

鴻ノ池が言うように日が落ちて辺りが暗くなっているにもかかわらず、家の窓からは明かりが漏れておらず、家の中に人がいる気配はなかった。

「分からないぞ。明かりを消して潜んでいるのかもしれない。鈴子を人質に取った五反田がな」

鷹央が緊張した面持ちで家を見つめる。

「これからどうしますか？」

僕の問いに答える前に、鷹央は迷うことなくインターホンを押した。

「ちょ、ちょっと鷹央先生！　いま五反田が潜んでいるかもしれないって言ったじゃないですか」

「虎穴《こけつ》に入《い》らずんば虎子《こじ》を得ずって言うだろ。どんな状況であろうとも、こちらから動かないと道は開けない」

「でも相手はコイルガンを持ってるかもしれないんですよ。危険じゃないですか」

「大丈夫だ！」

自信満々に言う鷹央の姿を見て、僕の胸にはびこっていた不安が消えていく。きっと鷹央は、コイルガンを無力化するような秘策を持っているのだろう。だからこれほど、落ち着いているのだ。

「こっちにはボディガードが二人もいるんだから。特に小鳥は体がでかいから、その後ろに隠れれば私が致命傷を受けることはまずないだろう」

「僕はボディガードでも、ましてや盾でもありません！」

思わず声が大きくなってしまう。

この事件を持ち込んだ責任として、鷹央になにか危険があったら身を挺《てい》して守るつもりはあるが、さすがに露骨に弾除《たまよ》けとして使われるのは避けたい。

「そもそも僕が撃たれたら、次は鷹央先生かもしれませんよ」

「あ、それなら大丈夫です。五反田って人が小鳥先生を撃っている隙に、私が一気に間合いを詰めてぶん投げますから」

「おお、それはいいな。よしそれでいこう」

鷹央は勝手に（僕を盾として使い潰す）作戦を決めると、続けざまにインターホンを押す。ピンポンピンポンピンポンと軽い音が連続して響きわたるが、玄関扉が開くどころか、家の中から物音一つしなかった。

「居留守を使っているのか。それとも本当に誰もいないのか……」

鷹央は口元に手を当ててつぶやいたあと、無造作に玄関扉のノブに手を伸ばし、引いてみる。しかし、五反田の家のように扉が開くことはなかった。

「やっぱり毎度そう簡単にはいかないか。仕方ない、窓を破って中に入るとするか」

「待ってくださいよ。そんな気軽に、また不法侵入しようだなんて」

僕の苦言に、鷹央は面倒くさそうに手を振った。

「なんだよ。今更だろ。昨日、五反田の部屋に忍び込んだ上、コイルガンの材料を無断で持ってきたじゃないか」

「あ……、やっぱりあれって、黙って持って来たやつなんですね」

鴻ノ池の頰が少しだけ引きつった。

「五反田は容疑者で、しかも玄関扉が開いていたじゃないですか。けれどここは、被害者である浮雲先生の家なんですよ。もしかしたら、鈴子さんは疲れて中で眠っているだけかもしれません。それなのに窓を破って不法侵入して、驚いた鈴子さんに警察でも呼ばれようものなら、言い訳なんてできませんよ」

「じゃあ、このまま帰るっていうのか？」

鷹央は落ち着いた声で訊ねてくる。僕は「それは……」と言葉に詰まった。

「どうしてここに来たか思い出せ。浮雲鈴子の身に危険が迫っているかもしれないからだろ。なのにインターホンを押して反応がないからってすごすご退散するのか？それで浮雲鈴子になにかがあってもお前は納得するのか？」

鷹央に早口で言われ、僕は首を横に振った。

「いえ……納得しません。納得なんかできるわけがありません」

もし浮雲が生きていたら、命をかけてでも妻を守ろうとしたはずだ。なら、彼から大きな恩を受けた僕が、浮雲の代わりをするのが筋のはずだ。

「覚悟は決まったようだな」

唇の端を上げる鷹央に、僕は「はい」と力を込めて返事をする。

「よし、言ったな」

鷹央は僕の鼻先に指を突きつける。僕は思わず「え……？」と反り返った。

「私が強制したのではなく、お前自身が家の中に侵入すると決めたんだ。もし浮雲鈴子が中で休んでいるだけで、見つかって騒ぎになったら、お前が責任を持って、警察に通報しないように説得しろ」

「え、いや……、そんな……」

「大丈夫だ。安心しろ。浮雲鈴子にとって、お前は夫の愛弟子《まなでし》なんだ。それを警察に突き出したりはしないさ。……多分な」

「多分って、全然安心できないじゃないですか！」

「ぐだぐだ文句言わないで、さっさと窓を破るぞ！　外で騒いでると目立つだろう」

僕と鷹央が言い争っていると、鴻ノ池が「あのー」と声をかけてきた。

「あそこの窓、ちょっと開いていません？」

鴻ノ池は二階の窓を指さす。言われてみれば、わずかに開いてるように見えた。

「うちの実家も一軒家なんで分かるんですけれど、一階の窓は防犯のためしっかり閉めても、二階だとちょっとおろそかになることあるんですよ。だからガラスを割ったりしなくても、あの窓から中に入って、玄関の扉を開けたらいいんじゃないですか？」

「あの窓からって、どうやってあそこまで行くんだよ。かなり高い位置にあるぞ」

僕が窓を見上げると、鴻ノ池は「そんなの簡単ですよ」と軽い口調で言って、すぐ近くのブロック塀に近づいた。

ピョンと飛び上がって、ブロック塀の上に手をかけ体を持ち上げ、さらに三角跳びをするように塀を蹴ってそばに立っている太い木の幹に飛びついた。

まるでリスのように、するすると木を登っていく鴻ノ池を、僕と鷹央は啞然として眺める。

またたく間に二階の窓の近くまで木登りをした鴻ノ池は、迷うことなく家の外壁に向かってジャンプをし、窓枠に手をかけてぶら下がった。

あいつ、忍者かなんかか……？　僕は口を半開きにして、窓を開け、室内にするりと滑り込んでいく鴻ノ池を見送る。

「舞って本当になんでもできるよな。マジで使い勝手がいい。やっぱり小鳥の分を削ってでも、ボーナス満額出して統括診断部に入局してもらわないと……」

「いや、だから、そういう冗談やめてくださいよ」

僕の抗議に鷹央は「冗談？」と目をしばたたく。

やっぱりこの人、本気で僕のボーナスを鴻ノ池に渡すつもりなのか……。

僕が頬を引きつらせていると、ガチャリという錠が外れる音が響き、玄関扉が開いていった。僕は反射的に、鷹央を庇《かば》うために前に出て身構える。

「お待たせしましたー」

片手を挙げながら顔を覗かせた鴻ノ池を見て、僕は構えていた両拳を下ろした。

「さすがは舞だ、よくやった」鷹央は迷うことなく扉の中に入ろうとする。

「あ、鷹央先生、気をつけてください。五反田が潜んでいるかもしれないんだから」

「そうですよね」

笑みを浮かべていた鴻ノ池も、表情を引き締める。

「二階からここに降りてくる間、誰もいませんでしたけど、部屋とかは調べたわけじゃありません。一応注意してください」

「ああ、分かった」

鷹央は重々しく頷くと、振り返って僕を見る。

「というわけで小鳥、先頭で歩いてくれ」

「……了解です」

なんとなく、鴻ノ池に比べて、自分が使い捨てっぽい扱いを受け始めていることに少々焦りを感じつつ、僕は玄関に入る。

「あ、明かりつけますね」

鴻ノ池が壁のスイッチを入れる。玄関から廊下に向かって明かりが灯《とも》った。

鈴子や五反田の姿はなかった。外の暗さに慣れた目にはやや明るすぎる光に目を細めつつ、僕は室内を観察する。浮雲の死亡確認に訪れたときと比べ、目立った変化は見つからない。

「誰もいないみたいですね」鴻ノ池が小声でつぶやく。

「油断するなよ。相手はコイルガンを持ってるかもしれないんだから。僕は一階を警戒するから、鴻ノ池は二階から誰か降りてこないか警戒していてくれ」

「ラジャーです」

鴻ノ池が声を潜めて返事をしたとき、鷹央が「おい、これを見てみろ」と足元を指さした。見ると、玄関を上がってすぐの廊下に小さな赤黒い跡が残っていた。

「それって、もしかして血痕ですか⁉」鴻ノ池が口元に手を当てる。

「ああ間違いない。少量だが明らかに血液が落ちたあとだ」

鷹央はしゃがみ込んで床に顔を近づけた。

「ということは、ここで誰かが怪我《けが》をしたということですね」

「その通りだ。これは事件の真相に近づくための大きなヒントになるかもしれない。問題はこの血が誰のものかだ」

鴻ノ池と鷹央が緊張を孕んだ声で会話をしている傍らで、僕は「……すみません」と小さく手を上げる。

「多分その血、僕のものです」

「お前の血？　どういうことだ」

鷹央の眉間にしわが寄る。

「浮雲先生の死亡確認をするためにこの家に来たとき、小さなガラスの破片を踏んで怪我をしたんです。それで少しだけ出血しちゃって……」

鴻ノ池が「なぁんだ」と拍子抜けしたような表情を浮かべるが、鷹央の顔は引き締まったままだった。

「ガラスの破片……」

鷹央はキュロットスカートのポケットからスマートフォンを取り出すと、懐中電灯アプリを起動させてライトを灯し、玄関にある靴入れの下の隙間を照らす。

「……おい、二人とも、ここを見ろ」

鷹央は低い声でつぶやいた。僕と鴻ノ池は顔を見合わせたあと、鷹央にならって玄関でしゃがみ込み、靴入れの下の空間を覗き込む。

「あっ、これって……」

僕は大きく息を吞む。スマートフォンのライトに、なにかがキラキラときらめいていた。おそらくはガラスの破片だろう。しかし、それ以上に視線を強く引きつけるものがあった。

「その赤黒いのって……、血ですよね？」

鴻ノ池が表情をこわばらせながら、靴入れの下を指さす。

「そうだ。それなりの量の血だな」

鷹央が低い声で告げた通り、そこには乾いた血だまりがあった。おそらくは小さなコップ一杯分はあるだろう。

「小鳥、これもお前の血液か？」

「いいえ、まさか……」

僕が細かく首を横に振ると、鷹央は「だよな」とあごに手を当てる。

「これだけ出血するのは、ただ事じゃない。この玄関で、誰かがかなりの重傷を負ったのは間違いない」

「誰かって、一体誰ですか⁉」僕は声を上ずらせる。

もしかして、遅かったのだろうか？すでに鈴子は五反田に襲われ、どこかに連れ去られてしまったのだろうか。

鷹央は僕の問いに答えることなく立ち上がると、靴入れの上をじっと見つめた。そこには浮雲新一と鈴子が写っている写真立てがいくつも並んでいた。

「あ、ガラスの破片って、その写真立てのカバーに使われてるやつですか？　ここで誰かが怪我したときに、写真立ても壊れたってことですか？」

鴻ノ池の言葉に、鷹央は「だろうな」と小さく頷いた。

「おそらく、ここでコイルガンが使われたんだ。そして誰かが負傷し、同時にガラスの破片が飛び散った。犯人はその痕跡を消そうとしたが、この靴入れの下にある血痕には気づかなかったんだろう」

鷹央は険しい顔で少し黙り込んだあと、横目で僕に視線を送る。

「小鳥、お前が浮雲新一の死亡確認をした部屋はどこだ？」

「え、廊下の一番奥の左側の扉ですけれど……」

僕が指さすと、鷹央はスニーカーのまま廊下に上がり、大股に進んでいく。

「待ってください、鷹央先生。五反田がいたらどうするんですか」

僕は慌てて鷹央のあとを追う。鷹央は無言で、浮雲夫婦の寝室の扉を開けた。

明かりをつけると、蛍光灯の白い光にシングルベッドが並んだ部屋が映し出される。五反田が潜んでいたり、鈴子が自らの命を絶っているという最悪の事態を想定していただけに、僕は胸を撫で下ろした。まだ前澤によって回収されていないのか、心電図モニターも死亡確認をしたときのままだった。

「浮雲新一の遺体があったベッドはどっちだ?」

「あ、奥の方です」

僕が答えると、鷹央は浮雲のベッドに近づき、掛け布団をめくってまじまじと観察しはじめる。

「ここにも血の跡があるな」

「え、本当ですか!」

部屋の外で警戒していた鴻ノ池がベッドに駆け寄る。僕もそれに続いた。

玄関のように大量の血の痕跡があることを予想しベッドに近づいた僕は、シーツを見て拍子抜けをする。確かに血の跡のようなシミが見えるが、玄関とは違って、それはほんのわずかだった。

「浮雲先生の死亡確認をしたとき、指の先に小さな傷があって血が滲んでいました。たぶんその部分がシーツに触れただけだと思います」

「その指の傷っていうのはどんな感じだったんだ？」

鷹央は険しい表情でシーツを見つめ続ける。

「右手の人差し指の先端の皮が、少し剝がれていた感じですけど」

「指先の皮が剝がれていた……」

口元に手を当てると、鷹央はベッドサイドに置かれている黒いナイトテーブルに視線を移し、「ここだ」とつぶやいた。

「ここに、よく見ると人の皮膚のようなものがくっついている」

「え、本当ですか？」

僕はナイトテーブルに顔を近づけ目を凝らして、鷹央が指し示す部分を観察する。鷹央が言う通り、確かにそこに薄い皮膚のようなものが貼り付いていた。

「ここで皮膚がくっついて剝がれちゃったせいで、浮雲新一さんは指を怪我したってことですか？」

「……接着剤だな」

鴻ノ池が小首をかしげる傍らで、鷹央はナイトテーブルの天板を手のひらで撫でた。

皮膚が付着している場所の周りを左手の人差し指でなぞりながら、鷹央はぼそりと言う。

「接着剤？」

僕が聞き返すと、鷹央は「そうだ」とあごを引いた。

「触ってみると分かるが、この皮膚がくっついてる場所の周りがわずかにデコボコしている。おそらく接着剤が付いているんだろう」

「あ、あれですか。瞬間接着剤を使うとき、指に付いちゃって、それでなにかを触るとくっついて取れなくなっちゃうってやつ」

鴻ノ池が両手を合わせる。

「そうだ。強引に剝がそうとすると、指の皮がむけることがある。それが浮雲の身に起きたんだろう」

「でも、なんでナイトテーブルと指がくっついちゃったんでしょう。死亡診断時に指の皮が剝がれていたってことは、亡くなるちょっと前に瞬間接着剤を使ったってことですよね」

首をひねる鴻ノ池の言葉を聞いて、僕も混乱してくる。まもなく命が尽きようとしている重症患者が、瞬間接着剤でなにをしようとしていたんだろう?

鷹央は振り返り、必死に頭を働かせている僕を見る。

「小鳥、お前が死亡確認をしたとき、このナイトテーブルにはなにが置かれていた?」

「なにって、聴診器とペンライトです。浮雲先生が、ずっと使っていたものらしくて、それを使って死亡確認をして欲しいと言われたんです」

「お前はそうしたのか？」

「はい、もちろん。それが浮雲先生の希望でしたから」

「そのとき、なにか異常は感じなかったか？」

「異常ですか？」

僕は記憶を探る。

「言われてみればペンライトを持ち上げるとき、ちょっと抵抗があったような……。ナイトテーブルにこぼれていた接着剤が少し付いていたのかもしれませんね」

「接着剤、ペンライト、聴診器、コイルガン、血痕に、割れたガラス……」

ブツブツとつぶやきながら鷹央は浮雲のベッドの向こう側に回り込む。ピクニックで使うランチボックスのような木箱が置かれていた。

「ここに、前澤訪問診療クリニックが準備した薬品セットがあるな」

鷹央は箱を開けると両手で中をせわしなく探り始める。

数十秒後、鷹央は手を止めると「……アトロピンがない」とつぶやいた。

「他の薬剤は全部揃《そろ》っているのに、アトロピンの注射液だけが見当たらない」

「アトロピンが？　どうして？」

僕の問いに答えることなく、鷹央は口元に手を当てる。

アトロピンは強力な抗コリン作用を持つ副交感神経遮断薬だ。これを投与すると交感神経優位になるため、胃腸の動きは抑制され、血圧が上がり、心拍数が増えるなどの作用がある。

「浮雲先生が亡くなる前日、前澤先生が診察したとき、血圧と心拍数が落ちていたはずです。その状況を改善させるためにアトロピンを投与したんじゃないですか?」

僕の言葉に、鷹央は小さく首を横に振った。

「それならまずは昇圧剤を投与するのが基本だ。なのにそちらには全く手をつけておらず、アトロピンだけが使用されている。なぜだ……」

鷹央はあごに手を当てて考え込む。彼女の思考を邪魔しないよう、僕と鴻ノ池は口をつぐんだ。

重い沈黙が下りた部屋で、僕の腕時計の秒針が時を刻む音だけが、かすかに空気を揺らしていた。

どれだけ時間が経っただろう。数十秒か、それとも数分か、鷹央はゆっくりと僕に視線を向けた。

「小鳥、お前が死亡確認したとき、浮雲新一は点滴を受けていたか?」

「点滴ですか? いえ、していませんでしたけれど……」

「……そうか」

小声でつぶやくと、鷹央はゆっくりと出入り口へと向かう。

「え、鷹央先生、どこへ行くんですか？」

廊下に出た鷹央を、僕は鴻ノ池と共に追った。

「もちろん帰るんだ。ここにはもう用がないからな」

「帰るって、なにか手がかりを見つけたんですか？」

混乱した僕がまばたきを繰り返すと、鷹央は玄関の手前で振り返った。

「手掛かりじゃない。真相が分かった。『皮膚を透過する弾丸事件』の真相がな」

「ええっ⁉」

僕と鴻ノ池の驚きの声が重なる。

「真相が分かったって、どういうことですか？　やっぱり五反田が犯人なんですか？　鈴子さんは無事なんですか？　これからどうやって事件を解決するんですか？」

僕の早口の質問に、鷹央はなぜか答えなかった。

大きく息をついたあと、鷹央はボソリと言う。

「なにもしない。真相に気づいた時点で、私の中でこの事件は終わった」

「終わったって。なにも終わってないじゃないですか⁉」

僕が持ち込んだ事件、僕の大切な人が犠牲となったこの事件の行く末に暗雲がたちこめた気がして、思わず声が大きくなる。

「いや、終わっているんだよ。私はこれ以上この事件に関与するつもりもないし、その資格もない。私は降りる」

「そんな！　なにも解決していないのに！」

「私は解決をするために捜査をしているわけじゃない。ただ真実を暴きたいだけだ。そして私はついさっき、今回の事件の真相にたどり着いた。もはや私にすることはない」

「どういうことですか？　いつもは事件の真相を説明して犯人を捕まえたりしているでしょ！」

「事件を説明し、ときには犯人を捕まえるのは、その必要性があるからだ。しかし、今回はそれがない。ここから先は『正解のない問題』になっていく」

鷹央の顔に、自虐的な笑みが浮かんだ。

「私のような性質を持つ者にとって、『正解のない問題』は天敵だ。だから……私にとってこの事件は終わりなんだ」

僕は鷹央がなにを言っているのか理解できなかった。禅問答のような彼女とのやり取りに、強い失望を覚えていた。

「じゃあこの事件はもう終わりなんですか？　このまま僕たちはなにもしないんですか⁉」

糾弾するように言うと、鷹央は「なにを言っているんだ？」と大きくかぶりを振った。

「あくまで『私にとって、この事件は終わり』というだけだ。しかし、お前にとっては違うだろう。この事件はお前が世話になった人物……お前がずっと敬意を抱いていた人物の身に起きたことなのだから」

鷹央は僕をまっすぐに見つめる。ネコを彷彿《ほうふつ》とさせるその大きな瞳に吸い込まれていくような錯覚をおぼえる。

「この『正解のない問題』を解く資格があるのはお前だけだ。これまで集めた情報を俯瞰《ふかん》的に見て、真実にたどり着け。その方法はこの一年以上、私のそばにいて学んできたはずだ」

そこで言葉を切った鷹央は僅かに微笑むと静かに言った。

「その上で、お前なりの方法で、この事件にピリオドを打つんだ。期待しているぞ、小鳥」

8

「期待しているぞ、って言われてもな……」

二日後の金曜日の夕方、週に一回の救急部での勤務を行いながら僕は愚痴をこぼす。

一昨日、浮雲家から病院の屋上にある〝家〟に戻ってくると、鷹央は大量に生えている〝本の樹《き》〟のうちから、『世界のUMA大全集』という本を手に取り、ソファーに横になって読みはじめた。

窓辺で日光浴をしている飼い猫のようにリラックスしているその姿は、普段の鷹央そのもので、事件を追っているときの飢えた肉食獣のような鋭さや危険な雰囲気が完全に消えさっていた。そんな鷹央を見て、彼女が本当に今回の件から手を引いたことを僕は悟ったのだった。

なぜ、鷹央は突然事件から興味を失ったのだろう。直前まではあれだけ好奇心に目を輝かせて、貪欲に手掛かりを追っていたというのに。

——真相に気づいた時点で、私の中でこの事件は終わった。

昨夜、鷹央が口にした言葉が耳に蘇る。

鷹央は今回の事件の真相に気づき、その上で、もはや自分が関わる必要がないと判断した。それはすなわち、事件の真相を公表しようがしまいが、特に結果は変わらないということだろう。つまり、五反田が鈴子を狙っているとか、監禁していることはないということだ。

それに気づきいくらか安心したものの、やはりなぜ鷹央が真相を僕たちに告げることなく、この『皮膚を透過する弾丸事件』から手を引いたのかが分からなかった。

普段なら、得意気に自らの推理を披露するというのに……。

「正解のない問題……」

一昨日鷹央が言っていた言葉が、ふと口をつく。

鷹央の超人的な頭脳は、どんな問題に対しても正解を求めて演算を繰り返していく。

しかし、社会には正解のない問題が存在する。

人はどこから来てどこに行くのか？　人生の意味とはなにか？　他人を傷つけないための嘘《うそ》は善か悪か？　多くの者を救うため、一人を犠牲にすることは許されるのか？

ありとあらゆる事象に正解を求める鷹央の頭脳は、それらの『正解のない問題』を前にすると、機能不全を起こしてしまう。だからこそ『正解のない問題』を前にしたとき、鷹央はそれを避けるようにしていた。

――それは私が関わるべき領域ではないから。

かつて、寂しそうに鷹央がそうつぶやいた姿を思い出す。

今回の『皮膚を透過する弾丸事件』の真相が、正解のない問題だった？

「いや、違う」

僕は小声でつぶやいた。

浮雲家でなにがあったのか？　なぜ火葬した頭蓋骨の眉間に穴が開いていたのか？

それは五反田がコイルガンで撃ったものなのか？

それらには明らかな正解がある。そもそも鷹央はこの事件の真相にたどり着いたと言っていた。

では、鷹央が口にした『正解のない問題』とはなんなのか？　僕はさらに思考を深めていく。

「事件の真相じゃなく、その真相をどう扱うべきか、それに正解がないのかもしれない……」

口元に手を当てて僕はひとりごつ。

鷹央は僕にその『正解のない問題』を解くように告げた。それは僕が浮雲新一の愛弟子だから、そして天久鷹央という天才医師の姿を一番近くで見て学んできた相棒だからに違いない。

彼女は僕を信頼して、今回の事件の解決を委ねてくれた。なら、それにこたえなければ。

昨日から胸にわだかまっていたモヤモヤが消えていくのを感じながら、僕は額に手を当てる。

まず考えるべきは、事件の真相だ。それにたどり着けなければ、どうやって解決すべきかなど分かるはずがない。

鷹央に訊ねても教えてくれないだろう。事件の解決方法を決める権利は、真相を解き明かした者にしか与えられない。彼女はそう考えているはずだ。

事件の捜査を通して、僕と鷹央はずっと一緒に行動していた。つまり、事件を解くための手がかりは全て、僕も手に入れているはずなのだ。

鷹央は常々、手がかりはパズルのピースのようなものだと言っている。手に入れた手がかりを、パズルを解くかのように正しい位置に配置していくことで真相が見えてくると。

玄関の血痕とガラス片、ナイトテーブルに付いた接着剤、使用されたアトロピンの注射液、コイルガン、そして遺骨の眉間に穿たれた穴……。

それらのピースをどのように配置すれば、『皮膚を透過する弾丸事件』の真相にたどり着けるというのだろう？　鷹央と違い平均的な頭脳しか持たない僕に、この謎を解き明かすことなどできるのだろうか？

僕が思考を巡らせていると、救急車のサイレン音が近づいてきた。僕は緩慢に振り返る。

普段なら救急車が到着したとき、先頭に立って患者を迎え入れ、診察と治療を行う。しかし、この救急車は僕が受け入れたものではなく、眼科のドクターが直接診察することになっていた。

眼科のかかりつけ患者が、「急に片目が見えなくなった」と眼科外来に電話をしてきたらしい。その連絡を受けた眼科の担当医が、すぐに救急車を呼んで病院に来るように、と指示を出したということだ。

数分前から既に救急部に待機していた眼科医が、車椅子に乗って運ばれてきた患者に駆け寄る。

「緑内障の発作が起きている可能性があるので、すぐに診察しますね。緑内障じゃなければ網膜剥離や眼底出血、あとは眼底の血管が詰まっている可能性もあります、その場合は目薬をさしたあと、眼底の状態を見る検査を……」

眼科医は早口で説明しながら、車椅子に乗った患者を救急部の外へと連れ出す。おそらくこのまま、眼科検査用の専門の機器がある眼科外来へと連れて行くのだろう。

眼科医たちが消えた引き戸を、僕は見つめる。

「目薬……」

無意識にその言葉が口からこぼれた瞬間、頭の中でシナプスが一気に発火した。

この数日間に目の当たりにした光景が、走馬灯のように頭の中を駆け巡る。それと共に、いくつもの手掛かりが、真実を浮かび上がらせるためのパズルのピースが、有機的に組み合わさっていき、一つの青写真が頭の中で浮かび上がってくる。

僕は勢いよく立ち上がった。座っていた椅子が倒れ、大きな音を立てる。救急部にいた看護師たちが、一斉にこちらを向いた。

「あ……いや、もうすぐ勤務終了の時間かなと思いまして……」

僕が首をすくめてごまかすと、ちょうど扉が開き、夜勤に当たっている救急部の部長が姿を現した。

「おう、小鳥遊先生、お疲れ様。なにか引き継ぎはあるか？」

「いえ、特に引き継ぐことはありません。よろしくお願いします」

僕は一礼すると小走りで出入り口に向かう。

「どうしたんでしょうね、小鳥遊先生。あんなに急いで……」

「きっと彼女と約束でもあるんだよ。金曜の夜なんだからデートなんだろ」

「でも小鳥遊先生って、統括診断部の部長先生と付き合ってるんじゃなかったでしたっけ？」

「だから、いまから天久鷹央先生とデートするんじゃないか？」

背後から看護師と救急部長のありとあらゆる点で間違っている会話が聞こえてくる。僕は訂正したいという気持ちを抑え込んで救急部をあとにすると、エレベーターに乗り込んだ。

エレベーターで十階まで上がり、そこから階段で屋上にたどり着いた僕は、鷹央の〝家〟の裏手にある僕のデスクがあるプレハブ小屋へと入る。

白衣を脱ぎ、ジャケットを羽織ったところで、扉が開く音が聞こえてきた。振り向くと、鷹央が室内に入ってくるところだった。その後ろには鴻ノ池の姿も見える。

「行くのか？　『正解のない問題』を解きに？」

鷹央の問いに、僕は「はい！」と力強く頷いた。

「そうか？　どの辺りか分かっているのか？」

「多分、河口湖《かわぐちこ》の辺りだと思います」

「いまから富士山の麓まで行くのか。かなり遠いな」

「けれど、急がないといけないですから」

僕は微笑みながら鷹央に近づくと、「行ってきます」と言ってその脇を通り過ぎる。

「行ってこい。しっかりお前なりの『正解』を見つけにな」

鷹央は気合いを込めるかのように、僕の背中を平手で叩いた。


あった……。

車を停めた僕は、サイドウィンドウの外に視線を送る。

東京からここまでCX－8を飛ばしてやってきた僕は、二時間ほど、この河口湖畔を取り囲むように伸びている車道をゆっくりと走っていた。かなり標高が高く、河口湖越しに富士山を望むこの辺りは、避暑地として有名だった。車道の周りには、別荘やコテージが点々と並んでいる。

そのうち特に豪奢《ごうしゃ》なコテージの脇に見覚えのあるマット塗装の黒いクラウンが停まっていた。僕はハンドルを切って、ＣＸ－８をクラウンの隣へと停める。

本当にここだった……。

予想が当たり、そして運良く目的の場所を見つけることができたというのに、胸に湧いてくるのは喜びや達成感ではなく、不安と緊張だった。

ここに犯人がいる。『皮膚を透過する弾丸事件』の犯人が。その犯人と対峙《たいじ》したとき、どうするべきか僕はまだ決めきれていなかった。

再度エンジンをかけて、この場から逃げ帰ってしまいたいという衝動に襲われる。

そのとき、昨日鷹央からかけられた言葉が耳に蘇った。

――お前なりの方法で、この事件にピリオドを打つんだ。期待しているぞ、小鳥。

そうだ。鷹央がこの事件の解決を僕に任せてくれたのだ。

鷹央は昨日の時点で、この『皮膚を透過する弾丸事件』の真相に行き着いていた。

単にそれを全て暴くだけでも良かったのだ。

ただ、それは本当の意味での『解決』ではない。彼女はそう考え、そして僕にこの事件の幕の引き方を委ねてくれた。

だから行こう。鷹央先生の信頼に応えるために。

僕は決意を固めると、ドアを開けて車から降り、コテージへと近づいていく。太い丸太でできた、河口湖畔に建つ二階建てのコテージ。その窓からはほんのりとオレンジ色の明かりが漏れていた。

玄関前までやってきた僕は、胸に手を当てて数回深呼吸を繰り返したあと、ゆっくりとインターホンを押す。軽い電子音が鼓膜を揺らした。

数十秒後、錠が外れる音が響き、ゆっくりと玄関扉が開いていく。その隙間から「どなたでしょう?」と瘦せた女性が、浮雲鈴子が顔を覗かせた。

「こんばんは、鈴子さん」

僕が会釈すると、鈴子は目尻が裂けそうなほどに目を大きく見開いて、慌ててドアを閉めようとする。しかし、その前に僕は扉の隙間に足を差し込んだ。

「やめてください! 警察を呼びますよ」

「いえ、あなたは警察は呼べません。だって、警察が来たらあなたが困るから」

「な、なにを……」

鈴子の顔から血の気が引いていく。

「ガラスの欠片《かけら》ですよ。僕が浮雲先生の死亡確認のためにご自宅に伺ったとき、小さなガラス片を踏んで怪我をしたじゃないですか」

「そ、それがどうしたって言うんですか」

「昨日、もう一度、ご自宅に伺いました。そうすると、玄関の靴入れの下に血痕とかなりの数のガラス片が見つかりました」

「うちに勝手に上がり込んだんですか⁉」

鈴子の糾弾に、僕は「申し訳ありません」と頭を下げる。

「鈴子さんと連絡が取れないと警察から聞きまして。誰かに監禁されていたり、もしくは自ら命を絶っているという、そのような最悪の状況も考えて、入らせてもらいました」

鈴子はわなわなと唇を震わせるが、その隙間から言葉が漏れることはなかった。僕は「話を戻します」と言葉を続ける。

「靴入れの下の血痕の量から見ると、そこでなにか大きな事件が起きたのは間違いありません。おそらくは、銃が使用され、誰かが重傷を負ったんでしょう。ただ、それだと少しおかしなことが出てくる」

「……なにがおかしいって言うんですか？」

不安に表情を歪めながら、鈴子は声を絞り出す。

「僕が伺ったときに玄関でガラス片を踏んだということは、すでにそのときには事件は起きていたということです。玄関に撒《ま》き散らされた血痕とガラスの破片を片付けるのは、かなりの時間がかかったはず。あの家に住んでいるあなたが、事件に気づかないはずはなかったんです。けれど、あのとき、鈴子さんは事件についてなにも言わなかった。つまり、あなたは事件を隠そうとしていたんです」

「ち、違う……」

蚊の鳴くような声で鈴子は必死に否定しようとする。

僕ははっきりと告げる。

「いいえ、違いません」

「僕が自宅にお邪魔したとき、あなたは事件のことを、あなたの家の玄関で人が撃ち殺されたことを知っていた」

鈴子の半開きの口から、笛を吹くような小さな音が漏れ出す。それを見て僕は確信した。自分の予想が完璧に当たっていることを。

「ではなぜそれを言わなかったのか。簡単ですよね。あなたは事件を隠したかった。あなたは犯人を匿《かくま》っていたんです」

「どうして私が犯人を匿ったりしなくちゃいけないって言うんですか」

「そう、それが分かりませんでした。あなたの行動は銃撃事件の犯人を隠そうとしているとしか思えない。けれど、浮雲先生が五反田に撃たれたのだとしたら、あなたに犯人を隠す理由があるとも思えない。その矛盾がずっと解けなかった。けれど、警察からあなたと連絡が取れなくなったと聞いて分かったんです」

「警察からの連絡を無視していたからなんだって言うんですか！　夫が亡くなって、しかも遺骨を警察に持っていかれて、ショックで誰とも話したくなかっただけです」

「そうです、遺骨です！」

思わず声が大きくなってしまう。

「あの銃撃された痕跡があった遺骨、あなたはそれを返すための警察からの連絡を無視していた。そんなのおかしいじゃないですか。大切な家族の遺骨なら、一刻も早く返してもらい、弔いたいと思うのが普通です。けれどあなたはそうしなかった。なぜなら……」

僕はそこで言葉を切ると、静かに告げた。

「あなたにとって、あの遺骨は大切なものではなかったから。あなたにとって、あの遺骨となった人物よりも匿っている犯人の方がずっと大切だったから」

「違う！　違います！」

鈴子は駄々をこねる幼児のように、首を激しく左右に振る。

「鈴子さん。もう全部分かっているんです。家の中にこの事件の犯人がいますよね。その人に会わせてください」

「なにを言っているか分かりません！　全部あなたの妄想です！　帰ってください！　私たちを放っておいてください！」

鈴子が金切り声を上げたとき、「もういいんだ」という低い声が家の中から聞こえてきた。

「もう全部気づかれている。だから小鳥遊を入れてあげてくれ」

鈴子は血がにじみそうなほど強く唇を噛むと、ゆっくりと玄関扉を開いていく。

「失礼します」

僕は会釈をして、鈴子とすれ違い、室内へと入った。

「よく来たな。小鳥遊」

玄関から続く廊下の奥に、この事件の『犯人』が立っていた。

「さて、幽霊に会った気分はどうだい？」

犯人は……、僕が死亡宣告した『死者』である浮雲新一は、おどけるように両手を広げた。

＊

「浮雲先生……」

尊敬する先輩医師を見た瞬間、胸の中に様々な感情が嵐のように吹き荒れ、言葉が出なくなる。

「まあ、そんなところで突っ立ってるなよ。色々と話したいことがあるだろう。とりあえずこっちに来い」

浮雲は手招きをすると、廊下の突き当たりにある扉を開く。彼について行き扉をくぐると、そこは二階まで吹き抜けになっているリビングダイニングになっていた。

部屋には暖炉があり、焚き火《たび》がパチパチと小気味のよい音を立てながら燃えている。オレンジ色の淡い炎の光が、丸太で組まれた壁を柔らかく照らしている。大きな窓が開け放たれ、その奥にあるバルコニーには座り心地の良さそうなソファーが並んでいた。

バルコニーの向こう側には河口湖が広がり、その奥には富士山がそびえ立っている。空に浮かぶ満月が湖面に鮮やかに映し出されていた。

「いいところだろう。若いときに何度か鈴子と一緒に来たことがあったんだ」

バルコニーに出た浮雲は、倒れ込むようにソファーに座り込む。僕はローテーブルを挟んで向かいに置かれたリクライニングチェアの背もたれを立て、それに腰掛けた。

「本当なら一杯やりたいところだけれど、俺の体はもうアルコールを摂れるような状態じゃないからな。とりあえずお前もジュースで我慢してくれ」

浮雲はローテーブルに置かれているガラス瓶を手に取り、ワイングラスに琥珀《こはく》色の液体を注いでいく。

「白ワインを煮詰めてアルコールを飛ばしたものだ。酔うことはできないけれど、味はかなりワインに近い。雰囲気だけでも楽しまないとな」

浮雲はワイングラスを滑らすように僕の前に置くと、自らのグラスにもノンアルコールワインを注ぎ、それを軽く掲げた。

僕は無言のまま自分のグラスを持ち上げ、浮雲のグラスと軽く当てる。風鈴のような涼やかな音が響いた。

ノンアルコールワインを一口だけ含み、口の中に広がるぶどうの香りと酸味を楽しんだあと、僕は「浮雲先生」と声をかける。

「なんだよ。もう話をしたいのか。こんなに綺麗な景色だっていうのに、侘《わ》び寂《さ》びを理解しないやつだな」

浮雲は冗談めかして言うと、ワインを一気に呷《あお》った。

「さて、それじゃあ話をするとしようか。お前はなにが起こったのか分かっているんだよな?」

「ええ、分かっています」

「なら、聞かせてもらおうか」

外科研修時代、指導医として僕に症例のプレゼンを促したときと同じような調子で浮雲が言う。

「事件の発端は、僕の外来を受診したあと、偶然、待合で先生と五反田が接触してしまったことでした」

僕は静かに説明をはじめる。

「家族を失い酒で体を蝕まれて自暴自棄になっていた五反田は、何年か振りに先生と会ったことで、胸の奥でくすぶり続けていた怒りが爆発してしまったんです。そしてあの日、僕に病院を追い出された五反田は、先生を尾行して自宅の場所を突き止めたんじゃないでしょうか？」

僕が水を向けると浮雲は「ああ、その通りだ」と鼻の付け根にしわを寄せた。

「あの日、俺が気をつけていれば、あんなことは起こらなかったのに」

「先生の家を特定した五反田は、銃を作って家に押しかけてきたんですね。……先生を殺すために」

そして目的が達成されたら、おそらく五反田は自らの命も断つもりだったのだろう。一昨日に訪れた五反田の自宅アパートからは、もはや戻ってこないという強い決意が漂っていた。

「そうだ。いきなり五反田が家に押しかけてきた。近所の目が気になって外で騒がれるわけにはいかないと、玄関に入れてしまったんだ……」

浮雲は力なく首を横に振った。

「五反田は銃を出して撃ってきたんですね。けれど、……浮雲先生は捌《さば》ききった」

僕は学生時代、空手部で浮雲と組み手をしたとき、至近距離での攻撃をかわされ、カウンターを食らったことを思い出す。

「咄嗟《とっさ》に体が動いたんだよ。長年の稽古のおかげだな」

浮雲は皮肉っぽく唇の端を上げた。

「無我夢中でなんとか銃を奪おうとした。そのときのことはよく覚えていない。我に返ったら、……あんなことになっていたんだ」

浮雲は片手で目元を押さえる。

「……奪った拳銃で五反田を撃ってしまったんですね」

「撃つ気なんかなかったんだ！　そもそもどうやって作動させるかさえ、俺にはよく分からなかった。ただなんとか身を守ろうと、そして騒ぎを聞きつけて部屋から出てきた妻を傷つけさせまいと、必死だったんだ！」

「なんでそのとき、警察を呼ばなかったんですか？　相手は銃を持って家に乗り込んできたんです。きっと正当防衛になったはずです」

僕は唇を固く嚙んだ。

「ああ、結局はそうなったかもな。けれど、その判断が下されるまで俺は拘束される。俺の命は正当防衛が認められ解放されるまで持つかどうか分からなかった。そして、刑事責任があいまいなまま俺が死んだらどうなると思う？　鈴子は『人殺しの妻』という汚名を着せられ、ただ一人生きていかなくてはならなくなるんだぞ。そんなの許せない。……許せるわけがない」

浮雲は振り上げた拳を、ローテーブルに振り下ろす。重い音が辺りに響き渡った。

「……だから事件を隠蔽しようとしたんですね」

「そうだ」浮雲は低い声で答えた。「遺体さえ隠せば、事件がなかったことにできると思った。最初は遺体を山にでも捨ててくるつもりだった。だが、がんに侵された俺の体力では、遺体を運んで穴を掘って埋めるなんてことはもうできなかった」

「それで僕を利用することにしたんですね」

僕の糾弾に、浮雲は口を固く結んでうつむいた。

「先生はまず体調が悪くなったと言って、前澤訪問診療クリニックに連絡を取り往診をしてもらった。そして、今回の計画で必要なもの、心電図モニターと緊急用の薬剤セットを手に入れたんです」

「そんなものを手に入れて、俺はなにをしようとしたんだ？」

浮雲の口調は、自らの罪を隠そうとする犯罪者のものというよりも、生徒に質問する教師のようだった。

僕は頷くとゆっくりと口を開く。

「自分の死を偽装したんです」

「なぜ俺が、自分を死んだことにしなければならない？」

「それは、あるものを手に入れるためです」

「そのあるものっていうのは、なんだ？」

わずかに挑発的な口調で言う浮雲に、僕はゆっくりと告げた。

「火葬許可証です」

浮雲は少しだけ目を細める。

「火葬許可証は死亡診断書を含む死亡届を役所に持っていき、発行されるものです。だから、先生は自分の死を装い、死亡診断書を僕に書かせ、それにより火葬許可証を手に入れて、五反田の遺体を火葬によって処理しようとしたんです」

僕は淡々と説明を続けた。年下の上司が事件の説明をするとき、いつもしているように。

「棺に遺体を入れるだけなら、体力が落ちていても可能だ。それに最近は葬儀社もできるだけ遺族の希望に応えてくれるようになっています。棺だけ家に運んで、中に納めるのは家族で行い、その後、それを火葬場に搬送してもらうというのも難しくない。そして計画を立てた先生は、五反田の遺体を家の中に隠し、玄関の血痕やガラス片をできる限り片付けたあと、前澤訪問診療クリニックに連絡を入れたんです」

「心電図モニターと救急用の薬剤で、どうやって死を偽装できるって言うんだ？」

質問する浮雲の顔はどこか楽しげですらあった。

「心電図モニターは簡単ですよね。自分に電極を装着して心電図を記録しているふりをして、接続していなければいい。そうすれば、モニターには平坦《へいたん》な心電図が表示されて、心臓が完全に静止していると僕に思い込ませることができる」

「救急用の薬剤は？　まさか本当に心肺停止状態に自分を追い込み、お前に死亡宣告をさせたあと、その薬剤で復活したとでも？」

からかうように言う浮雲に、僕は「いいえ」と首を横に振る。

「あの薬剤の中では、徐脈などに対して投与するアトロピンの注射液だけが使用された形跡がありました」

「じゃあやっぱり脈拍を戻すために使ったんじゃないか」

「確かにアトロピンには点滴することによって心臓の脈拍数を増やす効果がある。けれど、アトロピンは点滴以外でも使用します。……点眼薬としてです」

僕の言葉に、浮雲の頰がピクリと動いた。

「そうです。アトロピンの目薬は、瞳孔を散大させる効果があります。だから目の奥にある網膜を観察するときなどに、眼科医はアトロピンの点眼液で患者の瞳孔を大きく開きます。けれど、アトロピンの点眼液は市販されていない。だからそれを作るために、前澤先生に緊急用の薬剤を用意してもらい、その中のアトロピンの点滴液を目薬に混ぜ、アトロピンの点眼液を作り、自分に使ったんです」

「なんでそんなものが俺に必要だったと？」

「そこまで説明させるんですか？　医師は死亡確認するとき、脳が活動を停止しているかどうか調べるため、対光反射を見ます。目に光を当てて瞳孔が縮小するかどうか確かめるんです。先生はアトロピン注射で瞳孔を開いたまま固定して、まるで対光反射が消えたかのように装ったんです」

「なるほど、理にかなっているな。けれど、死亡時に確認するのは対光反射の消失だけじゃない。呼吸と心肺の停止も同時に確認するはずだ。それを俺がどうやってごまかした？　呼吸は意図的に止められても、心臓はそうはいかないはずだ」

「先生は軽度の心不全を患っているので、心臓の動きを抑え、負担を減らすためにベータブロッカーを処方されています。ベータブロッカーは血圧と心拍数を下げる効果があります。おそらく前日、前澤先生が診察した際に脈拍と血圧が下がっていたのは、処方されていたベータブロッカーを過剰に内服したからでしょう」

「確かにベータブロッカーを内服すれば、血圧と心拍数は下がる。ただ、心臓の動きを弱めても、聴診すれば心音は聞こえるはずだ。それにお前が気づかないはずないだろ？」

浮雲は問いかけるような視線を僕に送ってくる。

「ええ、その通りです。少しでも心臓が動いていたなら、その音は聴診器で拾えるはずです。……聴診器がまともなものなら」

　僕の回答に、浮雲の唇がわずかに綻んだ気がした。

「死亡確認したときの聴診器は、自分のものでなく用意されたものを使いました。そして、それを持ち上げるとき、少し抵抗がありました。それこそが、あの聴診器に仕掛けられた罠《わな》だったんです」

「罠？　どんな罠が仕掛けられていたって言うんだ？」

「瞬間接着剤ですよ」

　僕は無意識に左手の人差し指を立てる。鷹央がよくやるように。

「あのナイトテーブルには、瞬間接着剤と人の皮膚が付いていました。先生が間違って指を接着しちゃったんですよね」

「この傷のことか。結構痛いんだぜ、これ」

　浮雲はどこか楽しげに右手を掲げる。人差し指の先端の皮膚が剝がれ、そこに薄皮が張っていた。

「それで、瞬間接着剤と聴診器にどういう関係があるって言うんだ？」

「単純なことですよ。聴診器は集音部に小さな穴が開いていて、そこを通して音が聞こえてきます。だから接着剤でその穴さえ塞げばなにも聞こえなくなる。そんな細工がされてある聴診器で心音や呼吸音を確認すれば、当然なにも聞こえず、心肺停止状態だと判断してしまいます。あの日、僕がそうだったように」

さすがにずっとしゃべり続け疲れてきた僕は、この事件の真相のまとめに入る。

「あとは簡単ですよね。僕を騙して死亡診断書を書かせた先生は、火葬許可証を手に入れ、葬儀社が持ってきた棺に五反田の遺体を入れた。それを火葬して骨壺《こつつぼ》に入れれば、五反田の遺体を完全に消し去ることができる。自宅の玄関で起こった事件を闇に葬ることができるはずだった。けれど、あの日、斎場の予約が立て込んでいたため、火葬の時間が普段より短かった。そのため、しっかりと頭蓋骨が残ってしまい、そして僕に眉間に開いた銃痕を発見されてしまった。それが今回の事件の真相です」

全てを語り終えた僕は、緊張しつつ浮雲の反応を待つ。

浮雲は再びグラスにノンアルコールワインを注ぐと、それを一息で飲み干した。

「小鳥遊、それは全部自分で思いついたのか？　それとも、天久先生が解き明かしたのか？」

「鷹央先生は、僕よりはるか先に全てに気づいていました。けれど、それを僕には教えてはくれませんでした。僕は自分の力で今回の事件の真相にたどり着きました」

「そうか……」

浮雲は河口湖に目を向ける。湖面には満月の光に逆さ富士が映し出されていた。

「お前はいい指導医の下で学んでいるんだな」

「はい。内科医になってからも、そして外科時代も、僕はずっと素晴らしい指導医の下で学ばせてもらっています」

僕の答えに浮雲は満足げに微笑んだ。

「僕からも質問いいですか？」

静かに僕は言う。

「どうして前澤先生ではなく、僕に死亡確認をさせたんですか？　まだ内科医としての経験が浅い僕なら、ばれにくいと思ったんですか？」

浮雲は湖面を見つめたまま、「うーん、そうだな」と鼻の頭を掻いた。

「ばれにくいと思ったのは違うな。お前にならばれてもいいと思ったんだ。自分が指導した愛弟子になら、告発をされても仕方がない。そんな風に思っていた気がする」

言葉を切った浮雲は、ふっと相好を崩す。

「とかなんとか、感動的なことを言っているけれど、あのときはパニックでな。お前だったらばれても、話せば分かって協力してくれるとか、甘いことも考えてたのかもしれないいな」

自虐的な笑い声を上げると、浮雲は「けれど、お前が来てくれて良かったよ」と、湖面から僕へと視線を戻す。

「このまま黙って終わりにするのか、ずっと迷っていたんだ。俺の人生のピリオドの打ち方が分からなくてな」

「……もし僕が来なかったら、どうするつもりだったんですか？」

僕は低い声で尋ねる。その答えは半ば予想しながら。

「予想はついているんだろ。熱海《あたみ》や箱根《はこね》でなく、富士山に近いこのコテージに俺がいるって予想したんだから」

僕は口を固く結ぶ。

死を装って自らの死亡診断書を書かせ、そして自分は火葬されたことにした浮雲にとって、残されている選択肢は多くない。

一つは全てを告白して司法に身を委ねること。そしてもう一つは、……人知れず姿を消すことだ。

ここからそう離れていない場所、富士山の麓には、自殺の名所として有名な樹海が広がっている。身元を示すものを持たず、そこに入って最期を迎えれば、遺体が見つかってもそれが浮雲新一のものだと明らかにされることはまずないだろう。彼の捜索願が出されることはないし、そもそも書類上では彼は自宅でその生涯を終えているのだから。

浮雲新一の行ったことは明らかな犯罪だ。五反田を射殺した件については正当防衛かもしれないが、その遺体を隠し、さらに自らの死を装って火葬したことは死体損壊を始めとする様々な罪に問われるだろう。

善良な市民としては警察に通報すべきだ。それが、浮雲に騙され誤った死亡診断書を作成してしまった僕の責任だ。

けれど、それで本当にいいのだろうか？

僕はチラリと横目で、リビングから不安げに様子を窺《うかが》っている鈴子を見る。

浮雲と鈴子は、ただ二人の最後の時間をゆっくりと過ごしたかっただけだ。その願いは五反田によって妨げられ、結果として不幸な事故が起き、五反田の命を奪ってしまった。

浮雲は外科医として多くの人々の命を救ってきた。そんな彼が人生の最後の時間を、穏やかに過ごすことすら許されないなどあまりにも理不尽ではないか。

頭の中で思考が絡まり合う。

ああ、これが『正解のない問題』か。

鷹央ならきっと警察に通報することを選ぶだろう。生まれながらの特性で、その超人的な知能によって、唯一の正解を求め続ける彼女にとって、真実をそのままに明らかにすることこそが、自らの存在意義を確固たるものとする手段なのだから。

けれど、鷹央はこの問題にどのような答えを出すか、それを僕に委ねてくれた。つまり彼女は、自分よりも僕の方がこの問題に『より良い答え』を見つけると信じてくれたのだ。

そう、『正解のない問題』なら、全力をもって『正解に最も近い答え』を模索するべきだ。

しかし、果たしてそれが僕にできるんだろうか？　そもそも、僕にこの問題の解答を決める権利などあるのだろうか？

強い迷いが胸の中に湧き上がってくる。

僕が奥歯を嚙みしめてうつむいていると、「小鳥遊」という声がかけられる。

僕は顔を上げ、浮雲を見る。彼の顔には笑みが浮かんでいた。全てを受け入れたような穏やかな笑みが……。僕は膝の上に置いた拳を握り込む。

「そんなに悩むなって。心に従ってお前なりの答えを導き出してくれればいいんだ。俺はそれを、運命だと思って受け入れる」

その言葉を聞いたとき、昨日鷹央にかけられた言葉が頭をよぎった。

──お前なりの方法で、この事件にピリオドを打つんだ。

鷹央と浮雲、僕は素晴らしい医師たちから指導を受けた。だからこそ、今回の謎を解くことができ、いまここにいる。

そしてその二人から僕は信頼され、解答を委ねられている。

なら自信を持とう。僕を信頼してくれた二人の素晴らしい指導医のためにも。

僕は静かに目をつぶり、自分の胸の内を探っていく。

数十秒後、僕はゆっくりと瞼《まぶた》を開けた。

「答えは出たか？」

浮雲が僕の目を見つめてくる。僕はその視線を正面から受け止めた。

僕は「はい」と答えると、静かに語りはじめる。

「浮雲先生、僕はいま、日本で最高の診断医から指導を受けています。だから、診断のミスなんてしないはずです。特に死亡診断のミスなんて」

「……それはどういう意味だ？」

浮雲は訝しげに眉間にしわを寄せた。

「先生はさっき自分で言った通り、『幽霊』だということです。幽霊を裁く法律なんてどこにもありません」

リクライニングチェアから僕はゆっくりと腰を上げた。

「だから、この会話はきっと僕の妄想なんだと思います。そしてここは、鈴子さんが、亡くなった浮雲先生との記憶を思い起こすために一人で借りたコテージです。ここで鈴子さんが、『幽霊』と一緒に思い出に浸る邪魔をこれ以上するなんて、あまりにも無粋すぎます。だから僕はここからお暇《いとま》しようと思います」

「そうか……。ありがとう……」

瞳をかすかに潤ませながら、浮雲は声を絞り出した。

「ただ最後に、幽霊でもいいので、先生に言いたいことがあります」

腹に力を込め、声が震えそうになるのに必死に耐えながら、僕は浮雲に向けて手を差し出す。

「浮雲先生、本当にありがとうございました。先生のご指導を決して忘れません。一人前の医者となって患者を救えるよう、これから全力を尽くしていきます」

「ああ、頑張れ。応援しているぞ」

浮雲は僕の手を強く握りしめた。先週、死亡確認したときとは違う血の通った手のひらの感覚が伝わってくる。

僕はもう一度万感の思いを胸に頭を下げると、身を翻して玄関へと向かう。

途中、鈴子と、「お騒がせしました」とすれ違った僕は、そのまま玄関に向かうと扉を開けて外へと出た。

もう振り返ることはなかった。僕は大股に駐車場に停めてあるCX－8に近づき扉を開ける。

車内に入った僕は、運転席をリクライニングさせて天井を見つめた。

これで本当に良かったんだろうか？　僕は正しい答えを出すことができたのだろう

か？　もしかしたら、僕は自分の診断ミスをごまかしただけではないだろうか？　疑問が胸郭を満たしていく。ただ……。

僕は振り返り丸太作りのコテージを見つめた。その一生を医学に捧《ささ》げ、多くの人々の命を救ってきた尊敬する医師とそれを支え続けてきた妻。その二人に最後にほんの少しだけ、穏やかに過ごす時間があってもいいはずだ。

時間を確認しようとスマートフォンを取り出した僕は、鷹央からメッセージが入っていることに気付いた。

『終わったらビデオ通話をかけてこい　鷹央』

ビデオ通話？

僕は首をひねったあと、鷹央の指示通りにする。いまは誰かと話したい気分だった。コール音が一回鳴り響く前に、すぐに回線が繋がった。

『小鳥、終わったか？』

画面に映った鷹央が声をかけてくる。その後ろには鴻ノ池の姿もあった。しかし、問題は二人の格好だった。

「あの……、なんで二人とも浴衣姿なんですか？」

『旅館に来ているからだ』

「旅館？」

意味が分からず聞き返してしまう。

『そうだ。山中湖《やまなかこ》の近くにいい旅館があって、大きな部屋が空いていたからそこに泊まることにした。住所を送るからすぐに来い』

「山中湖？　え？　すぐに行くって、僕も泊まるんですか？」

『当たり前だろ。お前のために準備したんだから』

「僕のために？」

『お前がどんな答えを出したのかは聞かない。ただ、「正解のない問題」に挑んだことでお前は疲れ果て、そして傷ついているはずだ。答えのない答えを探すという矛盾した行為を全力で行ったんだから。だろ？』

「……はい」

僕は喉の奥から声を絞り出す。

『なら、心を癒す方法は一つ。酒を飲むことだ。仲間と一緒にな』

「仲間と……」

僕は呆然《ぼうぜん》とその言葉をつぶやく。なぜか胸の奥がほのかに温かくなった。

『お前が来るまで待っててやるから、さっさと車を飛ばしてこい。そして献杯するぞ。

私より先に、お前に医師としての生き方を教えた尊敬すべき先輩にな』

「はい、分かりました」

僕は腹の底から返事をする。鷹央は目を細めると『待ってるぞ』と言って通話を終えた。

僕はリクライニングさせている席を戻すと、イグニッションスイッチを押す。座席を通じて臀部《でんぶ》にエンジンの息吹が伝わってきた。パーキングブレーキをオフにした僕は、ＣＸ－８を発進させる。

夜の湖畔の道をアクセルを踏み込んで車を加速させていった僕は、ふとバックミラーに視線を向ける。そこに映るコテージの窓から漏れる柔らかい光に、寄り添って並ぶ二人の人影が浮かび上がっていた。

エピローグ

「よし、終わった！」

今日、回診した患者の診療記録と、明日以降の検査依頼をすべて電子カルテに打ち込んだ僕は、勢いよく『Ｅｎｔｅｒ』のキーを叩《たた》く。

「おー、お疲れさん」

ソファーに腹ばいで寝そべって漫画を読んでいる鷹央《たかお》が声を上げる。

『皮膚を透過する弾丸事件』が終わった翌々週の平日の夕方、僕は統括診断部の医局である鷹央の〝家〟でいつも通り仕事をしていた。

あの夜、呼び出されて山中湖にある旅館へと向かった僕は、そこで鷹央にしこたま酒を飲まされ、徹底的に酔いつぶされた。

あのとき、「心を癒す方法は一つ。酒を飲むことだ。仲間と一緒にな」とかなんとか言われてちょっと感動していたが、いまにして思えばただ雰囲気の良い旅館で浴びるように酒を飲みたかっただけなのではないかと疑っている。

あのあと、浮雲新一《うきぐもしんいち》、鈴子《すずこ》の夫婦がどうなったのか、僕は知らない。成瀬《なるせ》に聞いたり、ネットを調べたりしたらある程度、情報を得ることはできるのだろうが、僕はそれを完全に避けてきた。

浮雲新一は自宅で亡くなり、僕が死亡確認をした。そうすることに決めた以上、尊敬する先輩医師のその後を調べることは、彼の選択に対する冒瀆《ぼうとく》のような気がしていた。ただ……。

僕はあの夜の、『幽霊』との会話を思い出す。

最後に彼は、僕に礼を言ってくれた。けれど、あれは本心からの言葉だったのだろうか？　もしかしたら、僕は彼の最期に泥を塗ってしまったのではないだろうか？

この数日間、そんな思いがたびたび頭をよぎっていた。

「お疲れさまでーす！」

玄関扉が開くと同時に、鴻ノ池《こうのいけ》の声が薄暗い部屋に響きわたる。

「患者さんたちからお願いされていた保険関係の書類とか、診断書、全部書き終えてきました」

「よし、これで今日の仕事は終わりだな。明日は祝日で休みだし、軽く飲み会でもするか？」

歌うように言いながら鷹央が手にしていた漫画本をローテーブルに置くと同時に、

僕の「飲みません！」という声が部屋に響き渡る。

「僕は山中湖での地獄の夜のあと、心に決めたんです。当分、酒は飲まないって」

トイレにこもり、いまだかつてないほどの酷《ひど》い二日酔いに苦しんだつらい思い出が頭に蘇《よみがえ》る。

「なんでだよ。お前、あの夜も次の日も、気持ちよさそうに寝ていたじゃないか」

「夜は鷹央先生に酔いつぶされて気絶して、翌日は頭痛がひどくて寝込んでいたんですよ！　目が腐っているんですか⁉」

「目が腐っていうのは、細菌性眼内炎のことか？　そんな大変な感染症にかかっていたら失明の危機だ。ここでのんきに漫画読んでいるわけがないだろ」

「比喩です、比喩！」

僕たちが内容のない会話を交わしていると、鴻ノ池がてくてくと近づいてきた。

「夫婦《めおと》漫才中、申し訳ありませんけど、小鳥《ことり》先生宛てにハガキ届いていましたよ」

「ハガキ？　誰から？」

「さあ？　送り主の名前が書かれていないんですよね」

鴻ノ池はスクラブのポケットから一枚のハガキを取り出し、差し出してくる。それを受け取った僕は、目を大きく見開いた。

それは絵葉書だった。蒼《あお》く澄んだ湖と、その奥にそびえる富士山の夜景が描かれた絵葉書。

鴻ノ池の言うように、送り主の名前は書かれていない。ただ、夜景が描かれた裏側に、短いメッセージが記されていた。


『君を誇りに思う　ありがとう　さようなら』


その見覚えのある筆跡で記された文字を眺めた僕は、「鷹央先生」と声をかける。

「なんだよ」

飲み会を断られたことが不満だったのか、あからさまに不機嫌な口調で鷹央は答えた。

「やっぱり、一杯だけお付き合いします」

「お、そうか⁉　さすがは小鳥だ。よし、それじゃあ、宴会の準備を……」

いそいそとキッチンへと向かう鷹央に「一杯だけですからね！」と念を押したあと、僕は再び絵葉書に視線を落とす。

もう一度だけ、献杯をしよう。

僕に医師としての基礎を叩きこんでくれた恩人に。

浮雲に師事できて、そして統括診断部に入り、鷹央のそばで学べてよかった。

微笑んでいた僕は、両手で抱きかかえるように大量の酒瓶を持って戻ってきた鷹央を見て、笑顔が引きつった。

「ちょっと、待ってください。一杯だけって言ったでしょ！」

「ああ、いっぱい飲むんだろ！」

「違います！　いっぱいじゃなくて、一杯です！」

「……？　よく分からない。日本語は難しいなあ」

鷹央はわざとらしく小首をかしげると、酒瓶をローテーブルに並べはじめた。

「絶対分かっているでしょ！　嫌ですよ。またあの地獄のような飲み会の再現は！」

僕が逃げ出そうとすると、そばにいた鴻ノ池がすっと手を伸ばし、僕の手首をひねり上げた。手首と肘と肩の関節が完璧に極《き》められ、僕はほとんど動けなくなる。

「だめですよ、逃げちゃ。仲間で飲むのは心の洗濯ですから。楽しく飲みましょ」

「生死の選択を強いられるような飲み会、もうこりごりなんだよ！」

弱々しい悲鳴を上げながら、僕は統括診断部に入り、鷹央のそばで学んでいることを後悔しはじめるのだった。

《初出》

プロローグ　書き下ろし
水神の祟り　書き下ろし
闇に光る　TSUTAYA購入特典ペーパー（二〇二三年一〇月～二〇二四年四月配布）
透過する弾丸　書き下ろし
エピローグ　書き下ろし

刊行に際し、加筆・修正を行いました。

実業之日本社文庫 ち 1 108

呪《のろ》いのシンプトム　天久鷹央《あめくたかお》の推理《すいり》カルテ

2024年12月15日　初版第１刷発行

著　者　知念実希人《ちねんみきと》

発行者　岩野裕一
発行所　株式会社実業之日本社
〒107-0062　東京都港区南青山6-6-22 emergence 2
電話 [編集]03(6809)0473 [販売]03(6809)0495
ホームページ　https://www.j-n.co.jp/
ＤＴＰ　ラッシュ
印刷所　中央精版印刷株式会社
製本所　中央精版印刷株式会社

フォーマットデザイン　鈴木正道(Suzuki Design)

ISBN978-4-408-55920-9（第二文芸）